岩 波 文 庫

31-228-1

安岡章太郎短篇集

持 田 叙 子 編

岩 波 書 店

目　次

安岡章太郎短篇集

ガラスの靴

夜十二時をすぎると、日本橋もしずかになる。ときどき高速度ではしり去る自動車のエンジンが、キーンと大げさな物音を遠くまでひびかせる。

「どうしたの。」

僕は汗ばんだ受話器をもちかえ、テーブルに足をかけて、椅子《いす》にもたれた背をそらせながら、ベッドの中からかけてくる悦子の電話にこたえた。

「ああ、あたし、熊に会いたいな。あなた、熊がお魚かついで歩いてるの、見たことある?」

「ないよ。」

「つまンなそうに返辞するのね。熊っていいなあ。熊は人間とお話しできるんですって、ほんとかしら。」

「知らない。」

「だって、あなたの田舎は北海道だっておっしゃったくせに。そんなこと、知らないの?」

僕は、うすい鉄板をわななかせて伝《つたわ》ってくる悦子の声をききながら、ガラス戸の中に、青黒い背中をそろえて並んでいる猟銃の列をながめる。……ぺちゃんこの胸、変にながい手足、子供みたいな悦子の軀《からだ》は、抱きよせるとき、僕の胸のなかで折れそうになる。そのくせいったん抵抗しはじめると、どこと云《い》って抑えようのない、まるで水の底で海草にからまれたような始末の悪さなのだ。何がいまさら、クマだ。僕はこころの中でつぶやく。いまのうちに何とかしなければならない。それはしかし、悦子の側の期待であるはずではないか。──熊に会いたい。それは彼女の合図だ。

「夏休みも、もう終るね。……あと幾日ぐらい?」

「いや、いや。」

僕は、僕らの間でタブウになっているそのことに、わざとふれてみる。

待つことが、僕の仕事だった。

N猟銃店の夜番にやとわれていた僕は、夜の間、盗難と火気を警戒する役目なのだ。しかし、それは仕事にはならなかった。弾薬室の扉のところに掛《かか》っている湿度計と寒暖計、僕はそれと同じだ。火事は、寒暖計で読みとるわけにはいかないし、闖入《ちんにゅう》してくる盗賊とたたかう勇気は、僕にはなかった。僕はただ、火事と泥棒とがやってくるのを待つだけだ。

そしてそんなものに待ちボウケを食わされることで、やっと僕のクビはつながっていたわけだ。住居のない僕はそんな風にして、ともかく朝晩のメシと夜の居場所を得ていた。昼は、教室の椅子の上で寝るために、学校へ行った。

店の主人にたのまれて、僕は原宿にある米軍軍医クレイゴー中佐の家へ、鳥撃ち用の散弾をとどけた。云わばそれは、僕には番外の用だったし、そのうえ五月のはじめの暑い日で、途中クシャミばかり出ていやでたまらなかったが、行ってみると僕は、ちょっとした歓待をうけた。やせた、色の青白いメードが、飲みものや菓子を出してくれた。彼女は僕をみて、テレたような、だまってオナラした人がするような笑いをうかべた。僕は彼女を羊に似ていると思った。紙を食っている白い羊を、何とはなしに思い出させた。奥から、だいぶ年寄りらしい黒白ブチのポインターが台所のドアを自分で開けてやって来たので、僕はチンチンさせるつもりでクラッカーを差し出したが、彼は見向きもしなかった。彼女がそれにチーズを塗ってやるとやっと食べた。おわると犬は、チラリとうさん臭そうに僕をながめ、机の上に頬杖《ほおづえ》をつく学者のような顔をして、どたりと彼女の足もとに腹這《はらば》いになるのだった。彼女はクレイゴー中佐が夫人同伴で明日からアンガウル島へ出掛けること、それで彼女は三月《みつき》ばかり一人で留守番をさせられることなどをぽつりぽつり話した。僕が帰ろうとすると、彼女はもっと居ないかと云い、パイプをくわえようとする僕に、シガレットを出してくれた。彼女の動作は変によわよわしい。マッチをすってくれるときに、火の出るのを怖れるみたいに、軸木のハジの方を不器用につまんで、おそろしく真剣な顔つきになるのだ。僕はふと、彼女を、そだちのいい人ではないのかと思った。

その日、僕は意外にゆっくりしてしまった。帰りしなに彼女は、またあのテレたような笑いをうかべて、よかったらときどき遊びに来てくれと云った。僕は彼女の言葉にしたがった。その方が、かたい椅子しかない学校へ行くより余程よかったから。

そんな風にして、悦子と僕はしたしくなった。しかしそれにしても、後になって彼女に惚《ほ》れてしまうことになろうとは、気が付かなかった。どちらかと云えば、彼女は魅力のとぼしい方だった。

一週間ばかりたって或《あ》る日、行ってみると、彼女は病気だからと云って、テニスのラケットの模様のついたユカタを着ていた。僕がその模様を子供っぽいとひやかしたことから、話は小学校の頃の夏休みのことになった。悦子は自分は優等生だったと云った。そう云えば、彼女の青白い皮膚や、へんにキチンとした身なりに、いかにも級長さんらしい所があった。けれども、学校のはじまるのが厭《いや》だったのは、ビリだった僕と同じだった。終りに近付いた休みの日が一日一日と消えて行くときの憂鬱《ゆううつ》さ。活気のなくなった暑さの中でひとりぽつねんと子供心に感じる焦躁《しょうそう》。そんなものが僕たちの心によみがえり、それがなつかしいと云うよりは、ジカに二人の気持ちにふれあった。僕は云った。きょうもまた怠けて遊んでしまい、手のつけてない宿題帳の山をながめながら、ヒグラシの鳴くのをきくのはやりきれなかった、と。すると彼女は突然きいた。

「あなた、ヒグラシの鳥って、見たことある?」

僕は驚いた。悦子は二十歳なのだ。問いかえすと、彼女は口もとにアイマイな笑いをうかべている。そこで僕は説明した。

「ヒグラシっていうのはね、鳥じゃないんだ。ムシだよ。セミの一種だよ。」

悦子は僕の言葉に仰天した。彼女は眼を大きくみひらいて、——悦子の眼は美しかった——「そうオ、あたし、これくらいの鳥かと思った。」と手で、およそ黒部《くろべ》西瓜《すいか》ほどの大きさを示した。……僕は魔法にかかった。ロバみたいに大きな蝶《ちょう》や、犬のようなカマキリ、そんなイメージが一時にどっと僕の眼前におしよせた。僕はたまらなく愉快になり、大声をあげて笑った。すると彼女は泣き出した。

「あなたのおっしゃることって、嘘《うそ》ばっかり。だってあたし見たんですもの……軽井沢で。」

そう云って彼女は、僕の肩によりかかって泣くのだ。

ポロポロ涙が頰をつたって流れている。僕は狼狽《ろうばい》した。

「そうだね。軽井沢にはいるかもしれない。ほんとは、僕はまだヒグラシなんて見たことがないんだ。」

僕は彼女を横から抱いてみた。しばらくそうしていた。濡《ぬ》れて光っているので眼がいっそう大きく見えた。ウブ毛のはえた白い顔を見つめながら、僕は彼女の体臭をかいだ。それは子供の臭《にお》いだったかもしれない。しかしその乳臭いにおいが不意に僕に、女を感じさせた。僕は髪の毛をかきあげて、耳タブに接吻《せっぷん》した。悦子は僕のするままになっていた。

あとになって、僕は不安になった。自分のしたことが、よほど下卑たことに思われた。それに僕は、悦子の了簡《りょうけん》をはかりかねた。彼女は本当に何も知らないのだろうか。困惑した僕は、たかだか自分の唾液《だえき》で女の耳を濡らしたにすぎないことを、ひどく誇張して考えた。軽井沢には西瓜ほどのセミがいるなどと、それが僕にはどうやら本当のことになりかかっていたのだ。ところが、実際は「嘘つき」は悦子の方だった。その晩おそく、彼女から電話がかかって来た。

「どうした。気分が悪いの?」病気だと云っていた彼女は、昼間のことが夕夕って熱を出したのかも知れぬと、僕は受話器の前でせきこんだ。すると、彼女はこんなことを云うのだ。

「カエルがいっぱい飛んで来て、眠れないの。……あたしの顔に冷《つめた》いものがさわるのよ。電気をつけてみたら、雨《あま》ガエルなの。何処《どこ》からはいって来たのかしら、ベッドの上にいっぱいいるの、……小さな、小指のさきぐらいの雨ガエル。」

僕は、それは信ずべからざることだと思った。もし、カエルのことが本当だとしても、もう二時にちかいのである。もはやこれは、彼女のワザとやっていることにちがいなく、とすれば昼間の「ヒグラシ」もまた彼女のつくりごとではないだろうか。そして彼女は、僕の疑いを裏書きするかのように、その後同じ方法を何べんもくりかえして使いはじめた。たとえば彼女は、木や、草や、獣や、そんなものの名をいちいち僕にしつっこく訊《たず》ねるのだった。そして、ふと「あなたって知ったかぶりね。何でも知ってるふりするのね。もっともらしい顔して。」とケラケラ笑って喜ぶのだ。そんなとき彼女は、オモチャのようなセルロイド製の黄色い腕環《うでわ》を、ひけらかすみたいにはめていた。

けれども、同じことを何べんも反復するのは、悦子のクセでもあるらしかった。単純なトランプのペイシェンスを、半日も続けてやることがあった。クルミ割りがこわれたときのことだ。僕が、中学生のころ運動部の合宿でやった、ドアの蝶つがいにクルミをはさんでつぶす方法を教えると、彼女はすっかりそれに熱中してしまった。はじめは菓子につかうから、三つか四つ割ればいいと云っていたのだが、食堂の大きなドアのまわりをぐるぐる息をはずませて駈《か》け廻《まわ》り、「ほら」「ほら」と一つ割るたびにいちいち得意になる。それでこちらも、「うん、なかなかうまい。」と調子をあわせるうちに、失敗して、皮も肉もいっしょにつぶれたりすると、「ようし、こんどこそ」ともう夢中で、ふだん汗かきでないことを自慢にしている額をビッショリぬらしながら、重いカシの扉をばたんばたん云わせて、もう何時《いつ》はてるともキリがない。……犬のスペックスはおどろいてガンガン吠《ほ》えるし、この日僕はクルミの食いすぎで、頭が完全におかしくなった。

だんだん僕はずうずうしくなった。朝、つとめが終ると、すぐ悦子のところへ出掛けて行き、シャワーを浴びてから、居間の長椅子でひと睡《ね》りするのが、いつか僕の習慣みたいになってしまった。入口のドアを開けてはいって行くとき、僕は、たったいままで夜番だった俺《おれ》がこれからは泥棒になる、とおかしい気もするのだが、昼寝から醒《さ》めた頃にはもう悦子の作ってくれるコーヒーを、「すこし水っぽい。」などと云うのだった。同じことが悦子についても云えた。絨毯《じゅうたん》の上にそのまま横坐《よこずわ》りした彼女が、片ヒジを皮のストゥールにのせて、うつむき加減に本を読んでいるときなど、うっかり僕は、彼女がずっと昔からこの家でそだてられた娘であるような錯覚を起《おこ》した。ちょうど居間の片側の壁に、汽車のコンパートメントみたいな作りつけの椅子のある一間《いっけん》ほどの出っぱりがあって、そこにいかにも悦子の好みの煖炉《だんろ》が切ってあった。焚《た》き口《ぐち》に、石炭にみせかけた黒いガラスのかけらが山のように積んであって、その奥に色電燈が仕掛けてある。スイッチをつけると、黒いガラスは中側から赤く光り、燃えているように緑や黄いろの焔《ほのお》をあげるが、そのくせちっとも温《あたたか》くはない。それは装飾品なのである。僕らはよく、

「汽車に乗ろう。」とそこへ行った。彼女は「おベントウもってかなきゃア。」と菓子をもって来て、

「まア、フジサンがよく見えますこと。」

と炉棚の上に飾ってある山の絵を指してしゃべりながら、食べるのである。しかし向いあった椅子と椅子との距離が一間もあるので、僕らは結局床の上へ降りてしまう。すると、――もともと、「汽車」は、区切られているために部屋中で一番暗い場所なのだが、――僕らのまわりは、テーブルや椅子やその他いろいろの家具の、峡谷の底

みたいに暗くなってしまい、煖炉からくる赤い光だけが、悦子の顔の半面を照らしだす。寝ころんだ僕は、毛の長い絨毯がへんにしめっぽく軀全体にまつわりついてくるのを感じながら、影のできた彼女のあかい顔に、いつか唇にふれた耳タブの感触を思い出した。僕はムズムズしてくる。手を出してみようかな、と思う。が、いつでも手のとどく所にいる彼女に、何故《なぜ》かそれは出来ない。ことさらそんなことはしなくても、という気になる。……これが恋愛というものだろうか。最初にうけた印象と今とでは、悦子の容貌《ようぼう》がまるで変って見える。

僕はいつの間にか、悦子のオトギ芝居に片棒かつがされていた。そしてそれが愉《たの》しい。彼女の云うことをきいてやることが、かえって僕には、彼女を自分の「持ちもの」にした感じなのだ。僕は悦子の提案するところにしたがってカクレンボをやる。いまやこの家は、家具ごと僕ら二人のものも同然だった。いたるところに隠れ場がある。ベッドの下、カーテンのかげ、箪笥《たんす》の中、いろいろの鏡がいっぱい置いてある化粧室。……僕は階段を上って、廊下のすみの物置部屋のところに、使わずにブラ下げられてあった野戦用のウォータア・バッグの中にかくれた。これは新案だった。よじのぼって足をかけるとグラグラゆれたが、すっぽり体を入れてしまうと、案外居心地がよかった。袋の縫い目にアナをあけて様子をうかがうと、はたして悦子は廊下を何べんも通りながら僕に気付かず、ウロウロと寝室や化粧室のドアを開けたり、急にワッとさけんでバス・ルームの中に飛びこんだりしていたが、とうとう僕の名を呼びながら階段を下りて、どこか遠くの方へ行ってしまった。最初笑いをこらえるのに懸命だった僕は、退屈を感じはじめると同時に、眠入《ねい》ってしまったらしい。――夜寝ない商売の僕は、昼しょっちゅう眠るクセがあった――どのくらい眠ったであろうか。目をさますと、家中は変に静まりかえっている。僕は階段を下りてガランとした天井の高い廊下を歩きながら、自分の襟元に埃《ほこり》っぽい臭いを感じる。食堂の扉をひらくと、悦子は、テーブルの上に馬鹿に大きなジェロ・パイを置いて、その前にしょんぼり坐っている。

「あら、めっかっちゃったわ。」

彼女は僕の姿をみると頓狂《とんきょう》な声をあげた。そして急に活気づいてハシャギながら、これはマダムに教わった秘伝の菓子で大変ウマいのだが、絶対に僕には食べさせない、と云った。

「あなたは意地悪よ。だから、あたしもこれから意地悪にするの。……けさから作っといたんだけどなあ。」

僕は、そんなことを云わずに、どうか食べさせてくれとたのんだ。彼女とそんなやりとりをしているうちに、だんだん睡気のさめて来た僕は、本当に空腹になった。

「ダメよ。あたしがひとりで食べちゃうの。」

「たのむ、ひと口でいいんだ。」……僕がそう云いおわらないうちに、もう彼女は直径八インチのパイを両手で口へもって行くと、舌をチョロッと出してパイの皮からこぼれそうになっているジェロを舐《な》めた。

「あ、……」

僕は、半分本気でガッカリした。彼女は唇のはじにクリームの泡をつけてイタズラッぽく、僕を見て笑うと、

「あなた、こっち側から食べる?」

と、口にくわえたパイを僕の前にさし出した。

僕は、ものを考えている暇はなかった。顔じゅうジェロだらけになって、僕らは接吻した。

クレイゴー中佐が出発してから、ちょうど四週間目の日にあたっていた。

僕はもう、悦子なしではいられなくなった。悦子と無関係なあらゆるものは、みなくだらなく見える。店で、僕は落ち着きがなかった。もし、主人が何処かで夜番である僕の勤務状態をさぐっていたとしたら、彼はきっと僕の勤勉になったことに驚いたにちがいない。以前ならば、誰もいなくなった店の一番上等な椅子にどっかり躰《からだ》をうずめて、本を読んだり居眠りしたりしていた僕が、この頃では五分と一と所にじっとしてはいないのだ。絶えずあちこちと動きまわり、銃架を指でこすったり、窓や扉の鍵《かぎ》をガチャガチャいわせているかと思うと、もう弾薬室の前で寒暖計を読んでいる。……そのくせ泥棒がはいって来ても気が付かなかっただろう。僕が待っていたのは、悦子からの電話だけだった。

椅子にじっと坐っていると、机の上の電話器が僕をドキドキさせる。便所の中でさえ、僕はベルが鳴っているのではないかと、気が気じゃない。しかしまた、悦子の電話ほど僕をいら立たせるものはないのだ。一時間も、ときによると二時間かあるいはそれ以上も、とりとめのない話をかわしながら僕は、ご馳走《ちそう》のにおいだけ嗅《か》がされているときみたいに、じたばたする。こちらの言葉が全部、くらい闇《やみ》の中に吸いこまれて行き、向うからも、実体のないただ言葉の形骸《けいがい》だけが伝ってくる。そんななかで、僕らは棒倒しの棒みたいな、ただ一つのことを、押したり引いたりしあうのだ、だが、その一つのことが、僕には何だか解《わか》らない。彼女にも、僕の云うことは解らない。お終《しま》いに彼女は、とうとう動物の鳴きマネをする。

「あウ、あウ、あウ」

そんなとき僕は、彼女の声の消えのこった受話器を、まるのままパンのように食ってしまいたくなる。

僕らはドウドウ廻《めぐ》りをしていた。最初の接吻をあんなふうにやってしまったことがあきらかに間違いだった。普通のやり方で倦《あ》きてしまったときには、あんなこともあり得るかもしれない。しかしそれも、よくよくのことだ。……あれ以来、悦子の少し茶がかった柔《やわらか》い毛髪と、青白いまるで液体みたいな皮膚とが、菓子の砂糖や牛乳の甘さといっしょくたになって、僕の周囲にまつわりついてはなれない。僕は悦子の軀に触れているときにだけそいつを忘れることが出来る。……もはや彼女の子供ッポさは完全に彼女の「術」であるはずだ。それにしても、何とそれは邪魔ッけなことだ。悦子は自分の仕掛けた花火が、突然途方もなく大きな傘をひらいてしまったのに、タマげたのだろうか。それとも、いちいちの動作にみなあの「術」をくりかえさずにはいられない何かがあるのか。彼女は僕の腕の中で、

「一度だけ。……一度だけよ。」と僕を避ける。そうなるといくら僕がいきり立ってもだめだ。彼女の抵抗にはまるで力がない。それでいて僕にはどうすることも出来ないのだ。……僕はやり場のなくなった力をもてあましながら、店へ帰る。彼女は僕をどう思っているのだろう。しんから、あんなタワケたことが好きで、「赤ずきん」ゴッコをやろうと云い出すのだろうか。あくる日になるとまた僕は、彼女を家中追っかけ廻して、足のさきから頭まで食べるマネをさせられる。

僕は、ぼんやりしていた。昼、眠ることはほとんど不可能になった。夜も、勤務という義務感をなくしたとしても、やはり眠れなかった。悦子をはなれると、僕はイライラと動きまわっていない時には、机の上に頭をかかえこんで、何故か、砲弾の飛ぶイメージばかりをしきりに思い描いた。

時のたつのがおそろしく速い。僕はそんなことにも気が付かなかった。眠れないためか、夜昼ごっちゃになった時間は、一日一日の切れ目がなく、期待と焦躁で熱した頭をながい一日のように素通りした。僕は、びっくりした。悦子がクラッカーのこな

ごなになったカケラばかりあつめたのにミルクをかけて食っていた。あれほど豊富だった食糧が、もうほとんど尽きかけている。戸棚にのこっているものといえば、オリーブの実の酢漬、アンチョビイ、にんにく、ひからびた大根の千切りみたいなココナッツ、そんな、僕らには到底食べられないものばかりだ。スペックスは近所の台所をうろつくようになった。……もう僕らの夏休みもおわりかけているのだ。

塙山《はなやま》と云う男——しらない人は、彼が風呂《ふろ》からあがったところを見ても、ドブに落ちた男がマンホールから這いあがった所だと間違えるにちがいない。不潔さを皮膚全体にシミつけて生《う》まれてきたような男だ。彼は不精ヒゲをはやしたり、垢《あか》だらけのシャツを着たりはしない。それどころか、自分専用の鏡台を持っていて、どんなに貧乏をしても、美顔水やクリームの類はけっして欠かしたことがなく、パーマネントをかけた頭髪は、いつも陰毛みたいにちぢれている。ピンクに黄色いダンダラ縞《じま》のサルマタをはいて、「アメリカ製だぜ」と、何かと云えばすぐにズボンを下げて見せたがり、それをダンディズムだとしている。下宿を転々とするのは、そのたびに必ずそこで誰かしらに惚れて、また例外なしに嫌われては、いたたまれなくなるせいだった。彼は恋人が変るたびに僕のところへやって来て、退屈する僕にはおかまいなしにそのグチともノロケともつかないものをながながと聞かせる。青ぶくれのした顔の、そこだけが紅をぬったように赤い口からツバキをいっぱい飛ばしながら、ムキになって恋愛を語るところは、へんに滑稽《こっけい》であり、それだけ悲惨であった。

しかし、そんな塙山がいまの僕には女についてのエキスパートと思えるのだった。僕は悦子との間に起った一切を彼に話した。とりとめのない僕の記憶は、話す間にも絶えず出没する悦子の幻影にさえぎられ、ますます散漫に流れようとするのを、やっと喰《く》いとめながら、

「いったい俺は、どうすればいいいんだ。」

と、すがりつくような眼を塙山にむけた。

塙山の答は簡単だった。

「いいじゃないか。大丈夫ものになるよ。もうひと押しだろう。」

「ものになるって?」

僕には塙山の云うところが、解っているようで実はさっぱり解らなかった。すると塙山は僕の顔を、まじまじと見直して、真正面からふき出した。

「しようがねえな。」と彼はゲラゲラ笑うばかりであったが、ふと笑いやめて、からかうように、

「……しかし気を付けろ。女の嘘がどんなに単純なものでも、それが嘘であるかぎり、お前はダマされたと云うことになるかもしれないぞ。」とつけたした。

僕は塙山と別れて、街へ出た。悦子にとどける食糧品を購《あがな》うためだった。僕は借りられるだけの金を借り、さらに持っていたわずかばかりの書籍と辞書を金にかえた。

街を歩くのもしばらくぶりのような気がした。すばらしく暑い。本当の夏は、これからはじまるのだった。……空ッポになって行く原宿の家の食糧戸棚が、残りすくないカレンダーのように僕をせき立てる。「夏休み」がおわった後、僕らにのこされるものは、何もない。すべてが、十二時過ぎたシンデレラの衣裳《いしょう》同様、あとかたなく消え去ってしまうことは明らかなのだ。いまとなっては、時間はもっとも大切なものとなった。夜、店で待つ仕事をしているとき、又、も早《は》やよけいな儀式みたいなものになった悦子とのくりかえしの遊戯をやらされているとき、もてあますと云うより、呪《のろ》いたいほど厄介だった時間が、気がついてみると、もう手許《てもと》にいくらも残ってはいない。……ところで僕は、金さえ出せばものが買えると云うことを、不意に思い出した。

そんな簡単なことがまるで天来の啓示だと思われたほど、僕はぼんやりしていた。そしてうれしさのあまり、おかしな錯覚をちょっと起した。あの食糧戸棚がいっぱいになれば、また夏休みがかえってくる、と云うような。

食糧品店で、僕は不意打ちの戸惑いを感じた。軒先からぶら下った大きな塩漬けの魚やソーセージ、その他いたるところにギッシリつまった食い物の壁が、四方から僕を包囲して、圧倒された。雑沓《ざっとう》の中にナマナマしくさらされた食い物を見ると、僕はソースをかけた靴を皿に入れて目の前におかれたように、まごついた。……こんなことは悦子と知りあうまでは感じたことがなかった。僕は、店員に値段をきいたり払ったりするとき、いちいち恥《はずか》しいような気がするのだ。幅のひろい六角形の顔をした女の子から、釣銭をうけとりながら僕は、こんなものを買うなんて俺のガラじゃない、などと思った。しかし、そんな自分を、僕は悦子に影響されているのだとは気付かなかった。逆に悦子のためだからこそこんなこともあると考えた。そして、両腕いっぱいに食い物の包みをかかえこんだ僕は、まるで将軍に鼓舞された兵隊みたいに意気ごんで店を出た。

クレイゴー中佐の家は、広いケヤキの並木《なみき》路《みち》をそれて、細い横道をのぼりつめた坂の上に建っている。道はそこでおわって袋地になっている。黄色い陽《ひ》にてらされて、大きな荷物をかかえた僕は、汗だらけになって坂道をのぼりながら、だんだんと舞台のセリのように現れてくる屋根や窓を、ヤレヤレと云った思いで眺めるのだが、ようやく坂をのぼりきると、大きな草色の幌《ほろ》をつけた軍用トラックが眼についた。玄関前のすこし傾斜した地面に、車体をかたむけたジープのステイション・ワゴンが横づけにされている。クレイゴーの自動車だ。……帰って来たのだ。「一週間はやすぎるじゃないか。」と文句を云ったところではじまらない。疲労のせいか、ただアッケラカンとするだけで、僕はそれほど失望もしなかった。そのまま引返《ひきか》えそうとした。しかし、荷厄介な包みを早く片づけてしまいたい気持が、せめてひと目だけでもと云う心を誘い僕を冒険にカリ立てた。

クレイゴー中佐は軍装でポーチの上に立ち、手にしたパイプで、トラックから運び出される大小の函《はこ》を指揮している。僕は躊躇《ちゅうちょ》しそうになる自分の心を、強いてふみにじりながら、門をはいった。

――US……、白い接収家屋番号の立て札が、突然のように眼にとまる。僕は足をはこびながら、大きな声で云った。

「グウド・モオニング」

中佐は返辞をしなかった。眉《まゆ》の太い、威厳のある顔を、ケゲンそうにゆがめて、ジロリと僕を見た。それだけで、僕の敗北だった。

——間違えた。午後二時だ。

駅でみた、太い針を指した電気時計が頭にうかぶと、僕はなぜか非常に恥じた。と同時に恐ろしさが、それにつけこんで猛烈ないきおいで襲いかかり、僕は咄嗟《とっさ》に、ふりかえるが早いか駈け出すと、坂をころび落ちるように逃げた。

寒暖計は摂氏三十四度をしめしている。弾薬室の扉に、「危険」と書かれた赤ペンキの文字が、暑くて流れ出しそうだ。

……僕は原宿の坂を駈け降りたあと、云いようのない屈辱感と自己嫌悪のうちに、しばらく悦子のことを忘れて一日を送った。それがいま、次第に落ち着きをとりもどすと、一昨日までの生活がもはやどのような手段をこうじようとも、取りもどしようのない所にあるのが明瞭になるにつけ、悦子のことがたまらなく僕の胸を打ちはじめた。それは僕がどれほど強く切望しても、かなえられない望みなのだ。僕はいまになって、接収家屋の番号をうった小さな木の札が、名実ともに交戦中の敵の手に陥《お》ちたものをあらわしていることに気付いた。

僕はただウロウロと店じゅうを歩きまわった。いまはもう何を待とうにも、待つものがない。ピラミッド型に積みあげられた火薬のつまっていない薬莢《やっきょう》の山、運動会につかわれる花火の玉、囮《おと》りになる木製の水鳥……そんなものの上をウツロな視線が滑った。

十一時頃、ベルがけたたましい響きをたてた。受話器のところへいそぎながら、僕は苦笑した。つい一昨夜までの習慣が忘れられず、胸がざわめくのだ。……が次の瞬間、事態は一変した。電話ではなかった。めくれ上ったブラインドの隙間《すきま》から覗《のぞ》く表口の扉のガラスに、街燈の灯をうけた人かげがうつっている。悦子だ。僕は鍵をあけようとするが、なかなかうまく穴にささらない。彼女は僕をみとめると、ガラスごしに笑顔をみせた。ミカン色の燈をあびているのに、顔の色はおそろしく青い。戸をあけて、はいって来た彼女を間近にみてもまだ僕は半信半疑だった。銃架にかかった鉄砲の落す影の、屈折した縞模様のなかから、悦子は云った。

「三年ぐらい会わなかったみたい。」

僕には、その言葉がまるで別世界からきこえてくるもののようだ。

クレイゴー中佐と夫人とは、きのう突然帰宅すると、今日また出掛けてしまった。くたびれたから日光へ行って、休養してくるのだと云う。

「驚いた?」と悦子は僕の顔をのぞきこんで、「あさって帰ってくるんですって。二日間のびたのよ、お休みが。」

僕は返辞もできなかった。驚いたかと訊《き》かれて、そのおどろきをどう説明していいかわからなかった。確実にしめ出されたと思った生活に、またもどれる。……僕は、ガラスの靴を手にしたような気がした。いま、あたえられたこの二日間が、前の休みのあわてて脱ぎ落して行ったガラスの靴のように思われた。……それは僕に、失ったすべてを呼びもどしてくれるものではないか。

「けさ早く行っちゃったの。すぐあなたに電話したんだけれど、どうしても通じなかったわ。」

昼間の電話はどうせムダなのだ。僕は店にはいられない。悦子もそれは知っているはずだ。僕がそのことを云うと、彼女は、

「ああ、そうか。」

とアドケなく声をあげて、眼をクルクルさせる。僕ははじめて、ふだんの彼女を思い出した。

「……おかげで此処《ここ》、ずいぶん探しちゃった。」

僕は店の場所を教えてなかった。彼女は、僕がはじめて原宿へ行ったとき持って行った散弾の包み紙につかった古いカタログで番地をしらべた。

「駅のそばできけば、すぐわかったのに。」

「ううん、いやだったの、何だか人にきいたりするの。」

悦子は肩を僕の胸にすりよせるようにしながら、そう云った。僕は彼女を抱いた。彼女は胸をあらく波うたせていた。そして僕のシャツの左の胸ポケットにはいっていた大きなパイプを、どけてくれるようにたのんだ。僕は腹立たしくすぐさまそいつを引きぬいて棄《す》てた。それは人造石の床の上でかわいた音をカラカラとひびかせた。僕は彼女を奥にある皮の長椅子のところまでつれて来た。途中、飾り棚の間をすりぬけながら、からみつく彼女に自由をうばわれて僕は何べんも倒れそうになった。もう二人とも軀を起してはいられなかった。

僕は確信した。この女とはもう離れられっこない。彼女と僕とは、とけあって完全に一つになるべきときが来た。……燃えたったあまりの誤算だとは知らず、僕はほてった顔を柔らかな悦子の髪のなかにうずめながら、そう信じこんだ。だから、悦子のスカートのまわりをさぐっていた僕の手が突然ふりはらわれたときには、しんから、びっくりした。そして何かの間違いではないかと思った。

「いけないわ、そんなこと。」

そう云って彼女は、また僕の手をはらいのけた。咄嗟に僕が感じたのは、羞恥《しゅうち》だった。ほんの少しの間、僕は赤面しながらニヤニヤした。しかしそれはすぐ裏がえしの怒りに変った。「……そんな馬鹿なことが」と僕は、彼女の手を押しかえし、「それなら何故来たんだ。」とどなった。実際僕は、彼女の頸《くび》をしめ殺したいほどだった。が、それもながくは続かなかった。興奮しきっているくせに、力がひとりでに抜けて行くのだ。悦子は二度僕の手をふりはらっただけでもはや抗《あらが》いはしなかった。もっと悪かった。彼女は毀《こわ》れた人形みたいに両眼をポッカリあけてその軀を投げ出すように横たえていた。ほそい脛《すね》がスカートのはじから、ダラリと折れたようにブラさがっている。……それを見ると僕は、戦闘中に突然陣型を変えさせられる艦隊のように、困惑しはじめた。僕の疑問は「夏休み」のはじめ、彼女がヒグラシを鳥だと云った頃にさかのぼった。そしていまは、僕の見当ちがいが、悦子がまったくの少女にすぎなかったことが、あきらかにされたと思った。……悦子の背中へまわしていた僕の腕に、彼女の軀はへんに重く、岩のように重くなって、長椅子が急に窮屈に感じられてくる。僕はただ、暗い穴のような天井を見上げながら、熱した頰を椅子の背にくっつけてさました。あらい皮の感触がこころよい。

いつか悦子は起きなおっていた。飾り棚のガラスの前で、髪の毛をなおしている。

「鏡なら、あすこに大きいのがあるぜ。」

僕は寝ころんだ椅子の上から声をかけて、ハッとした。僕はいま彼女の帰り仕たくを急がせているんじゃないか。——いまこそ僕は何もかも失いつつある。

僕は立ち上って、鏡のところへ案内し、明るい電燈をつけ足してやる。彼女の意志にしたがう親切さが、あべこべにいまは彼女から離れて行くことになる。ギラギラした光の下で、痩《や》せた悦子の後姿《うしろすがた》の、あらわな貝殻骨の間にできた服のシワが、やりきれない哀れさだった。

「………」僕は云いかけて、やめた。何かひと言と思うのだが、言葉を探すことはムダだった。何を云ったところで、このしらじらしさを増すことになるばかりなのだ。……放っておけば手のとどかぬ距離にまで、はなれてしまうのかもしれない。と云って、いま僕が言葉をかけるとすれば、それは自分の手で彼女とのつながりを断ち切ることにしかならないではないか。

悦子は鏡の中からふりかえった。彼女は何もしらない笑顔で、

「……駅まで、送ってくれる?」

僕はもう、おさえきれなかった。

「いやだ。……いやだ、絶対にいやだ。」

N猟銃店の一切は、以前と何の変りもない。僕にはそれが不思議だった。いまは僕は、ほとんど居眠りばかりしている。もう何をする気もしなくなった。

僕は、うつらうつらしながら眼をあけて、ふと机の上の電話器が気になる。僕はガバと起きなおって、いきなり受話器を耳にあてる。

「…………」

何もきこえはしない。しかし僕は、それでも受話器をはなさない。耳タブにこすりつけてジッと待つ。するとやがて、風にゆられて電線のふれあうようなコーンという

かん高い物音が、かすかに耳の底をくすぐる。それは無論、言葉ではない。しかし、だんだんに高まるその音は、声のようではある。いったいそれは、僕に何をささやこうとするのか。

僕はいつ迄《まで》も受話器をはなさない。ダマされていることの面白さに駆られながら。

実に、それは不思議なことであった。どうしてそんなことが持ち上ったかは、いくら考えても解《わか》りようのない問題である。多分は偶然ということで片付けられてしまうであろう。しかし私には偶然と云《い》っただけでは何となく片付かない気がする。何という理由もなしに、これは私にしか起《おこ》りえない、私のようなくだらない男にしか起りえない事件であるような気がする。

私は絶えず不安と焦躁《しょうそう》になやまされている。……これは云い現しようのない感じで、強いて云うならば、奥歯が痛みはじめる直前に起る痒《かゆ》みと、最もやわらかな羽毛で足のうらを撫《な》でられているようなクスグッタさとの混り合ったものを、全身に感じているのである。多分これは私の背骨が悪いせいであろう。病気で犯されて変型した脊椎《せきつい》が、どういう具合にか脊髄《せきずい》を刺戟《しげき》しているのであろう。……だがこんな説明はどうでもよろしい。こんなことをいくら明細に、いくら科学的に説明されたって私自身にはどうなるものでもない。この痛いとも、痒いとも、くすぐったいともつかぬヘンテコな感覚は、依然として続くだろうし、一方また、腐って崩れおちる背骨の中から皮を剝《は》いだセロリのような神経の束が露出して薄黄色い膿《うみ》に洗われているイメージ(こんなものは子供が夢みる火星人の像と同様架空なものである)が、いよいよハッキリと私の眼前に現れるばかりだ。……とにかく私は医者をあまり信じたがらない。事実、私の背骨の具合はこの六、七年間に、何人かの医者の云うこととはまるで無関係に、悪くなったり良くなったりしているのである。しかし私は、そんなことのために医者をバカにしようとするのではない。彼等の治療の腕前や、薬の効能がどうであろうと、すくなくとも彼等を好意をもってむかえる気にはなれないのだ。

Ｋ大学病院の整形外科で最初の診断をうけたとき、主任の医師は私の話す自覚症状をアッサリと聞くと、たちどころに、

「君はカリエスだよ。」と云った。

たぶん、そんなところだろうと思っていたので、私はおどろきもせず、だまって

立っていた。するとそれがいけなかったらしい。

「君は僕の云うことに不服か。……よろしい。」と云って私に服を脱ぐように命じた。そして大学生を七、八人呼びあつめると、「いいか」と云って私の背中をハンマーでコツコツ叩《たた》きながら、ときどき学生どもに、「――おい、この骨は、今後、上へ上《あが》るか、下へ下《さが》るか?」「――ハイ、下ります。イエ、上です。上へ上ります。しかし、まれには下ります。」などと私にとっては無意味な試問の応答を交《まじ》えながら、要するに私が典型的なカリエス患者以外の何者でもないことを説明して、

「君がこの部屋に入ってきたとたんに、もうおれには君の病気がわかったんだぞ。」と云った。この主任医師は、特別無礼で例外であるとされるかもしれない。ところが彼は単に率直であるにすぎないのだ。どんな医者でも心の中ではこの主任と同じである。金銭を除いて彼等の仕事のよろこびは大部分こんなところにある。ひとは心配しながら医者に行って、「何でもありませんよ」といわれて、恥しい思いをしたことがないだろうか。そんなとき患者は自分の臆病を嗤《わら》われたのだと思う。だが実際は、聯《れん》隊長《たいちょう》の前でロクな手柄もたてられなかった兵隊のように、恥じ入っているのである。

……結局のところ、私が医者を好まないのは、私の内部を覗《のぞ》かれるような気がするか

らであろう。よかれ悪《あ》しかれ私自身のものである私の身体を、他人に知られることが不愉快なのであろう。私が苦痛を訴えるのは自分に「痛さ」があることを他人に知らせるためのもので、他人にそれを和らげてもらいたいのじゃない。苦痛を友とすることだってあるものだ。頭痛は私を夢みごこちにする。排泄物《はいせつぶつ》を出さずに我慢していることにはスリルがある。オナラの臭《にお》いを嗅《か》ぐことなども私は好む。

私はあまり外を出歩かない。健康上の理由からではなく、私自身が「内」の人間であるからだ。家の中にばかりこもっていると私も外へ出てみたくはなる。K町銀座とよぶ八百屋やパン屋や床屋の並んだ町の、荒物といっしょに洋酒も売っている店のショーウィンドウだとか、色の白い娘が指先きを赤くして新鮮な野菜をわたしている八百屋の店先きだとかが、私の眼をよろこばせる。にもかかわらず、私があまりこの町を歩きたがらないのは、人が無目的に道を歩くことを許しそうもないからである。たとえば私は一本道を歩きながら急に退屈してクルリと引き返したくなる。すると突如、通行人や店の商人の眼が私に集中されるのを感じる。彼等は無言で私を非難する。――あんたは一体、何をぶらぶらしとるのかね、と。それで私は、さもたッたいま思い付いたという風に「ああ、また忘れものをしてしまった」などと大声でつぶやくか、でなければ幽霊になったつもりでソロリソロリ漠然とうしろを向くようにしなければならなくなるのである。だが、この心苦しい引き返し動作にもまさる苦痛として、さらに「お辞儀」がある。このお辞儀のことを想うたびに、私はむしろ犬になりたいと願わなかったことは一どもない。ああ、あのように私にも好きなときにイキナリあらぬ方角に全速力で駈《か》け出すことが許されていたら！　向うの方からだんだんに近づいてくる、知っているような、いないような人と、すれちがうまでのその長さ。歩行の速度をゆるめることなく上体を前に倒しながら、二言三言対手《あいて》の耳にはききとれない程度に言葉を発して通るむつかしさ。そして挨拶《あいさつ》のマボロシが、生温かい疑いの風を捲《ま》きおこしながら、おたがいの視線を見えない蜘蛛《くも》の巣のように顔一面にからませてくる気味悪さ。……なかでも私が最もにがてとしている相手は私の家の斜向《はすむか》いに住む医師芋川家のひとびと、特にその主人春吉氏である。

芋川氏とのお辞儀はあきらかに他のいかなる人々ともちがった或《あ》る格別のものである。氏と私との挨拶は、例のまぼろし風のものではなく、おたがいが歯車で咬《か》み合わせられるような力強さで近付けられ、すれちがうとき片手を上げて「ヤア」という大声が発せられたり、またガクリとおたがいの頸《くび》が垂れあったりする。一見、活潑《かっぱつ》で素直で単純で男性的である。しかし内実はすべてその逆だ。私は決して彼の顔を見るわけではない。しかし見る以上にハッキリと彼の青白い顔にうかんだ奇怪な微笑が私には見える。なぜなら、それと同じ笑い方を私の方でもしているからである。

私の部屋からは芋川家の裏手の全景がみえる。庭に食用蛙《しょくようがえる》のすむ大きな池のあるその家は、松の大木にかこまれて、以前からキノコのような印象をあたえていた。うす暗い井戸端に春吉氏と看護婦である母堂と薬剤師である春吉夫人の三人が、それぞれ白の上っ張りをきて、何ごとか話しあっているのを、私は望見することがある。そんなとき、暗いキノコじみた家を背景に、白い着衣を浮びあがらせた彼等は、ふと不気味な生活をいとなむ片意地な三人の小人のようにおもわれたりするのである。芋川春吉氏は、約二年前にこのK海岸町に引っこしてきたのだが、来るとさっそく近所じゅうの評判になった。氏の門前の「芋川医院」という看板が無暗《むやみ》に大きいと云うのである。そして門から玄関までの間に、大小六個の呼鈴も仕掛けられていると云うのである。私のところにまで、そんなことが聞《きこ》えてくる以上、氏の宣伝は相当に効果をあげているとみるべきだった。そして私は、そんなやり口から、何ということもなしに芋川氏を、背の低い、丸顔の陽気な人物のように想像した。こんな空想は誰にでもあるものらしく、門から出てくる瘦《や》せた長身の青白い人が患者ではなくて、春吉氏その人なのだと知って大ていの人は驚いた。どんなものにもせよ、あらかじめつくった印象をこわされることは、ひとしく人の心に失望を呼ぶ。おまけに春吉氏にとって決定的に不利なことは、氏が実際の年齢よりも十以上も若く、二十二、三にしか見えないことであった。原因が何であろうと、芋川医院があまり流行していないことはたしかであった。私は一度だけ散歩の途中、白い上っ張りを着た春吉氏が薬箱をかかえた母堂といっしょに――この母堂の助手のおかげで春吉氏の「若さ」は一層引き立てられていた――いそぎ足で歩いているのを見たことがある。

芋川老夫人は、ときどき私の家にやってこられた。来るといつも私の母と何か話したのち、私が縁側の寝椅子《ねいす》にこしかけていたりすると、近づいて、意味ありげな口調で、

「お坊っちゃん――私は二十三歳にもなって、まだこのように呼ばれている――、えろう顔の色がお悪いようだが、またどうぞしましたか。」

とか、

「こりゃまた、お痩せになりまして、」

とか、云って私の顔をじっと、肉屋の前をとおる犬のような淋《さび》しい眼付きでみる。何度も同じことを訊《き》かれて私がだまっていると、不意に表情をあらため、「おだいじに」と云いすてて、トコトコと一歩一歩、地面に針を刺すような足どりでかえって行く。……


ところで、この頃、芋川氏について、もう一つ奇怪な評判がたちはじめた。つまり、芋川医師は以前には海軍の軍医をつとめていた人で、内科外科小児科、何でもやるというふれこみであったのに、最近この三、四ケ月というもの如何《いか》なる患者をもみな拒絶して、往診宅診いずれも行わないと云う。その話を私は、A氏、B夫人、C夫人、といくたりもの実験談として、母からきいた。たとえばC夫人の場合など、ある晩四歳になる男の子が咽喉《のど》をつまらせて呼吸困難を訴えたので、急場に芋川医院にかけつけたところ、芋川氏はそれを扁桃腺炎《へんとうせんえん》であると云って、アデノイドについてのいろいろの症状やその手当の方法などを説明するばかりで、いくら往診をおねがいすると云っても、一向に立ち上がろうとせず、不安に駆られてイラ立つ夫人を玄関にのこしたまま、「今晩、私は眠いので失礼します。」と云いすてて、さッさと奥の部屋へ消えてしまったというのだ。他の二人の話も、これと似たようなものであるが、いずれも診察を断る理由として、眠いとか、だるいとか、甚しいときには単にメンド臭いとか、漠然としたことばかりが殊更えらばれているらしい。拒否する芋川氏の頑強さは、果してどの程度のものであるか解らないが、芋川氏には医師として働く以外にはおそらく収入の途《みち》はなく、また母堂や夫人も、芋川氏がそのような態度をとるかぎり、他で働くこともそう出来ないであろう。してみると氏のこうした態度は、いのち懸けのものと考えられ、単なる気まぐれと見るには、あまりに奇怪である。

私が道で出会ってとりかわす芋川氏の微笑も、いよいよ深刻ないやらしさが見えるようだ。

むし暑いのでその夜、私は窓をあけはなって読書していたのだ——。

この辺は虫が多い。じつに多い。夜がふけてあたりの灯が消えると、とくにカナブンブンや蛾《が》やカミキリムシが、おびただしく飛んできて壁にも天井にも、いたるところにベタベタととまって、全面が黒いベーズリー・パターンのような気味をていする。

気にして殺そうとしても、きりがないので、私は放っておいた。

　すると突然、――ちょうど活字がスレてよく見えないので電気スタンドを引きよせて、本の頁《ページ》をのぞきこんでいると、耳もとで羽撃《はばた》く音がして、何かが一匹、私の右の耳の穴にとびこんだ。捕えようとして耳の穴へ指をつっこんだが、その拍子に虫は出口をふさがれて奥へ突進してしまった。そうなっても私は、虫が耳の中へ入ったまま出てこないことがあろうとは、まだ信じられなかった。それで私は、のん気にかまえようと思い、耳をいじることはやめて、ふたたび本にむかった。ところが虫は、私が本を読みかけると同時に、「居るぞ」というしるしに羽撃きだした。私は夢の中にいるようだった。捕えようと努力しながら、おろかにも私は眼の玉をキョロキョロさせた。（私が考えるのではなく、私の眼玉が考えた、――おれの後《うしろ》に誰かがいるぞ、と。私の手もまた考えた、――虫が捕まらないのは彼が空中を飛んでいるためだ、蝿《はえ》でも、蝶《ちょう》でも、トンボでも、飛んでいるやつときたら、なかなかつかまらないからな、と。）

　かくて私は、真夜中に一人、虚空に両手をひろげて盲目の鳥追いのごとく、「そうっと、そうっと」とつぶやきながら部屋中をさまよい歩き出していた。……

「おい、おい、どうした？」という父の声に気がつくと、私は廊下をどたどた踏み鳴らして、往きつ、もどりつ、しているところだった。

「うん、耳の中に虫がいるんだ。」

「何《な》んだ、虫は？」

「蛾だ。蛾だと思うんだ。……ちょっと覗いてみてくれないか。」

「どら。」と父は起き出すと老眼鏡をかけて、私の耳たぶをつまんだ。その瞬間から私は猛烈にイライラしはじめた。そして思わず「ううぅッ」とうなり声を発した。その声を自分の耳にきいたときから、私は理性を失ってしまった。

「見えんぞ。」と父が云いおわらないうちに、私は立ち上って、こぶしで自分の頭を殴りつけながら出来るだけ大声にうなった。熟睡していた母も起き出した。寝起きにいきなりこんな光景を見せつけられて彼女には何のことだか訳がわからなかった。……とし老いた両親が、ぽかんと口をあけて息子の気狂い踊りをながめているのを見ると、私はわが身の情けなさに、ますます狂い猛らなければならなくなった。実際、虫が羽撃くたびに、私は耳の中から起重機か何かの強い力で体全体が宙につり上げられるようで、一本足でようやく倒れそうになる体をささえた。

　こうして私は朝まで、うなり続けた。耳の穴の虫の活動もにぶくなるにつれて、私の疲労も加わり、倒れるように寝入った。

何時間ぐらい眠ったろうか。うす暗い意識のなかで私は、虫のことを考えながら眼をさまして行った。起き上ると私は、寝覚めの重苦しい自分の頭を両手に支えて振ってみながら、どうもまだこの中に虫が入っているのは信じられないことだ、と思った。事実、そうやって頭をルンバの楽器のように振ってみても昨夜の羽撃きの音はきこえなかった。……私はやや安心して縁側の籐椅子《とういす》にそっと腰を下《おろ》し、なにげなくタバコに火をつけたとたん、忽《たちま》ち夢は破れ去った。煙が喉《のど》へとおろうとする拍子にバタバタッと、れいの羽音だ。私はタバコを投げすてるとまた昨夜の踊りを踊りだした。ちょうど父と母とは昼飯だった。家中にホコリはまい上る。……とうとう父は怒鳴りだした。

「おい、こら。しずかにせんか。」

「虫に、しずかにしろったって、しずかにできるか。」

「医者に行ったらいいだろう。」

「こっちの勝手だ。」

私は、しかしそう答えながら、どきッとする思いだった。云われてみれば私は、お体裁ぶる男かもしれない。体裁のととのわないことには我慢のならない気取り屋なのかもしれない。耳鼻咽喉科《じびいんこうか》の医者に行く。招かれてヒンヤリとした室内の中世紀の拷問台《ごうもんだい》のようなベルト付きの椅子にすわらされる。さてその上で円型鏡のハチマキをして待ちかまえている先生に、いったい私は何と自分の病状を報告すべきだろう？　かんがえただけでも、これはいたたまれない恥かしさだ。

ともかく私は、もうすこし落ちついて考えてみることにした。たかだか一ぴきの虫が私の体にたかっているだけのことにすぎないではないか。海岸へ行ってみよう。砂浜に腰を下ろして、ゆっくりと自由そのもののような海をながめながら、自分の心をそのなかに溶けこまそう。

私は外へ出た。しかし足は海岸の方へではなく、K町銀座の方へむかっていた。そしてふらりと薬屋に入ると憑《つ》かれたように、

「ミミカキを五本ばかり。」と云っていた。渡された竹製のミミカキの束をみて私は、はじめて自分の頭がいま、あんまり健全ではないかもしれないと思った。それで頭を冷やさなければならないと考えながら、魚屋兼料理屋の食堂へ入ってアイスクリームを二個食べた。……それから私は、一層ひどい間違いをやってのけたのだ。私の頭の

中には、もはや悪賢《わるがし》こさだけがのこされていた。そいつが目茶苦茶な計算をやってのけて、私をして床屋へ行かしめたのだ。私が行きつけの床屋というのは一種倨傲《きょごう》なタイプの男で、自分が刈った頭を写真にうつして「作品第何番」と書いて壁に飾ったり、その他、世間話の内容や、ちょっとした身振り素振りにも単なる髪切り職人以上の何かであるような感じをいだかせるのである。で、私はこの男をうまくオダて上げて、耳鼻科の医者の代りに秘密に私の虫を処理させようと思ったのである。私は何食わぬ顔で、

「耳掃除をひとつやってもらおうか。」といいながら入って行った。ちょうど店には誰も他のお客はいなかった。

「耳だけですか。」

「そう、……しかし丁寧にやってくれないと困るんだ。わけがあって、その辺のいい加減なひとにはまかせられないのだよ。」

計画はうまく行った。彼はよろこんで引きうけると云い、私の竹製ミミカキをせせら笑いながら数種のピンセットや、いろいろの道具を持ち出した。ところが彼が、アルコールに浸した脱脂綿の針金を耳の穴へ入れるやいなや、虫はものすごい勢いで暴

れだした。羽音のみならず、鼓膜にむかって体当りする音が、ゴオゴオ、どしんどしん、と頭のシンまでひびく。恐怖のあまり理髪師の手をはらいのけると、私はまったく狂気の状態で、わめくように、

「ありがとう。もういい。」と、かろうじて、それだけ云うと床屋を飛び出した。

「それなら最初から医者へ行きゃアいいじゃねえか!」と、後から床屋の怒鳴る声。

……私はもう、何がどうでも知ったことではなく、片手で耳をおさえて町中を、左足で跳ねながら家の方へむかった。ちょうど家へ行く横丁をまがろうとする寸前だ。古ぼけた日傘と買《か》い物籠《ものかご》をぶらさげた芋川老夫人に出くわした。私は思わず立ち止って姿勢を正した。

「えろう、お暑いことで、」

と、老夫人は先《ま》ず丁寧に頭を下げ、

「きょうはまた、どうぞなさいましたか。」

と、れいの眼付きで、じっと私の顔を見た。

その晩から私の精神状態は、これまでとはまた変ったものとなった。つまり私は、ついに自分の耳の中に虫がいると、信ずるようになったのである。あいかわらず虫の

暴れだすたびにウナリ声を上げたり、家中をどたりどたり歩いたりしながら、何かある落ちつきをもったアキラメのような気持、云ってみれば、叫んだり暴れたりすることが自分の職業で、それをやっている限り自分が自分である、というような安定感が出来てきた。

また、私は自分の耳の中にいる虫に、ある親しみさえ感じだした。……朝、タバコをすったとき急に翅《はね》をバタつかせたことから、何だか彼と応答し合っているような気がした。そう思うはたから、弱いくせに手ののどかない所にがんばって私を支配しようとしている虫ケラがしゃくにさわって、自分の横鬢《よこびん》を思い切り殴りつけたり、耳タブから頬《ほお》をガリガリ掻《か》きむしったりもするのであるが。

だんだん、夜がふけてくるにしたがって、また私の部屋の燈をねらって虫があつまって来はじめた。そいつらを見る目も、これ迄《まで》とは異っていた。ことに机や本箱の影になって暗い個所《かしょ》に前肢《まえあし》をひっかけて、じっと厚ぼったい翅を休めている蛾は、見ているうちに溜《た》め息《いき》が出るようだった。つくづく始末におえない奴だが、おれの友達にはちがいないんだ、そんな変に甘酸《あまず》ッぱい気持がした。恐らくは蛾も、また私の耳の中の新しい居場所になれて落ち着きができて来たにちがいない。イラ立たしい暴れ方よりは、ときどき戯れに掻いてみるやり方で翅や肢を動かすようになってきた。

耳の中で肢をゴソゴソやられると、じゅくじゅくした痛いような痒いような感じがする。それで私は、自分の脳味噌《のうみそ》——恐らくそれはあんなに羽撃いた蛾の鱗《りん》を浴びてまっ白になっている——を虫にすこしずつ喰《く》わせてやっているような妄想を起《おこ》す。そんなことに私は、何とも云えずたまらない感じを覚えた。そして、おれは朝起きてから夜寝るまで、いや眠っているときまで、すっかりこの虫に見られているわけだな、と思うといっそ愉快な気持がした。

(そうだ、こいつに見せてやるために、もっと醜態で、もっと卑屈なことはないだろうか)

私は鼓膜の上を右往左往している虫にせき立てられながら、ふと芋川春吉氏を想い出した。いまや、私には芋川氏の、患者をワザとイライラさせて喜ぶ気持が自身の心のようによくわかった。彼もまた私と同じようなお体裁屋だ。「きっと一と旗、上げてみせる。」などと細君——鼻は低いが小柄な美人だ——にも約束し、母堂にも威張っておいたのに、いざ医院をひらいてみると誰も患者はやってこない。家の者にも近所の人にも、それが何より気になって恥しくてたまらず、また自分の腕が悪いと思われるのも心外でたまらず、日夜悩んで、悩みぬいて、とうとうあんな無益なダダッ子のような悪趣味に、何物にも換えがたい喜びを感じるようになったのだ。

それで私は芋川医院の大小六個の呼鈴を全部鳴らして、春吉氏にこの私の虫の処置をしてもらおうと決心した。……あくまで、しつッこくネバってみよう。その上であの食用蛙のいる池にほうりこまれるのもよし。また、屈辱と怒《いかり》にふるえる春吉氏の手で、この虫を殺してもらうのもよし。

翌朝、私は芋川医院を訪ねた。

――だが、さて結果はまことに、つまらなく終ってしまった。――

大きな看板のかかった門は、ゆがんで半分あいたまま、それ以上どんなに押してもひらかなかった。やっと門をすりぬけるように入ってみたが、呼鈴の大半は金具がはずれていたりして、こわれていた。それで私は玄関のガラス障子を叩きながら大声で呼んだ。

戸をあけてくれたのは意外にも春吉氏だった。私はつとめて不熱心をよそおいつつ用件をのべるつもりだったのだが、玄関前であまりに大きな声を出したせいか、はや

くもウワずって、まるで兵隊が申告するような調子になってしまった。ききおわると春吉氏は、

「ほほウ、それは驚きましたな。」と云ったが内心すこしも驚いた様子はなく、

「まあ、どうぞ」と診察室をさした。私はここで帰ってしまった方がよかったのだ。上ると、やはり診察室はヒンヤリして医院独特の臭《にお》いがする。

「虫が入ったって、いつごろ?」

「一昨日、午後十一時ごろです。」

「何だ、そんなに放っといたのか。のんびりしているんだね、君は。」

「いえ、もっと早くと思ったんですが、こんな位のことを診《み》ていただくのも、気がひけまして。」

「ハハハハ。そんなことはないさ。」

何のことはない。つまり私は患者であり、春吉氏は医者である。

「どら、どら、ちょっとこっちを向いて、……はは ア。うん、まだピンピンしている。これなら大丈夫だ。」と云ったかと思うと、

「さち子オ!」と大声で奥さんを呼び、ボール紙の筒と懐中電燈をはこばせた。

……それから先きは、あまりに下らなすぎる。春吉氏がボール紙の筒を私の耳にあて、懐中電燈で誘導すると、まるで洟《はな》をかむより簡単に、長さ五ミリにも足らぬ小さな蛾が飛び出したのである。どうせのことに、それがヒラヒラと飛びつづけて窓から天に昇ってくれれば、まだよかった。……しかし、蛾は急に明るいところへ出たためか、とび出すやいなや床の上に落ちた。私は、もはや何等の感動もなく、周囲の灰色の壁から風邪でもひきそうなウソ寒さを感じながら、春吉氏の、

「こんなことは田舎では、よくあることなんだ。フランスじゃ果樹園の百姓たちは、耳に飛び込んだ虫を殺すのに、耳の穴へブドウ酒を注ぎ込んだと云って、勝手に主人の酒をのんでしまったときの口実に使うんだそうだ。……」

そんな話を退屈な思いで聞きながら、ふと足もとを見ると、蛾は灰色の翼を重そうに垂れて、それでも脚をときどきヒクヒクと動かしている様子であった。

家庭

兵営ハ死生苦楽ヲトモニスル軍人ノ家庭ニシテ……
（軍隊内務令）

僕の軍隊生活のほとんどすべては便所の中にある。普通のシャバにいる人間の生活が家庭の中でいとなまれるという意味においてそうなのである。

入営の前日まで僕は家庭というものを考えてみたことがなかった。僕にとって家庭はただ何かしら重苦しい、他人にみせては恥ずかしいような、汚れたモモヒキやサルマタのように、しかたなく自分にくっついている何かのような気がしていた。それで入営までの数日間、残された時間を自由にすごすために、僕は五、六人の友人を家によび、母と顔を合わせるのを避けて、昼夜友人とばかり談笑した。その方がサッパリした愉快な気持でいられたからである。ところが入営の前夜、寝床につく間際になって、どうしたものか僕は急に友人たちがうとましくなりはじめた。それは母の顔がうとましいのとはまた違った種類のイヤな感じだった。いつものように友人五人と八畳の部屋にふとんを並べて寝ようとしていたのだが突然、いいようのない憂鬱《ゆううつ》な気持になりはじめた。そうは思いたくはなかったが、それが友人をそばに見ているせいであることは明らかだった。彼等と僕とは別段、それほど異った運命にあるわけではなく、どうせ彼等も早晩僕と同じく入営しなければならないのだ。しかし何という理由もなしに彼等と僕の間にハッキリした相違が感じられ、そういう彼等が自分のすぐそばにいて離れないことが、たまらなくイヤになってしまった。外には雪が降っており、彼等は泥酔していたが、即刻出て行ってもらいたいぐらいだった。……ところで一方、そういう自分の感情を見すかされることは、またたまらないものだった。実際、僕の憂鬱のより直接的な原因は、この苦しんでいる自分を他人にみすかされていることにちがいなかった。それで僕はふだんより一層ハシャギ、顔に白粉《おしろい》を塗って「タヴウ」というレコードをかけてデタラメな踊りを踊ったりしたのだが、ともかく僕は友人たちのイビキや寝言をききながら、それまでは思ってもみなかった家庭への執着を感じ出した。自分の寝ているフトンや畳や机や椅子《いす》や、そんなものが汚れて毀《こわ》れていればいるほど、安心や気やすい感じがし、これまで見当ちがいの愛情で僕を悩ませてばかりいた母のことがにわかに自分の分身として考えられ、そういったものから引きはなされると、もう自分が自分でなくなるような気がした。……この心細さは営門をくぐったその翌日まで続いた。兵舎の藁《わら》ブトンで一夜を送った次の日からは、心細さを感じている余裕もないほど忙しかったからだろうか。それとも僕という人間がはやくも作り変えられてしまいはじめたからだろうか。しかし、その心細さは形を変えて僕の心に棲《す》みついたようでもある。

実際、僕は非常な短時間のうちに人間が変ってしまったようだ。

その最初の徴候は食物の嗜好《しこう》の変化であった。入営の日、僕らより二日前に入った連中が、演習場の雨に濡《ぬ》れたままの服装で、雨水も汗も鼻汁もいっしょくたに食器の中へ流しこむような恰好《かっこう》で一心に食事しているのにおどろかされた。その飯を僕は革具と石炭の臭《にお》いが鼻について四分の一も食うことができなかった。ところが二、三日たって気がつくと、僕はニオイがついているおかげでオカズもいらないと思いながら一粒のこさず平らげていたのだ……。

一週間ばかりたった日曜日のことだ。酒保《しゅほ》でマンジュウを売り出した。行列をつくって一人に一個あて買えることになっていたのだが、どうしたことか僕はまわりにいた連中と行列を三度まわって三個買うことができた。別段、僕はその直径十粍〔センチメートル〕ほどのマンジュウを食いたいと思って買ったわけではなかったのだが、そいつを上衣《うわぎ》のシャツの下に隠してしまうと、中隊の班へもどる気がしなくなった。……僕は便所へ行っていた。それは非常に臭い場所だ。ところが十ばかり並んだ杉板の扉の一つをノックすると、中から、「……はい」とハッキリしない声で返辞がきこえた。次のを叩《たた》くと、また同じような声の返辞だ。次々と叩きまわっているうちに僕は不審の念がとけた。同時に僕は端の扉から、赤い顔をしてバッタのように飛び出してくる同年兵の顔をみたのだ。そのとき僕は彼の顔に親愛の情をおぼえるとともに、自分が変った人間になっていることに気がついた。子供のころから他所《よそ》の便所では用がたせないほど神経質だった僕は、その中で物を食うことはおろか、呼吸することさえも我慢して息をつめたりしていたのだ。……けれどもそんな習性がいまはいかにも馬鹿げて感じられ、しゃがみこんでゆっくり咀嚼《そしゃく》しながら、ただよう臭気にもある甘味を感じてウマいと思った。

こうした味覚や嗅覚《きゅうかく》やそんな皮膚感覚の上の変化は次第に僕自身の内部に影響して行った。けれども僕はそれについては語ることは出来ない。なぜならそれは食い物その他のように眼に見えるものとか、意識した観念とか、形のあるものの上に起るのではなく、もっと奥深くの眼には見えないところに起ったことなのであるから。……しかし、とにかく変ったということだけは確実なのだ。僕はそれを他の戦友を見ながら感じとることができる。

僕と同じ班のなかで綿貫二郎は目立ったところがある。いっしょに入営した初年兵仲間で彼一人だけ入営以前と変らないからだ。……班長の浜田伍長《ごちょう》が皆に襟布(上衣の襟に巻く軍隊独特のカラー)のつけ方を教えたとき、班長はそばにいた綿貫の上衣を脱がせてそれで実例をしめしながら説明した。ところが綿貫は以後、襟布が汚れるたびに、「班長どの、自分の襟布は汚れました。つけかえてください。」というのである。その言葉は浜田伍長にも、まわりにいた僕らにも、信じかねるほど奇妙なものに聞えた。僕らは啞然《あぜん》とし、浜田伍長もまた気をのまれて腹を立てることさえ忘れて、しかたなく「処置ねえ」といいながら針と糸とを取り上げた。……しかし一体、綿貫の言葉はそれほど奇妙なものだったろうか。下級の者が上級の者にものを頼むことが、どうしてそんなに破天荒のことに思えるのだろう。たのむだけはたのんだっていいではないか。彼はまた、上靴のことはスリッパ、薬莢《やっきょう》のことはケース、軍帽のことは帽子としかいわない。他の者なら何度か直されるうちには直ってくるのだが、彼の場合はそれが天来の言葉のように軍隊語以外の言葉の方が出てくるのだ。それで、どんな些《さ》細《さい》なことにも眼をつけて一々ぶん殴るタネにしようとしている古兵も、彼の言葉づかいに対してだけは文句のいいようがないらしい。

なぜそういうことになってしまったのか、僕はこの綿貫の面倒をあれこれと見てやることになってしまったらしい。……あるとき僕は靴を五、六足もって便所のウラの日だまりで手入れをしていた。綿貫はついてきて僕のとなりにしゃがみこむとドロヤナギの枝で靴の裏についた泥を落しはじめた。それで僕が竹のヘラを貸してやると、彼は手入れしていた靴を差し出して靴のヒモを通してくれ、というのだ。めんどうなので僕は断った。すると彼は驚いたように僕の顔を見なおし、

「お前、このごろ、おれのことをちっともやってくんねえナ。」といった。

僕はひどく腹が立った。……上等兵や兵長だってこんな風にはいわない。これはも

うたしかに下士官級のセリフだ。本当をいうと僕たち初年兵はおたがいに憎み合っている。自分が一番たくさん仕事をしたように見せて実は何もせずにいよう、誰よりもたくさん食べて誰よりも少《すくな》く食べているように見せかけよう、と皆が考えているのだ。だから人の見ていない場所で、どんなに些細なことにしろ何かしてやることは余程の親切心がなくては出来ないことなのだ。

しかし僕は、それを口に出して怒ることは出来なかった。おまけに、二度ともう彼のことなんか手伝ってやるまいと思いながら、彼のそばにいると不思議な力で引っぱられるように、つい手が出てやってしまうのであった。分隊の散開の教練をしていたときのことだ。僕と綿貫とは隣合せの番号で、傘形にひらいた列の一番端にいた。草むらの蔭《かげ》から「伏せ」の姿勢で射撃して、「突撃」の号令を待ちながら、ふと横をみると綿貫が四《よ》ツ這《ば》いで近よってきて、

「おい安木、おらのケースがねえだ。」という。例によって彼はまた弾の撃ち殻を落したからひろってくれというのだが、突撃は分隊全員が百メートル競争のゴールに飛び込む勢いで敵陣に駈《か》け込まなければならないのだから、到底そんな閑《ひま》はない。号令はいまにもかかりそうになっている。……ところが綿貫が三日月形の眉《まゆ》をひそめなが

ら、あたりの草むらを四ツ這いで搔《か》き分けているところを見ていると、マツタケ狩りかツミ草の人をみるようで、それが僕の軍隊の掟《おきて》や歩兵操典を架空な夢のようなボンヤリしたものにしてしまう。

「おい何発ぐらい失《な》くしたんだ。」

「五発だ。」

「じゃ全部落したんじゃないか。そいつは大変だ。はやく探そう。」

薬莢は一つ失くしても分隊全員が殴られる。だから僕がいっしょになって探すことはムダではないのだ。ところが、実際はそんな薬莢を探すことなどは口実にすぎない。僕は劇《はげ》しい運動で真赤《まっか》になった顔を草むらの青い葉で冷しながら、綿貫と二人でその辺を這《は》い廻《まわ》っていると、ある解放された場所に心も体ももどって行くような気がするのだ。……しかしどうやら五発ぶん拾って、分隊長のところへ行くと、綿貫の方は、「ケースをひろいに行っていましただ。」というだけですんでしまったが、僕は分隊長と助手の上等兵からアゴのはずれそうなほど強く殴られた。

いつの間にか僕もまた班のなかで目立った初年兵になりはじめていた。綿貫とは反対に僕の方は何かにつけて殴られてばかりいたのである。

演習のときのほかは兵隊は、中隊の内務班にとじこめられているのだが、そのなかで僕ら初年兵は絶えず舞台の上の役者のようにふるまっていなくてはならない。というのは内務班は上下二段の寝台と銃架とからできており、その二階の寝台から古年次兵とよばれる僕らより半年か一年か二年か三年か先輩の兵隊たちが殴ったりドナリつけたりする機会をつくろうとして、いつも僕らのやることを眺め下ろしているからだ。それだけが道楽なので彼らは見上手な見物人のように、僕らの一挙一動をそれこそカンどころだけをたくみに抑えながら、非常に注意ぶかく見まもっている。

僕らのやらなければならないのは単純なことばかりだ。寝床の上げ下ろし、ご飯のもりつけ、銃器の手入れ……しかし単純なことほど見せるのに難しい演技があるだろうか。たとえば僕が情《なさけ》ないほど難しいと思ったのは、無いにきまっているものを探させられたことだ。

ある晩、日夕点呼のあとで銃架にかけた僕の小銃から銃口蓋がなくなっていた。その日は演習がなかったので外へ持ち出すわけはないし、どこかで落すことはあり得ないので、盗まれたものと考えるよりしかたなかった。それでそのことを教育係の加藤

上等兵に申し出た。すると、

「きさま、自分の同僚に泥棒の罪をきせたいのか。」という。こういう問われ方をしたら僕にはもう、否定するにしても肯定するにしても、すくわれようがないのだ。せいぜい僕は、自分に悪意がないことを示すために、

「そうではありません。」とこたえた。すると加藤は、

「そうだろう。きさまが落したんだろう。それなら自分で探せ、みつかるまで探せ。おれが見ていてやる。」というのだ。

命令されて僕は探すことになった。しかし、僕は他人の寝床や手箱や私物包みのまわりをさぐることは許されない。兵舎中で僕が探し得る範囲といったら自分の内務班の二メートル四方ほどの床の上だけしかないのだ。せいぜい僕は眼を皿のようにして床の木目をみつめてみる。次には腹這いになって床の上を歩く。……けれどもその二つの動作だけではたったの一分間も間がもてはしないのだ。どんなに探したって床の上には、長方形のテーブルが二つ、四つの縁台のような腰かけ、それにキチンと班内の人員の倍数だけの上靴、その外《ほか》には何ものもない。

「もっと、ていねいに探せ。そんなボンヤリした眼つきで何が見える。……」とい

う加藤のどなり声で僕は、はッと気をとりなおしたように眼をむいて見せるが、どう努力しても床板はいぜんとして床板であり、いくら睨《にら》みなおしてみてもそこから何かが湧《わ》いてくるものではなかった。そしてまた、どんなに努力しても僕の恰好は物を探しているようには見えなかった。ポケットに手をつっこむことも、腕を組むことも、小首をかしげることも、そんなあらゆるムダな動作は軍人らしくないものとして止められているものとすれば。……教育係上等兵は勿論《もちろん》、僕の銃口蓋が不注意で失われたのではなく、盗まれたのであることは知っていた。どの中隊にも、ほとんど病的な、あるいは天才的な泥棒がいるのを彼はよく知っていたからである。しかし、こんな彼の意地悪さのなかにある親切心が交《まじ》っていたこともまたたしかだった。

なぜならば、もしそれが盗まれたものとして中隊に報告されると、中隊全員が所持品のとりしらべをうけ、しかも犯人があらわれることはめったにないから、盗難を申し出た兵隊は嘘《うそ》をついて他人に迷惑を及ぼしたという理由で中隊全部の古参兵から袋叩きにされる。また、仮りに犯人が発見されたとすると、連帯責任で中隊全員が外出禁止程度の罰をうけることが確実だったからである。

ともかくも僕は、そんな事故を起したことがキッカケになって殴られてばかりいることになった。

その頃から僕は、ものを食うことに一種異常な情熱を感じはじめた。

普通、兵隊にあたえられる一食分の食餌《しょくじ》は僕の家にいたときの一日分にひとしかった。けれども僕はいろいろの手段をこうじて一般の兵隊の倍ほどの分量をたべた。ある日曜日、朝食のあとで僕は昼飯のパン一斤《いっきん》を外出する上等兵からもらって食べ、十一時には更に二斤のパンを食べ、十二時に酒保にかけつけてスイトンとウドン(それはいずれも塩と油のとけ合った汗のような味のものだが)を兵食二食分にあたる飯盒《はんごう》に二杯食べ、四時に夕食の豚肉入りの飯を食器に山盛り二杯食べた。

このような旺盛な食欲を僕は自分でも、どう解釈してよいかわからなかった。はじめ僕は体力がつくことをねがっているのだと思った。しかし、それにしては食べすぎで下痢することを考えあわせると変であった。次に、これは自分の利己心であるかとも思った。他人より多く食いたい、ただそれだけのための食欲とは無関係な欲求と見られないこともなかった。だが、そうとばかり考えるには食事が僕にある愉快な感情をもたらしているのを見逃すわけに行かない。もし食欲なしに利己心だけで食うとしたら食事はもっと血なまぐさい感じのものになるだろう。ところが、僕は食事(それがたとえどんなにマズかろうと)のことを想像しただけで、暗夜に光明をみるような何か心のはずむ思いもするのだ。……結局のところ、それは不可解といってしまうか、でなければ本当の理由には無意識に自分が触れたがらながっているある理由にもとづく、とでもいうよりしかたがないものだ。しかし僕は空想によって自分の心を分析し、この下痢するあとから食べたくなる食欲を自由への欲求であると考えるにいたった。……僕らは二六時中完全に束縛されている。あの二階の寝台から見下ろしている古兵の眼によって、おそらく独房の囚人よりも完全に監視されている。鎖こそつけられていないが内務班の出入の折には便所へ行くときにさえ、「安木加助、厠《かわや》(便所)へ行ってまいります。」と大声に名乗りを上げなければならないのだ。それで監視の眼の行きとどかない所といったら僕らの皮膚の中、内臓の諸器官だけではないか。僕らが物を食い、消化し、糞《くそ》にかえること、これだけが監視なしに行われる僕らの行動ではないか。……こうした空想は、食事中だけはそばを将校がとおっても敬礼をはぶくのを許されるという事実によって実際にウラづけされていた。(この食事中の欠礼許可ということは、あの将校の影さえ見れば、たとえゲートルを巻きかけている途中でも、

ただちに不動の姿勢で捧《ささ》げ銃《つつ》しなければならないことと較《くら》べてみると、それがどんなに大した恩恵であったかがわかる）

食欲が亢進《こうしん》するといっしょに下痢することが多くなった。最初のころ僕は逆療法というものがあると信じようとしたがダメだった。下痢を起すこと自体は僕にとってたいした苦痛ではなかったが、それにともなってくるさまざまの障害が難物だった。便所へ行くたびあげる名乗りが第一に何となく抵抗を感じさせるようになった。勿論、便所へしばしば行くことは古兵たちに好ましい印象をあたえないのだが、名乗りを上げるときに感ずる抵抗にはそれとはまた違ったものがある。

「安木加助、厠へ行ってまいります。」そう名乗りを上げると以前には、もっと大きな声を出せとか、ハッキリといえとか、古兵がいろいろに難クセをつけてなかなか便所へも行かせなかったのだが、いまは僕が青い顔で名乗ろうとすると、もういい早く行け、といいたそうに顔をそむけるようにするのだ。ある日とうとう浜田伍長は、ちょうど食事の箸《はし》をとろうとしているときだったが、

「こういうときは、手を洗いに行ってまいります、といえ。」といった。

浜田伍長のその言葉は僕をいいようもなく情ない気持におとし入れた。他の中隊で

はしらず、僕の中隊ではまだ「手を洗いに行ってまいります。」という名乗りはきいたことがなかった。だからもし僕の方から気をきかせて、そんな風に名乗ったら、たちまちやりなおしを命ぜられただろう。……僕は何か置いてきぼりをくって戦列からはずされたような気がした。

けれども、いったん便所の中へ入ってしまうと、そんな情ない心持は消えた。三尺四方の区切られた一角のなかで僕はあらゆるものから解きはなされてしまうのである。ある甘さをもった臭気のただよう薄暗い空気のなかで、しゃがみこむと僕はもう、自分と自分の胃袋と腸との他に何ものもない気楽さと安堵《あんど》のなかに溺《おぼ》れるように入りこんでしまう。いつどんな場合にもそうであった。

ある朝、演習場へ出かけるために、すっかり武装して兵舎前の広場に整列しかけたときに、僕はどうしても便所へ行きたくなった。銃も背嚢《はいのう》もその辺に置くわけには行かないので、駈け込んだとき僕は完全武装のままだった。銃を壁のすみに立てかけ、帯剣をはずしはしたものの、しゃがもうとすると鉄帽やシャベルをつけた背中の嚢と胸につけた防毒面とが、前後の壁にぶつかり、いそげばいそぐほど体の自由は失われた。そして、とうとう僕は下着もズボンも汚してしまった。……しかし、その直後だった。それまで僕をしばりつけていた危惧《きぐ》や焦躁《しょうそう》があとかたなく消えうせ、そのあとにポッカリ宙に浮いたような気楽さがやってきた。僕のまわりにはもはや何ものもなかった。あるものはただ僕と胃袋と腸だけだった。

隊列にいない僕をさがすために銃剣の音をガチャガチャさせながらやってきた浜田伍長の、

「おーい、安木。安木いないか。いたら出てこい。」と呼ぶ声をききながら、僕は自分の家の茶の間に居坐《いすわ》ったまま、押し売りか御用ききの声でもきいているように、ゆっくり立ち上った。

体温計

体温計というのは僕にとって特別にひびいてくる言葉だ。そのことを考えただけで僕は心に緊張をおぼえる。……こわれやすいガラス管の中に固体とも液体ともつかない金属の収められているあの細長い棒状の物体が、僕ら病兵にとっては意地悪で気まぐれな動き方をする一個の生き物のようにも思えたのだ。

戦争の最後の一年を僕は陸軍病院の病室で送った。ソ満国境のSの病院をふり出しに、Rの療養所、H病院、内地に上陸してO病院、とわたり歩いて、その頃僕はK市の郊外にあるK陸軍病院にいた。

当時、軍隊の内外をとわず、統一された一つの思想にもとづいて思考するよう強制されていたので、あらゆるものが架空な観念から出発したひどく抽象的な——つまり内容にとぼしい——名称で呼ばれていたが、「白衣の勇士」というのもそれで、いかにもサッパリと清潔な男子を想像させるその呼び名とは反対に、実体ははなはだしく不潔でみすぼらしい「ドブネズミ色のこじき」とでも呼ぶべき代物《しろもの》だった。実際あの綿ネルの病衣は将校や下士官の着ているものはともかく、僕らにあたえられるのは何人もの患者に著古《きふる》された何代もの垢《あか》がしみ込み、どんなに洗濯してみても白い色には見えなかったが、一層悪いことは被服倉庫から僕らに手渡されるとき、もうシラミの卵がぎっしり生みつけられているのだ。で、僕らは暖《あたたか》い季節になるとフンドシ一つで寝台にもぐりこんだ。寝台の毛布にも勿論《もちろん》、ノミ、シラミ、ナンキン虫など、いろいろの害虫がいるにはいたが、それにしても裸の方が、せめて掻《か》きたいところを掻ける点で便利だったのである。不潔で不衛生なのは単に衣類だけではない。どの病院も大抵はじゅくじゅくした湿っぽい空気が病室にも廊下にもみなぎっていたが、これは病人の集《あつま》っている場所がらの気分のせいではなく、衛生兵が患者にキアイを入れるために「水洗」をやらせるためなのだ。水洗というのは、おそらく軍隊独特の掃除法にちがいない、床一面にバケツで水を流し、ワラ束で「よいさ、よいさ」とかけ声をかけながらこすって、また水を流す。厳寒、発熱している患者がクルブシまで水につかって「よいさ、よいさ」と半分泣いているような声を上げるのを聞くことは、多くの衛生兵や看護婦にとっては慰めになるらしく、ほとんど毎日のようにそれをやらせるから、床板は乾くひまもなくあんなに湿ってしまうのである。……それにしてもK病院ときては、めぐり歩いたどの病院よりも湿気がつよかった。廊下をへだててすぐ洗面所があり、そこのナガシで蛇口のしまりの悪い水道が絶えずビシャビシャと水の音をさせており、裸でもぐる寝台の敷布がベッタリ肌に吸いつくようで、僕は骨の中まで腐ってしまいそうな気がするほどだった。食事は特に悪く、くる日もくる日も菜ッ葉の汁ばかりで、便所でもミドリ色の糞《くそ》しか出ないぐらいだが、それがデコボコにゆがんでところどころ腐蝕《ふしょく》しているアルミニュームの食器に盛ってあたえられる。そんな食い物から病気をやしなう栄養をとる可能性は全然なく、それはただ食事という観念をみたすためにあるだけのものだったが、患者たちはそれでもなお少しでも多くの分配にあずかろうと、現物が部屋に運びこまれると真剣に眼を光らせて、おたがいの食器の中身をカタズをのんでみまもるのだ。どうせそれは、いくら食べても何かが足りないようで、腹いっぱいに苦しいほど詰めこんでみても妙に空腹をうったえてくるものなのだが……。患者のなかには夜中に伝染病棟の廊下へ這《は》って行き、その残飯桶《ざんぱんおけ》の中から腐敗した臭《にお》いのする吐瀉物《としゃぶつ》の交《まじ》った残飯をすくい上げてきて食う者までいた。

まったく、それは病院ではなかった。もともと軍隊の病院というのは、病人を看護し治療するのではなく単に治療の観念にふくまれているいくつかの名詞、投薬、注射、ホータイコーカン、といったものを或《あ》る動作で置きかえて行く場所にすぎない。つまり、大は軍艦大砲から小は一本の針一膳《いちぜん》の箸《はし》にいたるまで軍隊の所有しているすべての物品は員数をそろえることで支えられているのだが、兵隊一人一人の動作も一個の物質に翻訳され、義務と責任とで箱のように積み上げられた何個もの動作で軍隊全体が動き出して行く仕掛けになっている。そして一個の動作の箱の中にはまた何個かの箱が、そしてその一つ一つの箱の中にはまた何個かの箱が、という風に無限に細かく分けられはするものの、義務として課せられるのはいつも、その箱の数をととのえることで中身のことではないのだ。……ところで、そのK陸軍病院に集められた僕らは、外地部隊の箱からハミ出した兵隊だが、そうかといって内地部隊の箱の中にも入れられず、いわば軍隊という箱の中にはいるものの、細分されたどの箱にも入れられない、員数外の兵隊だったのだ。病院で僕らの待遇が一番よくないのも、その員数外のせいだった。他の病室へは外来者の面会も許されているのに僕らにだけはそれもなく、また週に一度の入浴も何かと後廻《あとまわ》しにされたり、省略されてしまったりした。

だが、そうしたワリの悪い条件を他の兵隊と入れかわってもらいたいかと云《い》うと、そういうわけではなかった。僕らは眼の前にぶら下った除役退院の日を待っていたのだ。そのため僕らの病室には、変な明るさと暗さ――気まぐれな陽気と絶望的な焦躁《しょうそう》とが入り交っていた。

かれこれ二十坪ばかりのその病室は、一種地理風俗大系のような感じがあった。満《まん》洲《しゅう》・支那大陸の各地からマレー、ビルマ、ガダルカナルまで、アジヤ全域の戦線の各地点からかえってきたばかりの連中なので、一と部屋に集ると、皆はそれぞれの個性の上にこれまでいた地方の空気をいくらかずつ背負ってきていることが感じられた。

室長はフィリッピンからかえってきた広瀬という伍長《ごちょう》だった。彼はすくなくとも表面は紳士的な男だったが、左肺がやられているうえにマラリヤにもおかされていたので、発作が起るとウワごとを発して、まったくの狂人になってしまうので、大した威信をもつことができなかった。僕を絶えずおびやかしたのは、菊本という北支からきた四年兵だった。僕はいまだに彼が「気合い入れたるぞ」と云いながら手にする青竹のことを忘れることができない。年次も古い上に補充兵で年もくっているので部屋中に彼に盾つくことの出来るものは一人もいなかったが、そうでなくとも彼には云いようのない粘り気があって、誰でも彼とは眼が合っただけでも思わず面をそむけてしまうようなところがある。彼が怒り出すのはきまって食い物に関することで、食事のラッパが鳴り出すと、もう彼は三尺ほどの太い青竹で床を叩《たた》きながら、

「おい、何や、その食器のならべ方は」「ほうら、ほうら飯やど、飯やど。となりの部屋は、もう飯つけおわっとるぞ」と、やすみなしにドナリつづける。そのため食事当番はいつも彼の食器には山盛りに目立って多く盛り上げなくてはならなくなる。食い物の隠し場所を探し出すことにかけては恐しく敏感だ。国もとから慰問袋がとどくたびに大抵の者はまず菊本上等兵のところへ、「ひとつどうです」とつけとどけを余儀なくされるのだが、それ以外のほんのちょっとしたもの、フスマ入りパンのかけら、タクワンの食いのこし、にいたるまで部屋全体の食い物のことなら、それこそ掌《てのひら》を指すように知っていて、

「おい、斎藤。お前、この前配給の塩入りビスケット、手箱のウラに入れてあるの

ん、ちがうか。……夜中に一人でぴちゃくちゃ口うごかしくさって」と、たちまち誰が、どこに、何を、どれだけ隠し持っているかを指摘する。そして、もし誰もが何も持っていないようなときは、ひどく不機嫌になってイライラと部屋の中を歩きながら初年兵のアラをさがし出す。

僕の両隣は僕と同じく初年兵だ。(年限からいえば僕らはとっくに二年兵なのだが下から新兵が入ってこないのでいつまでも初年兵だった)左どなりの古田二等兵は、大学の卒業生で銀行員だったが、僕より五年もとし上なのに僕と同年かそれより下にしかみえないぐらいだ。自分では吸わないのに彼はときどき僕のところへヤミ値のタバコをもってきた。彼が金に困っているものとは思えなかったし、どうしてそんなことをしてくれるのか解《わか》りかねたが、それを問いただすことは何故《なぜ》か出来にくかった。彼は僕にそっとタバコを手わたしながら、「あんまりいいことじゃないんだぜ、健康の上から云っても……」そんなことを云うが、僕が催促するといつもきっと、何処《どこ》で都合するのか希望するだけの量をもってきた。そして「一日、一本ずつにしろよな」と云って、金はきちんと受け取った。……右どなりの斎藤二等兵は、色の黒い小男で、肋膜に腹膜炎を併発したかなりの重症だったが、話し方から身のこなしまで、ほとん

ど女だった。空襲警報で外の防空壕《ぼうくうごう》へ退避するたびに、毛布を女のショールのようにまとって、僕に、

「待って――」と少女のような口ぶりで云うのだ。彼は殴られたことのないたった一人の初年兵だった。

僕はこの両隣を特別好きな、気のあったタイプだとは思ってはいなかったが、どうやらそれほど運の悪い組合せだとも思わなかった。

満洲にいたとき僕は内地へかえれさえすれば、それ以上ののぞむところは全然ないつもりだったのだが、このK病院へきてからは僕はまた別の見方で除役《じょえき》のことを考えるようになった。菊本は云った。

「お前ら初年兵はな、現役免除やいうても、家へかえって三月《みつき》とたたんうちにまた召集されて、どうせカタワのような役には立たん体やから、すぐに外地へポーンとほり出されるのやぜ」

「ほんとですか、上等兵殿」僕はワザとそうこたえる。菊本がそんなことを知っているわけがなく、単なるいやがらせであることは明らかなのだが、なるべく心配そうな顔つきをするにこしたことはない。しかし同じことを何度もきかされているうちに

僕はだんだん妙な心持がしはじめることも、また事実だった。仮に菊本がデタラメのつもりで云っていることでも、それがいつ事実にならないものでもなかった。すでに制海権を失って近海の航行さえ自由にならないとき、わざわざ内地に送還されたことからみても、そう簡単に菊本の云うような事態は起るはずがない、と僕はつねづね思っているのだが、実際はそんな考えは気休めにすぎない。僕ら兵隊は人ではなく箱なのだから、もし箱の個数をあつめる必要が生じたときは手近なものから中身のことは検査せずにどこへでも送り出されるにきまっている。病院長のK中佐をはじめ、軍医官も、衛生下士官も、口ぐせのように、僕らに向って、

「お前たちは一日もはやく戦線に復帰するよう努力せねばならぬ」と云っている。そんなことは単なるお題目にすぎない。院長も軍医も僕らが努力次第でもとの体になり、戦場で使いものになるとは考えていない。けれども、たとい役に立たなくとも戦場へは送られてしまうのだ。……もし内地の留守隊勤務ですむものなら、いっそ原隊復帰した方がマシかもしれない。病院がえりのレッテルつきで事務室や酒保《しゅほ》の係りでもやっていたら、かえってノンビリ日を送れるだろう。僕はそんな気持にさえなった。

……しかし病舎のまわりを散歩しているときなど、ふと衛生兵教育隊のアナグラのよ

うな兵舎や、物干場に吊り下げられた濡《ぬ》れた泥だらけの軍服が眼につくと、中隊にいた頃の陰惨な生活がまざまざと想い出されて、身もすくむようだった。

――もともと僕らはO病院からK病院にうつされるとき、除役になるための転送だときかされてきたのだ。O病院は外地からの患者を一旦《いったん》受け入れるところで、そこで様子をみた上で原隊復帰させる者はR病院に、除役になる者はK病院に送られる、という。だからK病院につくと早々、長い廊下を水洗させられたときも、これが最後のご奉公さ、と「在郷軍人の歌」を合唱して、せっせと藁《わら》のタワシをもって蛙《かえる》のように濡れながら廊下中を這いまわったのだ。

Kへ行ったら早速、私服をとりよせるように家に準備させなければならない、多分一週間ぐらいで命令が出るはずだから。……O病院の衛生兵の話ではそんな風だった。ところが、一週間どころか一と月以上たっても、そんな気配は一向にない。毎日、新米の衛生兵がやってきては型どおりに体温をしらべて行くだけである。

そう云えば、その検温にくる衛生兵たちは僕らがK病院に転入した日に、新兵としてはじめて教育隊からまわってきたのだった。転入の翌日、僕らは血沈《けっちん》をはかられることになったが、さっそくこの連中の実験台にされてしまった。……僕らが一列に並んで腕をまくってつき出すと、生れてはじめて注射器をにぎったという連中が、軍医の号令一下、針の先をブルブルふるわせながら、かまえた注射器を向けてきた。

「なんだ、途中でやめるやつがあるか。こわがることはない、かまわずブッとおせ」軍医に叱咤《しった》されると彼等は、もう眼をつぶってズブリと僕らの腕をつき刺した。……その連中がいまでは白い上っ張りを著《き》て、いっぱし一人前の医者のような顔つきで僕らのところへやってくる。そうなると、もう彼等は僕らの手におえなくなる。

実際、軍隊の病院内での衛生兵の威勢ときたら大したものだ。階級と年次の古さが絶対に尊重される世界だが、たとい軍隊に十年いる曹長でも入院して患者になると、入営後一年ほどの上等兵にまったく頭が上らない。あらゆる点から云って入院中の僕らの運命は彼等の手にあるのだ。彼等がどんなに横暴でも逆らうだけ僕らの損だ。それでも原隊が病院の近くにあると、まだいくらかはその圧力が彼等の上にかかるのだが……。

「衛生兵のちくしょう。これが北支やったら、ただではおかん。外出のときを狙《ねろ》うて、原隊の戦友に気合い入れさしたるのやが」そう云っているくせに菊本上等兵も、一ツ星の衛生兵が病床日誌をかかえて検温にやってくると、なにかと気をつかったお世辞をふりまくのである。

どこの病院でもそうだが、毎日の日課のなかで検温は最も重要視されている。ほとんど治療らしいものが行われていないこの病院でも、検温だけは朝昼二回規定どおりに行われる。……薬をのむことも手術をすることも大した効果のない僕らの病気では、体温器の目盛りを読むことぐらいしか対応策がないとも云えるが、それは結果が数字で現せるという点で、とくに軍隊の好みに合っており、無条件で信じられた。……だから、その係りの衛生兵には心証をよくしておく必要もあるわけだった。

係りの綿貫という衛生兵が扉に立つと、菊本は、こんどは青竹はふり廻さないが、「検温やで。検温やで」とまわりの患者をせき立てながら、いかにも先生の前でスマしこむ優等生のように、きちんと膝《ひざ》を折って寝台の上にすわる。綿貫は理髪業をやっていたというが、体温計をはさむとき腋《わき》にふれる指先が冷《つめ》たくペタリとくっついてきて、なるほど床屋らしかった。

体温計を腋からとり出すときには一種のスリルがある。……計りおわった体温は係りが、だまって○秘と判を押した病床日誌のグラフに記入するのだが、僕らは皆、首をのばしてそっと目盛りを読んでしまう。七度二、三分の熱が一週に二度ほどあると僕らは安心できる。二週間も平熱がつづくと気が重くなり、それが四週間もつづくと、あせりはじめる。……ひょっとすると、もうおれの身体《からだ》はすっかり健康になってしまったんじゃないか？　そんな危惧《きぐ》が強まるにつけて、花のさかりを見てもらわなければとオールド・ミスになることを心配する人のように、はやく除役の命令がでてくれないと、このまま平熱の状態に入ってしまいそうな気がする。

ある日、検温の時間でもないのに綿貫が衛生班長といっしょに病室へやってきた。……最初、僕はいよいよ除役の命令かと思った。彼等は室長の広瀬に、聞きとりにくい低い声で何か説明すると、肩を張って出て行った。すると、広瀬室長は、ふだんに似合わず、

「そんな馬鹿な……」と、めずらしく顔を紅潮させて、衛生兵たちの後姿《うしろすがた》に投げつけるように云った。

衛生班長の話というのはこうだ。――先日来、病院の兵器検査が行われているが、自分らの班で体温計の員数が一本不足している。これは衛生兵が忘れたり、落したりしたものでなく、誰か患者で体温計をこわした者が、それを報告しないで黙っているにちがいない。ところで昨日この部屋で検温を行った綿貫二等兵の上靴の中に水銀の

粒がついていた。これは体温計がこの部屋でこわされた証拠であるから、こわした者は正直に事務室まで申し出るように。――というのだ。

それは、あまりに漠然としすぎた話だった。体温計がどんなに大切なものであるかは僕らもよく知っていた。満洲にいた頃、ある脱走兵が体温計の水銀をぬいて水筒に一ぱいあつめ、重慶軍に数億元で売りわたしたといううわさがあったが、それほど水銀は貴重であるらしかった。陸軍病院では体温計は兵器なみに扱っており、兵器となれば、たとえば工兵隊ではシャベルにお辞儀させたりするぐらい、一種神格視されるのだから、たしかに衛生兵がそう不注意に落したり無くしたりはしないだろう。しかし水銀の粒が僕らの部屋に落ちていたからと云って、かならずしも僕らが体温計を折ったとはかぎらないし、それも水銀の粒が本当に僕らの部屋から出て行った綿貫のスリッパにくっついていたかどうかわかったものではない。……

「誰か、自分が体温計を折ったと思うものはおるか?」広瀬室長は一同をかえりみた。勿論、誰も申し出るものはいなかった。誰が考えても、これは失《な》くなった体温計の罪を、病院内で一番弱い立場にある僕ら「員数外」の患者におしつけようとしているとしか思えなかった。皆はくちぐちに衛生兵の態度を非難し、また「在郷軍人の歌」をうたって気勢をあげる者もいた。

その日は別段、何ごともなかった。しかし隣の寝台の古田二等兵は、「これは君、えらいことになるよ」と云った。

「どうして……」僕は問いかえしながら、古田が連帯責任のことを心配しているのだろうと思った。それで僕は「いくら衛生兵が強引でも、こんどはそうは行かないだろう。……それにこちらが初年兵ばかりならともかく、五年兵や下士官だっているんだし、むこうが無理押しに押してくるなら室長から軍医殿に報告すればいいよ」とこたえた。……ところが、これは僕の見当ちがいだった。意外なことから僕は窮地におち入らなくてはならなくなってしまった。

あくる日、やってきた衛生班長は、折れた体温計のことについてはひと言もふれず、「お前たちは除役の恩典を目前にひかえて、検温の時間にもデタラメをやっているようだ。ちかぢかのうちに、体温の精密検査が行われるからそのつもりでいろ」と云った。……僕には最初、それがどういうことかわからなかった。衛生班長はあきらかに威嚇《いかく》のつもりで「精密検査」ということを云っているらしいが、体温はいいかげんに計ってもらうよりは精密である方が僕らにとって良いにきまっているではないか。

ところが、こうした楽観的な見方は僕自身の無智からきていた。……体温計は水銀の溜《たま》っているところをあたためることによって水銀が上って行く、だからそれを毛布でつまんでこすったりすれば熱を生じて水銀はいくらでも上って行く、そのぐらいのことなら僕も知っていた。しかしそんなことは、そうでなくとも仮病をすぐに疑《うたぐ》られる軍隊内で出来ないことだと思っていた。実際、検温のときにはよほど発熱している者でないかぎり、皆寝台の上に正坐させられて、手などはめったに動かさないよう、係りの衛生部員が見はっているのである。したがって、もし体温計を摩擦しようとするなら、腋の下の筋肉がよほど発達していて、体は動かさずにその部分だけ絶えずピクピク動かすことが出来る者でなければならない。……ところが、そういう難儀な運動を巧妙にやりとげる者が何人かの人間のなかにはかならずいる、ことにこのK病院のように、方々の病院を転々としてきたいわば「病院ゴロ」のなかにはきっといる。そして衛生班長は、そういう連中が無理なことをしたために体温計が折れてしまったとみなしている、というのだ。

「お前は、ぼんやりしているんだな」古田はその話をきかせてくれてから云った。

「精密検査というのがまた大変だぞ。……馬のようにな、体温計を肛門に入れられてしまうのだ。それが毎日毎日、何週間もつづく。……お前はHの病院でやられなかったのか。しらばくれているのだろう」

僕は話をききながら、ふと寒気をもよおしてきた。……子供のとき灌腸《かんちょう》させられて尻《しり》から背筋へ冷いものが上ってくる感じ、あの不快な気持が体中によみがえった。そして古田二等兵の丸い色白の、ふだんは子供のように見える顔に、まばらな不精ヒゲや目の下のシワが突然のように目立って年齢相応の容貌《ようぼう》にみえてくるにつれて、体内に感じはじめた不快が、自分が疑られているという不気味さとも入り交ってきた。

「しらばっくれるなって？　おいおい、よしてくれ」そう云いながら僕は、古田のやつこそ怪しいのではないかと思った。

その日から僕は検温が二重の意味で苦痛になりはじめた。綿貫があいかわらず床屋のように冷い指で腋の下にはさんで行く体温計が何かゾッとするようなものを体中に伝えるのだ。……この部屋のなかに果して、あの腋の下の筋肉を運動させている者がいるだろうか、そう思いながら、一人一人の顔をながめわたして行くうちに、古田や斎藤や菊本や広瀬やの顔が一つ一つ、暗い毛深いところでヒクヒク動いている皮膚のイメージと重《かさな》って見えてきた。と同時に僕は自分の腋の下がひとりでに動きはじめるような錯覚にとらわれる。……動いては、いけない。……動いては、いけない。そう思えば思うほど筋肉がびりびりしてくるようで、そのたびにガラスのもろい管がしなって今にも折れそうな気がする。

「よし」時間をみはからって綿貫がはずして行く体温計を、のぞきこんでみると驚ろいたことに水銀柱は八度一分に上っていた。

これまでは平熱がつづくたびに、除役とりやめになるのではないかと気が気ではなかったのだが、いまは反対になってしまった。もしも、普通の検温のときはこんな高熱がでていて、精密検査のときになって急に平熱になったらどうだろう。体温計をこわしたのは僕だということにされてしまい処罰されるのは勿論、これまでの病状も仮病と考えられて直に原隊へ送りかえされるにちがいない。……しかも困ったことに、体温に対する自覚を僕はよほど以前から失っている。きょうは気分が悪いな、と思ったときには六度八分ぐらい、そして何ともないときに八度ぐらいの熱を発していることは、これまでにもしばしばであったが、いまこんな風に、八度一分の目盛りにまで水銀が上っているのをみても、自分がよいのやら悪いのやらサッパリ分らないので、もしかするとこれは矢張り腋の下の筋肉が動き出したのかもしれず、そう思うとますます本当に腋の下だけが動いているような暗示がはたらき出すのだ。

精密検査の日がちかづくにつれて、みんなもやはり不安を感じるらしかった。古田は依然として僕を疑るつもりか、毎晩寝しなにあの馬のようにして検温されたときのことを「もう気持が悪くて脂汗がダラダラ流れるのだ」などと気味悪さを強調して話しながら、「これというのも体温計の犯人が自首しないのがいけないのだ」と、じっと僕の顔をみる。右どなりの斎藤は腹膜炎でガマのようにふくらんだ腹をなでながら、以前僕がすこしばかりホラを吹いてカラカッたことを根にもって、

「あんたは前から嘘《うそ》ばっかり吐《つ》いていたからねえ」と彼もまた、恨みっぽい疑りぶかそうな目を僕に向けるのだ。……不思議なのは広瀬室長で、彼は以前あんなにひどかったマラリヤの発作が急にとおのいてしまった。それでも元気になったかというと、そうでもなく、はじめのころの衛生班長とはり合おうとしたいきおいもいまはなく、ぼんやり窓の外を向いている。……

変らないのは菊本上等兵だけだ。彼の場合は尻に体温計を刺されるぐらいは何でも

ないらしい。僕は彼から、あの食物を追求するときのような眼付きで疑られたら、どんなに辛いだろうと恐れていたのだが、そのことには彼はトンと無関心だ。食事どきになると、

「飯やで。飯やで。となりの部屋はもうつけおわっとるで……」と僕らをせき立て、皆の食欲が減退気味で、自然彼の食器が山盛りになっているのを満足げに箸を取るのである。

マルタの嘆き

ぼんやりした様子の人、――それが私にとっての宿命的な敵です。私には一つちがいの妹がありますが、彼女がまさに、このボンヤリをうまくつかう名人で、ちいさいときから私はそのために何度泣かされたかわかりません。姉妹で同じイタズラをしても、みつかって叱《しか》られるのはいつも私の方です。

「あなたはお姉さんだから、こんなことをしてはいけないぐらい、言われなくてもわかっているでしょう」みんながそういって私をせめるのですが、いざ妹が私と同じ年になって、同じことをしても、彼女のことは誰もとがめません。私たちは一つの部屋を二人で使っていましたが、大きくなってからも妹は朝、ふとんをたたむことさえ満足にはせず、いつも私に片づけさせますし、ボタン一つつけるのに三十分もかかったりして、そんなことも結局私にさせてしまいます。不器用といえば不器用なのでしょうが、それでもボタン一つに三十分はながすぎます。お茶の間で、畳にお茶がこぼれたりしても、雑巾《ぞうきん》を持ってくるのはきまって私ですし、それでいながら叱られるのはいつも私の方なのです。

「そんな拭《ふ》き方ってあるかえ、畳の目にそって拭かなければ……」などと。

「無手勝流」というのでしょうか、本当に、ぼんやりした人にはかないません。こういう私たちのような姉妹のことは聖書にも出ております。旅の伝道者であるキリストを迎え入れた家で、姉のマルタは旅人のつかれをねぎらおうと一生懸命、お料理をつくるやら、足を洗うお湯をわかすやら、ただ一時もはやくお客様を安心させ、体も心ものびのびさせてあげようと、働いているのに、妹のマリヤの方は、キリストのそばにベッタリ坐《すわ》ったきり動こうともせず、いきなり手前勝手な身上相談のような話をもちかけています。あまりのことに、姉は、

「マリヤ。お客様に失礼ですよ、そんなにおそばにばかりくっついていちゃ……。こちらへきて、すこしは姉さんの手伝いもしてちょうだい」と声をかけると、おどろいたことに客は、急にふくれッ面をした妹に気をかねるように、かえって姉の方に不

愉快な顔をみせ、

「まア、マルタさんや、あんたの方こそ余計なことに気をつかわず、すこしはじっとしていたらどうかね。……そうガミガミいわなくともマリヤの方は、ちゃんと落ちついて、やることだけはやっているよ。あれこれいろいろ悩んでも、しなければならないことは一つだけしかないのだから」というのです。

私は別段、キリスト教信者ではありませんし、キリストを神の子とも何とも思っておりませんが、これではあんまりひどすぎます。世の中に一人ぐらいは公平にものを見てくれる人があったっていいではありませんか。……いつも働きどおしに働いているマルタにはグチ一ついうことも許されず、ノホホンとして自分勝手なことだけ考えているマリヤの方がみんなから愛されるなんてあんまりです。けれども、これが古今東西を通じて変らぬ「人の眼」というものかもしれません。ことに男の人の眼は、いつもこのキリストのような見方ばかりするようです。

やはり子供のころ、日比谷の公会堂だったか学士会館だったかで「子供のための映画とお話の会」というのがあり、妹と二人で「シンデレラ」のお話をきいたことがありました。そのときは私もシンデレラに同情して、涙が出てきましたので、ハンカチを出しながら、そっと妹の方を見ると、ふだんは余り感傷的にならない妹も眼を真赤《まっか》に泣きはらしております。その顔をみると私は突然、腹が立ちました。(シンデレラというのは、つまりこの妹のことではないか)、咄嗟《とっさ》に私はそう思ったのです。いつも自分のことしか考えたことがなく、他人の思わくや迷惑などには少しも気づこうとしない妹が、顔をトマトのように赤くして泣いているところをみると、これでも他人のお話に同情する気があるのかしら、と私は吹き出しそうになりました。が、考えてみると、童話のすじは私と妹とが毎日やっていることに実によく似ているのです。妹と私とは勿論《もちろん》、着るものも、食べるものも同じものを親からあたえられておりましたが、妹は着方が乱暴なせいか、どんどん汚したり破ったりしてしまいます。その上、箪笥《たんす》から私のものまで勝手に引っぱり出して着ようとするので、叱りますと、キチンと畳んで入れてある私のシュミーズやパンツなどを、ジロジロと恨みっぽい眼つきでいつまでも眺めています。こんなことが何度かくりかえされるうちに、とうとう妹はワザとのように汚い服しか着なくなりました。そして、お客様がいらしたり、外へ出掛けたりするときになると、他人に見較《みくら》べさせるように私のそばにすりよって、袖《そで》と袖、スカートとスカートをくっつけそうにするのです。また、食べるものも好き嫌いが多く、ウナギのかば焼きやナスのしぎ焼きなど家中のものが喜んで食べるのに、一人だけゴマ塩の、それもなるべくゴマの少《すくな》いところだけを御飯にかけて食べたりします。同じことを私がすれば、きっとスネているとか何とかいわれて叱られるでしょうが、そこを妹はあのボンヤリの術を使って何気なしに、いかにも貧しいものを食べているという感じだけを人にあたえてしまうのです。その巧まざる演技のいやらしさ、それに気がつくのは私一人で、そのため私はなおさらヤキモキさせられるのですが。……そんなことを思い合せるにつけて、私はシンデレラの姉さんたちに同情したくなりました。

「このお姉さんは大そう意地が悪く、ことごとに妹につらく当って、年中、あれをしろ、これをしろ、とまるで小間使いのように追い使いながら、自分は醜いくせに大変なオシャレで、箪笥にギッシリつめこんだ着物や下着を、とりかえ引きかえ取り出しては、似合いもしないのに鏡の前に立って、きょうはどのドレスにしようかしらと、そんなことばかりやっております……」

と、お話のひと言ひと言にウナずきながらきいている妹も妹ですが、舞台の上から話しかけている中年の男の人の顔が、私には特別憎らしく思えました。

——どうして、あのおじさんは、あんな風に姉の方ばかり悪くいうのだろう。姉さんの方もよくないかもしれないけれど、シンデレラの方もきっと、グズでダラシのない娘だったにちがいない。それでなければ、どうして煖炉《だんろ》で灰をかぶって寝たりするものか。仕事もせず、それかといって遊びもせず、一日中、何かしら口の中でぶつぶつツブやきながら、ときどき飛んでもないときに、「ああ、鳩《はと》がとんできた。鳩だけが私の味方なのよ」などと気味の悪いことを口走ったりする、そんな子供を誰が可愛《かわい》いと思えるだろう？

ところが男の人の眼はどういうものか狂っています。私たちの眼から見れば、ただのナマケモノで、厭《あ》きッぽくて、ボンヤリした女のことを、ひどく神秘的に、美しいものか何ぞのように考えてしまうらしいのです。そして、いったん美しいと思ったが最後、灰だらけの髪の毛でも、汚れた垢《あか》だらけの皮膚でも、かえってますます魅力的にユニックな個性のあるものとして見えてくる……。「シンデレラ」の王子にしろ、キリストにしろ、その他もっと平凡な男性にしても、こういう変な錯覚に陥ってしまう点では同じです。こんなことをいうと、男の人たちはこう答えるかもしれません。

——それは、なるほどシンデレラは怠け者の不器用な娘かもしれない、しかし女の人というものは男の前では競争心を発揮して一生懸命サーヴィスにつとめるのだが、それが意地きたなく、かえってサモシイものに見えてしまう、だから不器用にボンヤリしている娘に魅力を感じてしまうのだ、と。ところが、これこそは錯覚中の錯覚、本当に滑稽《こっけい》な勘違いです。第一、女が男の前へ出ると必ず競争心を起してサーヴィスにつとめるというのからして、うぬぼれから出たアサハカな考え方ですが、仮にもしそうだとしてもボンヤリした娘には競争心がないと思うのが大変な間違いです。牛や象やブタなど図体が大きくて間の抜けた動物が喧嘩《けんか》しないかというと決してそうでないように、ボンヤリした娘たちだって競争心そのものは誰にも負けず強いので、シンデレラにしたって嫉妬《しっと》心《しん》や虚栄心は姉さんたちと同じぐらい強かったでしょう。さもなければ彼女がだまっていて人を出し抜くような大嘘《おおうそ》をつくはずがありません。……では彼女たち、シンデレラ型の女性の特徴は何かというと、ナマケモノである上に、身のほどをわきまえず途方もなく大きな立身出世の夢をもっていることです。私たちが、良いおむこさんと結婚しよう、お姑《しゅうとめ》さんに気に入られよう、と精出して努力するとアクセクしているとしか見えませんが、シンデレラ型の女のすることは、あまりに欲望が大きいので何を考えているのかわからず、一見、架空なロマンチックなことをやっているように見えるのです。

それにしても、たったそのくらいのことで王子様もキリスト様もダマされてしまうとは、男の人の愚《おろか》さもよくよくすくいがたいものと思われます。ところで、私がぼんやりした女を宿命の敵と思うようになったのは、現在の私の夫がやはりこの「シンデレラ」娘にたぶらかされた一人であるためです。

結婚する前、私たちは今後に暗いかげをのこさないために、過去にあった恋愛の経験やお互いの異性の友達のことをすっかり話し合うことにしました。これは、どちらかといえば私の方が、学校を出てからしばらくの間お勤めをしたりしていたため男の友達も何人かありましたので、そのことで夫に誤解を招きたくない用心から提案したことだったのです。ところが結果は逆になりました。

予期に反して夫は、私の男友達について一向に興味をもちませんでした。私にはたとえばFさんという、ほとんど婚約を交しそうになった人もあり、また女学生のころから何年間も思いつめていたBさんという方もあって、それぞれにロマンチックな想い出もあるつもりだったのに、何をいっても「フン、フン」と、聞いているのかいないのかわからないような返辞しかしない夫に、私は拍子ぬけの程度をとおりこして、何だかバカにされているような気にさえなりました。それで、すこしは夫に嫉妬させてやりたく、

「Fさんとは二百十日の大嵐の晩、だァれもいない銀座の大通りで、はじめて接吻《せっぷん》したのよ」といってやりますと、夫は、突然、ゲラゲラと笑い出し、

「何だFか、Fなら学生のときからよく知っている。あいつがそんなことしたとは、それは愉快だ。何しろ彼は熊沢天皇というアダ名だったのだからね。ずいぶん格式の高いキッスだったろう」と、いつまでも笑いやめません。

「何よ。そんなに笑わなくたっていいじゃないの。あなたの矢島留子とかいう人だって、はたから見ればコッケイよ。……」

するとは夫は、急に重々しい口調になりながら、

「いや、別に。おれたちにはそんなことはなかった」といったまま、眉根《まゆね》にシワをよせて、口をつぐんでしまいました。……夫は以前、進駐軍につとめていたことがあり、矢島留子という人はＰＸの食堂でウエイトレスをしていて知り合ったというのです。ふだんの私なら、別段、気にとめなかったことですが、Fさんのことを甚だ軽少

にあしらわれたあとで、夫の勿体《もったい》ぶったような口の切り方がクヤシくて、

「へーえ、『別に』だなんて、一体どうしたっていうの。その人、どんな人だったの？」

「………」

夫は返辞もせずに、しばらく眼を私からそらせていましたが、組んだ両手で頭を抱えこむようにすると不意に、ごろんと体を畳に横たえながら、

「七年間つき合ったけれど、ひどくボンヤリした印象しかないな。……何でもメンドクサガリ屋の女だったよ」

言葉の半分をきかないうちに私は、胸に不吉な波紋がつたわってきました。

メンドクサガリ屋の女というのがたちまち私に、あのシンデレラ型の女を連想させたのです。

「七年間も？　じゃ、あなたはよっぽどその人が好きだったのね。どうして結婚しなかったの」

私はもう冗談ごとではなく、追いつめるようにききました。すると夫は嚙《か》んでいたものを吐《は》き棄《す》てるように、

「きらいじゃなかった。しかし、あの女は間違ったことをしてしまった。つまり僕を裏切って他の男と、つれこみ旅館へ泊りに行くようなことをしてしまった、それほど重大なことだとも思わずフワリフワリとね。……可哀《かわい》そうだがもうその女とはそれっきり縁を切ったよ」と、こたえました。

良い方はともかく、悪い方の私の予感は必ず当ります。私が結婚したいと思う心の中には、早く家を出てあのボンヤリ屋のシンデレラ的な妹と別れたいという気持がかなり多く入っていたのですが、いざ結婚してみると、やっぱり別の形でシンデレラが私を待ちかまえていたのでした。結婚前に夫は、あれほどハッキリと「あの女とは縁を切った」といっておりましたのに、それは私に対する単なる気休めか、自分のミエのための言葉にすぎませんでした。結婚するために、新しく引っ越したアパートへ早速、矢島留子という人から電話がかかってきて、その晩、夫は裏切られた後もその人とときどき会っていたことを私に告白しました。

その日以来、私は平静な心を失ってしまいました。夫の言葉が信じられなくなると同時に、過去の出来事だとばかり思っていたことが、いま、私の知らない何処《どこ》かでつづいていたのかと思うと、一刻も心の休まるひまもありません。……それにしても私を一層おびやかしたのは、夫の愛した(いや、いまでも愛しているかもしれない)その女というのが、まったく典型的なシンデレラ型であったことです。レストランのウエイトレスになるような人なら、あまり家の暮し向きもよくない方かと思いましたが、実際はそうではなく、戦争で焼け出されるまでは旧市内の山手の地主の娘さんだったそうで、夫がいうには、立居振舞などどことなくそだちのよさもうかがわれ、体が折れそうに細くて、皿や食器をはこぶさまはイタイタしく感じられるほどだそうなのです。そんな話をきくと、私は背も低く、顔はオムスビのようですし、平凡なサラリーマンの家にそだって、特別に何の素養も教養もなく、立居振舞などは拙速を尊ぶあまりいつも柱にひたいをぶッつけたり敷居にけつまずいたりで、すこしも優雅なところがないことが、われながらイヤになるほどハッキリと思い出され、きっと夫はいつも矢島留子と私とを見較べていたにちがいないと思うと、情《なさけ》ないやらクヤしいやらで、夫の喉《のど》をしめ殺してやりたくもなります。いえ、勿論、相手の女も殺してやりたいのですが、何よりも腹立たしいのは夫の、男の、心なので、「可哀そうだが、それっきり縁を切ったよ」などと立派な口をききながら、どうしてそんな悪いことをした女と、またヨリをもどしたりするのでしょう。夫の愛情はそんなにまで深かったのでしょうか？　私は夫に問いただしてみました。すると夫は、

「いや、愛してなんかいない。ただ、ダラシがなかっただけさ」と、こたえました。それは、しかし納得の行くような行かないような答えです。なぜかといえば夫は「だらしなさ」を後悔もしているでしょうが、同時に愛してもいるからです。本当に、夫にかぎらず、男の人というものは一体にダラシナクすることが好きなのではないでしょうか。私たち女なら決してしないことを夫は平気でやってのけます。窓や障子の桟はタバコの灰皿がわりにしてしまうし、ズボン下とシャツのままで部屋の中を歩き《ある》廻《まわ》るのはいいとしても、ドア一つあければもうそこは往来と同じはずのアパートの廊下へもそんな奇妙なナリで出て行こうとします。また、机の上に本や新聞が真直《まっす》ぐに乗っているのは嫌いらしく、読みもしないくせに私がキチンと乗せて置くと、かならず斜《なな》めにしたり引ッくり返したりしてしまうのです。こうなるともうダラシナさが好きなのだとしか思えません。好きでダラシナイことをやっている以上、ダラシナイ女を嫌うでしょうか。そういえば、夫はいつか「愛情とは手垢ですれて光ってくるものみたいなものだ」といったことがありました。私は「そんな汚いものなら愛なんていらな

い」と即座にいったことをおぼえていますが、きっと夫はあのときも、裏切った矢島留子のことを想い出しながら、あんなことをいったにちがいありません。

一体、矢島留子とはどんな女か、そして夫とはどんな関係にあったのか、私はそのことばかり考えてくらすようになりました。七年間といえば、ずいぶん長い期間ですが、その間、夫は同棲も何もしたことはないといいます。何もなくてそんなに長い間ひきつけられていたとしたら、勿論美しい人にはちがいなかろうと思いますが、それでもどんな程度の、どんな型の容姿か、夫のいうところでは、背が高く、鼻すじの細く長い顔立だそうだけれど、それだけでは何のことだかよくわからないままに、たとえば映画女優でいったらどんな人かと訊《き》いてみると、

「自分ではアメリカのJ・Fに似ているといっていたがね。……そういうことを平気でオットリという女だったよ」とのことでした。J・Fなら私も清楚《せいそ》な感じの女優として印象にのこっておりましたが、いかにも日本人とは縁のない顔つきなのでますます見当がつきません。けれども、そのことをきいてからはJ・Fの顔は、たとえ新聞広告の写真でも、見るのも不吉なイヤな気がして、ページを伏せたり、破ったりす

るようになりました。破るのは腹立たしいからでもあったのですが、夫の眼にふれさせたくない気持からでもありました。

夫はときどき、ひどく疲れたように眼をウツロにひらいて頬杖《ほおづえ》をついていることがありましたが、そんなときは、きっと昔の恋人の夢を追っているにちがいない、といたたまれない心持です。私は、夢みごこちの夫の顔に誘い込まれるように、こんな場面を想像しました。――先《ま》ず、大理石の階段があるのです。そこを上って行くと滑稽な顔をした王子様が立っているので、見ればそれは夫なのですが、一向に私の方には眼もくれず憑《つ》かれたようにあらぬ方角を見ております。すると、そこへフワリフワリと白い絹か空気かわからないほど軽い衣裳《いしょう》をつけたJ・Fのお姫様があらわれて、アッという間もなく夫の顔に接吻するとまた空気の中に溶けるようにして行ってしまいます。それを血眼《ちまなこ》になって探す夫の苦しそうな顔……。「ウワーッ、イヤだ」私は叫んで、思わず本当に眼の前の夫に組みつきそうになりますが、夫はひどく冷淡な顔つきで、

「何だお前、出しぬけに……。どうかしたんじゃないのか、この頃」

どうかしているのは、あなたの方じゃないの、私はそういってやりたい気持でした。

もとは地主の娘か何かしらないけれど、たかだか食堂の給仕を「そだちのよさがうかがわれる」の、「J・Fに似ていて、オットリしている」のとは一体、何でしょう。そんなことをヌケヌケと私に向っていう自分こそどこか狂っているのではないかしら。

——終戦直後のころアルバイト学生だった夫は、矢島留子と知り合うようになると、ガスの修理屋や電線工夫の風を装ってアメリカ人ばかりのレストランへ這入《はい》りこみ、相手が日本語の通じないのをさいわいにガスの工合《ぐあい》や電気の故障をしらべるフリをしながら、留子がコッソリ料理場からもってきてくれるハムやアイスクリームなどをガツガツ食べたり、また将校宿舎の空き家にしのび込んで、ベッドやソファーに寝ころびながら、恋をかたったというのです。……以前にそんな話をきかされたときは、みんな面白おかしく、ただ笑ってばかりいたのですが考えてみれば、私はとんでもない人をお婿《むこ》さんにえらんでしまったものです。私はダマされたにちがいありません。夫はそんな話をするとき、架空な、少年少女の冒険談を語るような調子でしたから、つい私もつり込まれてその気でいたものの、実際はすでに堂々と一人前に成熟した男と女の話なのですから、おどろきます。おまけに、そのことをいまになって少しも恥ずかしいとも思わず、それどころか過ぎ去った日のロマンチックな夢——まるでシンデレラが魔法の力でしばらくの間宮殿の舞踏会につらなったような——と思い込んでいるのですから、アキレ返らないではいられません。

しかし、それも、夫にいわせると私のように戦争で家も焼けず、一家が無事に今日まで乗り切ってこられたような家にそだった者にはわからないことだそうで、そういわれては私には言い返す言葉もありません。

「何しろ、矢島君の一家は心が空虚になってしまったらしいね。……D町で一番の、江戸時代からつづいた地主だったのが、只《ただ》同様の値段で取り上げられて、留ちゃんはお父さんが毎日、縁側でキセルでタバコばかり吸っているのを見ているのがたまらなくなって家を飛び出したそうだ……。そんなことで人間の心が空虚になるかどうかはわからないがね、ともかく、だ、あの娘も必死で何か自分をうめてくれるものを探していたことは事実なのだ。……だから、あの女は自分のしたことを悪いとも何とも思ってやしない」と、夫は矢島留子のことになると、まるで劣等生が教室で立たされたような顔付になって、一生懸命にこんなことをクドクドとのべ立てるのです。しかし、いくらいわれてみても私には矢島留子の正体もわからず、また何故夫がそんな女といつまでもそんなことをしていたのかもわかりません。

一年ほどたってある日のこと。——

私は夫にたのまれて必要な書類を受け取りに一人で出かけました。そして一大事件にぶッつかってしまいました。省線電車のI駅で下りてW行の都電に乗ればすぐわかると聞いてきたものの、都電に乗ってはじめて私はどの停留所で下りるのか聞いてくるのを忘れたことに気がつきました。東京の旧市内でも私はその辺の地理には全く不案内なのです。とりあえず次にとまった所で下りると、眼の前の赤い電柱に、

「D町」

とあります。私は顔から血が引いて行くのを感じました。O区D町といえばたしか矢島留子の家のあるところだ。咄嗟に私は、危い！という気がして横町の路地へ飛び込みました。どういうわけで、そんな気持になったのかは知りませんが、一瞬も早く姿をかくさねばならないと思ったのです。そして路地を暗く細い方へと、わけもわからず一心に駈《か》けぬけて、また一つの横町にぶッつかったとき、私は心臓を射ぬかれたような気がして立ち止まりました。こんどは真正面に、

「O区D町〇〇番地、矢島三太郎」

と、あるのです。それは路地の中でも目立って小さな魚屋の店にかかった看板でした。私は夢のような心持でした。――これが、この一年間、私を悩ました根拠地なのか。眼の前には、イワシだの、シャケの切身だの、タコの脚などが並んでおり、その上を、冬だというのに青蠅《あおばえ》が翼を鳴らしながら数匹、狂ったように飛び廻っております。店先では六十ちかい老人が一人、冷たそうな手を血で真赤にしながら魚の腸を抜いているところでした。

私は、ある感動で脚が動かなくなり、しばらく立ちつくしていましたが、店の奥の暗いところからレンタン火鉢に身をかがめた老婦人に、こちらを見られているのに気がついて、立ち去りました。やがて私は（まさか、あの店が矢島留子の家ではあるまい、以前に地主だった人が魚屋に早変りするはずはない）と思いなおして、一度たしかめるために近所にあった米屋の人に訊《たず》ねました。しかし、そこでもこのあたり○○番地には矢島といえば魚屋しかなく、その家なら五十年前から魚屋で地主ではない。

「そういえば、あんたと同じ年かっこうの娘で進駐軍へ出ているのがいたね、あれはトメちゃんといったか……」そういいかけて突然、「あ、あれだ！　あの毛皮の外《がい》套《とう》をひっかけている……」と大きな声でいって指さすのをみると、反対側の路地からひどく背の高い女が、足を外向きにひらいた恰好《かっこう》でユックリユックリとこちらに近づいてきます。

（これはちがう！）私は驚きと、わけのわからない恐怖とで胸の高鳴ってくるのをおさえながら、一心にその人を観察した。すると、なるほど、鼻すじの細くとおっているところも、全身から何かタマシイの脱けたような歩き方をするところも、夫のいったことにそっくりだ。ただ、私の予想した全体とは何とちがっていたことか……。長く上唇の辺まで垂れ下っている鼻や、左右に飛び出している鰓骨《えらぼね》や、その上に躍っている金色の大きな耳環《みみわ》や、いやそんなことよりも全身、空気のように澄んで軽々とした感じだと思っていたのに、まるで正反対の、いってみれば巨大な一匹のウナギのような人なのです。

私はその日、受けた衝撃と感動とがあまりに複雑なものだったので、家へ帰って夫の顔を見ても、何と呼びかけていいかわからないほどでした。そして、背中合せになった安堵《あんど》と幻滅とが、かわるがわるやってきます。……やっとのことで、

「きょう、矢島留子の家の近所まで行って、あの人に会ってきちゃった。あの人、

パンパンガールなのね」と口を切りましたが、夫は、

「へえ？」といったきりで、大した驚きも見せません。

「ねえ、どうしたの？　どうしてもっとビックリしないの」

「別段……。おれはもう君が思っているほど、あの女には興味がないもの」

「だって」といいながら私はまた迷いはじめました。七年間もおもっていた恋人の近況をきかされて、こんなに無感動でいられるはずがない。もしかしたら夫はまた、この頃こっそりと何処かで会っているのではないだろうか。

しかし、どうやらそれは杞憂《きゆう》だったらしい、というのはカマをかけるつもりで、「あなた、まだ私にかくしていることがあるでしょう？」と問いつめながら、「矢島さんの家って、魚屋さんじゃないの。地主だなんていって」と訊くと、主人は眼の色を変えて驚いたのです。

「知らなかった」

「うそ！　七年もの間、一度もあの人の家へ行ったことがないの」

「ない」

夫の話は一層私をおどろかせました。どうしても家にきてはいけないといわれたか

ら行かなかったというのです。

「あんなに愛していたのに本当に家へ行ってみたいとは思わなかった？」

「だって、そういう愛し方じゃなかったもの」

「へえ？　だってどんな家の娘かってことは疑《うたぐ》らなかったの？」

「そんなことは疑りようがないじゃないか」

「そうね。……だけど、あの人とは結婚しそうになったのでしょう。式の日になって嘘がバレたらどうするつもりだったのかしら」

「それは一層、便利だろう。……家から料理が作って出せる」

「それにしても、あの人はどういうつもりなんだろう。シンからウヌボレが強くて、自分の家が旧家だとか地主だとかウソをついても自分で先にダマされてウソをついている気がしないのかしら。……それにＪ・Ｆなんかとちっとも似ていやしないじゃないの。それも自分でそう思いついた瞬間から信じこんじゃうのかしら。大体あなたがいけないのよ。あなたが、はじめにいったんでしょう、Ｊ・Ｆに似ているなんて」

　すると、夫は笑い声を上げながら、

「そういうのが一番お金のかからないプレゼントだからな」といったあとで、「はははは、うまくダマしてやった」

私はアキれてものがいえなかった。「ダマしてやった」とは何ごとだろう、自分の方こそ七年間もダマされていたのじゃないか？　しばらくは、夫も私も、顔を見合せたままだまっていましたが、やがて夫はカブリをふると、ほっと溜息《ためいき》をつくように、

「しかし、おどろいたな、やっぱり……」

「ほら、ごらんなさい、くやしいでしょう？」

夫はじっと下を向いて考えこむ風でしたが、顔を上げるとまたしても私を心から驚かせるようなことをいいました。

「だが、何だぜ、魚屋三太郎なんてのは、その世界じゃ由緒ある名門かもしれない」

夫は真剣な顔つきで、こういったのです。やっぱりまだダマされ足りないというのでしょうか。こんな調子では、まわりの誰もがノホホンとしているのに私一人がキリキリ舞いして苦しまなければならない、マルタの嘆きは、これから先もまだ永遠につづくのでしょうか。

故　郷

東京から高知までは、二十何時間かかる。ひどく長い。トンネルも二百ぐらいある。それに東京駅では、いまだに座席をとるためにかれこれ三時間も行列しなければならない。大体、岡山あたりまでくると僕は先きの長さを思ってガッカリしてしまうのだ。立ったり坐《すわ》ったり、肱《ひじ》を曲げたり脚を折ったり、背中をよじったり腰をかがめたり、さまざまな姿勢をとって、とりつくして、どうにもならず結局は二尺四方ほどの座席にしばりつけられるのをアキラメたまま、「これは、やり切れん」とつぶやくのが岡山あたりである。それからさきがまだ七、八時間、トンネル百以上である。

それは退屈そのものの時間である。汽車の窓からの風景というと、まずタンボ、つぎに畑である。それだけしかない。兵隊で満州からかえされてくるとき僕は、日本の地面に食べ物だけしか植わっていないのを見て、いまさらの如《ごと》くウンザリさせられたが、極度に食料の不足していたあの当時、鉄道沿線のいたるところ、まったく足の踏み場もないほどに我が国の地面は、カボチャや、ジャガイモや、稲や、麦や、菜ッ葉などに、覆いつくされていたのである。無用なものは一切ない。必要のギリギリのものだけでうずまっている所を、油煙とベントウの殻の甘酸《あまず》っぱいゴミ溜《ため》の臭《におい》につつまれながら僕らは、ただ単調に運ばれて行くのである。

しかし、この退屈が、ときによって僕に、ある訳のわからない淋《さび》しさを感じさせることがある。

いま僕がこんなに退屈しなければならないのは、自分に故郷がないせいではないだろうか？

汽車が、ただ揺れ動いているものとしてしか考えられず、どこかへ「近づく」ためのものだと感じられないのは、自分に一定した郷里がないせいではないだろうか。

……僕は高知県高知市のO町のある病院で生れた。しかしその直後にはもう東京の場末の小岩という町につれてこられ、それからはほとんど一年に一度の割合で、善通寺、市川、京城《けいじょう》、弘前《ひろさき》、という風に父の任地を転々とした。ふだんは別段、そのことを、かなしいともイヤなことだとも思ってはいない。かえって、方々を見てこられてよかったと思っている。しかし、こんなふうに長い時間汽車にゆられているとき、ふと、自分が生れたときから汽車に乗りつづけたような気がする。それが僕には錯覚としてではなく、たとえば真夏の列車で頭をオデキだらけにして泣き叫んでいたりした子供の頃の記憶と混り合って、実感として感じられる。それはボンヤリしているので、甘いと同時に、その底に何だか不安な感じのする記憶である。

なぜだろうか、子供のころから僕には、郷里がある怖ろしい感じのものだった。アルバムをめくっていると突然、変にくろっぽい、陰影の濃い一葉の写真にぶっつかる。真中に黒い着物をきて支那風の椅子《いす》に坐った祖母、そのまわりに二列にキチンとならんでいる大勢の伯父や伯母や従兄妹《いとこ》たち、女の人たちは皆、手を袂《たもと》の中にかくして前で合せている、また僕と同い年の従兄《いとこ》たちは三角の長いマントを着せられて裾《すそ》からふくらんだ足袋《たび》の足をのぞかせている。そんな恰好《かっこう》は僕に、奇妙な古めかしい貧しいものとしてうつると同時に、一種凄《すご》みのある雰囲気をもって迫ってくるのである。

父のところへは祖母からよく便りがきた。それには、今月はどこそこの方角へ出掛けてはならない、そちらにはイヌガミツキがいる、というようなことが必ず書きそえてあるのだ。

「そんなことをいったって、役所のある方角へは毎日行かんわけにはいかんからな」と父は大抵、手紙は一度目をとおしただけで丸めこんで封筒へ収《しま》った。しかし母は、もう一度それを引っぱり出して読みかえしながら、ぶつぶつ文句をいって不機嫌な顔つきになる。いまから考えるとその手紙の主旨は、お祖母《ばあ》さんが小遣い銭をせびるためのものだったらしいが、そのたびに起る父と母の間の暗黙の争いが、漠然と僕には、イヌガミツキという怖ろしい言葉と結びついて考えられた。そして僕は、郷里の人たちの並んでうつっている写真をながめながら、(犬噛みつき!)とつぶやいてみるのである。

すこし大きくなって、小学校の高学年のころになると、また別の意味で郷里がうとましくなった。弘前の小学校にいたころはまだ僕は自分の使っている言葉に気をつかったことはなかったが、東京へ出てきて二た月ほどたったころから、学校で自分一人が異った声で話しているような気がしはじめた。気がつくと僕が話しだすと皆はだまって僕の話し声に耳をかたむけているのだ。僕は皆の話し声をマネするようにつとめたが、そのため話している間じゅう自分の口の中に舌が一枚余計に入っているのを意識するようになった。僕が嘘《うそ》をついて学校を休んだりしはじめたのはその頃からである。だから僕は、嘘は自分の言葉を意識することからはじまると確信している。それにしても家と学校で言葉をつかい分けることは何と重い負担だったろう。せっかく僕が憶《おぼ》えかけた言葉で話していると、大学生の従兄がやってきて、「おッと、章ちゃんは江戸ッ子弁で話しいうの?」と、いかにもオウムの芸当に感心するような口調でいうのだ。

家の近所に同郷の人の家が二軒あった。その人たちはいいあわせたように、かわるがわる一年に何度も帰郷するのである。まだ小学校へも行かないような子供が小さなリュクサックを背負わされて、大小さまざまな荷物をもった隊商の最後尾についてヨチヨチ歩いて行くのは痛ましいほどだったが、その子のお父さんは、

「この子らも、いまのうちにシッカリ土佐を見せちょかんと、さきで故郷を棄《す》てることになりますきに」

と、僕らに向っては(お前たちのようになりたくないからね)といわんばかりにい

うのである。

僕にとって、故郷は、一つの架空な観念だった。知らないうちに取りかわされた約束がどうしても憶い出せないような、そんなイラ立たしい不安がいつもつきまとう……。なつかしさというもので故郷を考えるとすれば、テントの軒をたくさんの三角波のようにつらねた朝鮮の市場だとか、ボンヤリと白い花をつけた弘前のリンゴ畑のリンゴの樹《き》だとかを、お尻《しり》や足のうらを絶えず小刻みにゆすぶりながら車輪とレールの擦《こす》れ合う、音としては聞えないような音といっしょに想い出す。

しかし、いま僕が故郷を怖れるのは、また違った意味からだ。

茶色いハトロン紙の封筒が郵便受から出てくるたびに僕は、びくっとする。郷里からの便りがいつもその種の封筒にしたためられてくるからなのだが、その「びくっとする」こと自体がまたひどく不愉快な感じだ。

毎日、お天気の日がつづく。ヒヨコはよくそだつてゐる。明日はトマトの苗木をうゑるつもりである。

中身はきまって、そんなおたがいの無事な消息をたしかめあう文句がしるされてあるばかりなのに、その筆蹟《ひっせき》をみただけで僕は、もう自分が何か後暗《うしろぐら》いことをしていて、せめたてられているような気がする。

郷里には、いま父と母とがくらしているが、手紙は父の方からしかこない。母は精神に異状があって文字を書き得ない状態だからだ。

母の狂気は突然起ったものではないらしい。しかし、それがハッキリと僕らに感じられたときは、やはり突然の感じだった。僕らが終戦後のもっとも苦しい数年間を送った鵠沼《くげぬま》海岸の家を引きはらおうとする間際のことだ。すべての荷物を発送しおわって、その晩は東京の郊外の親戚《しんせき》の家へとめてもらい、あくる朝、父と母とは高知の伯父の家へ、僕は東京の友人の家の一室へ、それぞれの生活に出発しようとするときになって、急に母の持っていたはずの小型のスーツケースがどこかへ消えてしまった。財布やハンドバックなど小さなものは、これまでもたびたび失《な》くしたり、置き忘れたりすることはしょっ中だったが、片手に一個だけ下げさせたスーツケースを紛失することは、いくら何でも大丈夫だろうと油断していた上に、中には少額だが貯金通帳や

現金まで入れてあったので、僕らは狼狽《ろうばい》した。しかし母は、ただ笑っているのだ。そして、

「いいえ、いいんですよ。私はこのまま東京でくらしますからカバンはいりません」と、そればかりをくりかえしている。……もともと母には我《わ》が儘《まま》な気性《きしょう》があり、よく自分の失敗を冗談でもいっているみたいにしてゴマ化そうとすることがあったが、いまはそうとは見えない。カバンの捜索はともかく後にのこる僕が引き受けることにして、父が、

「何をいっているのだ。さア早く行かんと汽車に乗りおくれるぞ」そういって、母の袖《そで》を引くと、母は急に、

「え?」と、眼をキョトンとみひらきながら下を向いて、足下のプラットフォームの下を流れるレールをキョロキョロと不思議そうに眺めているのだ。……そのときから母は完全に常人ではなくなってしまった。

病気の医学的な原因については知らない。しかし、東京をはなれるということが、それまで母を支えていたシンバリ棒をはずしてしまったのだと僕には思われる。「私はこのまま東京でくらしますから」といった母の言葉はいかにも切実なひびきをもっ

ていた。

紛失したと思われたカバンは、実は親戚の家の門の台石の上に置き忘れたように残されていた。僕は、東京駅や郊外電車の乗換のS駅の遺失物係で問い合せたり、S駅近くの交番へ届けたり、鵠沼郵便局へ貯金通帳の改変を願い出たりしたあげく、やっと発見されたそのワニ革のスーツケースを開けてみて一層ギクリとさせられた。中には、たしかに入れてあったはずだという現金も通帳もなく、引っこし荷物の縄を切るためにつかわれた一丁の鎌が長い柄《え》を斜《ななめ》にして入っていたからだ。……その後、父からの便りで現金や通帳は別の荷物から無事に出てきたことがわかったが、貴重品を入れるつもりでカバンの中に鎌を入れた母の気持は、溶けずに何時《いつ》までも僕の胸にのこった。

しかし一体、どうして母はそれほどまでに東京に執着したのだろうか？　それを想うと僕は、母の狂気のある部分がそのままこちらに伝わってくるような気持におそわれる。それは何か蒸し暑い空気がおしよせてくる感じだ。

僕は一人ッ子なので、人からはよく甘やかされただろう、といわれる。そうかも知れないし、そうでないかも知れない。ただ子供の頃、僕の母と二人っきりでいたときのことを憶えているのは、太腿《ふともも》を抓《つね》り上げられたときの痛さだ。何をして叱《しか》られたのかは忘れてしまったけれど、抓られたあとのヒリヒリする皮膚の浮き上ってしまうような痛みと、そんなときの母の白くて冷い眼つきは、僕の体に染みついたようにのこっている。しかし僕が普通の人よりずっと余計に母といっしょにいたことはたしかだ。母はどこへでも僕をつれて行ったし、僕はまた母のそばにくっついているときが、一番あたりまえな気持がしていた。中学校を卒業するころまで、僕は別段それで束縛されているとは感じなかった。

だから僕の性格の後天的な部分は大半、母親から受けついでいる。食べ物の好みは勿論《もちろん》のこと、物の感じ方のもっと細《こま》かい部分まで母の感化で出来上っている。たとえば僕が父の職業を恥ずかしがり出したのは、こんなことがあってからだ。

ある引っ越して間もない家で、僕は母と台所のとなりの茶の間でコタツにあたっていると、勝手口から、御用聞《ごようきき》がやってきた。母はコタツの中から応待していたが、何かのことで御用聞が、

「おたくの旦那《だんな》さんは軍人さんですってね」と問いかけた。ちょうど満州事変のは

じまって間もないころで少年雑誌の読物やマンガに戦争物が人気をしめていたからだろうか、御用聞の小僧は父の階級は何だとか、サアベルは何本ぐらい持つものかなどときいたあげく、

「旦那さんは騎兵ですか」といった。

「そうじゃないよ」母はこたえた。

「へえ?　じゃ何です」

(獣医だ)と僕は答えようとして、コタツの下から母の手で足をギュッとつかまれて、声が出なくなった。そして母は、

「さあね」と急に冷淡な口調でこたえてから、僕の顔をじっと見て、黙ってしまったのだ、そのときのことを想い出すと、僕は、あとあとまで息のつまるような自己嫌悪におそわれた。母の羞恥心《しゅうちしん》がそのまま僕の羞恥心を刺戟《しげき》したばかりでなく、そんなつまらないことを恥じた母の態度がまたひどく僕を傷《きず》つけた。それ以来、調査のカードや何かに、父の職業を「軍人」と書きこむだけで、僕は落ち着かない心持がし、それは終戦になって職業軍人が消滅するまでつづいた。

小さな子供がよく受ける質問「お父さんとお母さんと、どっちが好き?」あれを僕

はいくつになっても聞かされつづけだったようなものだ。母は父の容貌《ようぼう》や姿勢や立居振舞のクセなどを滑稽《こっけい》な醜いものとして絶えず僕に吹き込んだ。それで、僕は世の中に父ほど醜い姿の人はないのだと信じこみ、自分の顔や風姿はつとめて母のそれに似たいものだと念願した。

僕の故郷をうとんずる心も、こうした母の影響の一つであるかもしれない。母は父と同郷であり、おまけに父の実家をまもっている伯父のつれあいは母の実姉で、つまり父たち兄弟は母たち姉妹と結婚しているのだが、母はいつも父の言葉づかいが田舎びているといって笑っていた。

けれども、僕は母からどんなに沢山《たくさん》のものを受けつがされたにしても、いつか母の支配から脱け出したいと思うようになっていたのだ。だから鵠沼の家を引きはらうことは一家にとっては、ひどく悲しいことではあったが、そういった僕のねがいは簡単にとげられることになったわけだ。……そんなときに、母の残して行ったスーツケースの中から、鋭い鎌が出てきたのである。

父たちが高知へ引き上げて行って三ケ月ばかりたったころ、思いがけず僕は、母からの手紙を受けとった。封筒をみた瞬間から僕はほとんど戦慄《せんりつ》した。上書きの字がひどく曲り、大小不ぞろいなのはともかく、切手が裏面の封をとじる所に貼《は》ってある。中からは、書きほごしや白紙のままのレターペーパーに交《まじ》って、どうにか判読できる二枚ほどが出てきた。一枚は、

その後お変りありませんか、私は、私はこの間キチガイ医シャのところへ行つてまゐりました。

と、それだけで、あとは白紙になっている。次の一枚は、父がニワトリをかいはじめたが卵の売り値と餌代《えさだい》とが同じくらいだからバカバカしいこと、しかも自分では模範的養鶏場を経営して村の指導者になると威張っているが、百姓たちは卵はもうからんといって相手にしないこと、などが文脈は乱れながら割にシッカリと書いてあったが、おわりに一行、

こちらへ来てからお父さんは誰とも口をききません、伯父さんとも一言も口をき

きません……

とあって、あとの文字はクシャクシャになって消されているのだ。この最後の一行は僕に、母の狂気とは別の新たな不安をよびおこした。

終戦の翌年、父は南方の戦場からかえってまもなくのころ、いま行っている生家をたずねたことがあった。当時、父は勿論失職して収入はまったくなく、僕は絶対安静の病床にあって、今後をどうやって生きて行くか何の方針も立てられない状態であった。父の生家というのは二百年以上たった古い建物だが、部屋数には充分余裕があったし、農地改革でへらされはしたが田畑もあるので、ことによったらそちらで当分、厄介になれないものかを相談かたがた父は出掛けたのだ。ところが二週間ほどしてかえってきたとき父は、生きたニワトリを一羽さげてきただけで、郷里で何の話をしたとも一と言も話さないのだ。そして、いきなり「これからは日本の農業は多角経営で行かねばならん」と夢みたいなことをいったかと思うと、丸太や配給のマキを山ほど買いこんで、その木で庭の片隅にリンカーンの丸木小屋のような大きな小屋をつくって、その中にはるばる土佐からわたってきたニワトリを放ったのだ。僕と母とは小屋の前でささやき合った。「お父さんはこの中をトリでいっぱいにする気かな。すこしどうかしているんじゃないか」。「まったく。どうするつもりなんだろう。……兄さんと喧嘩《けんか》して出てきたんじゃないかと、わたしは思うよ」。もともと父は口数の多い方ではなかったが、僕らに「どうでした、あちらの様子は？」と問いかけられると、「う」といったまま、まるで宿題を忘れた生徒のように、眼をキョロキョロとあらぬ方へ向けて、だまってしまうのだ。で、僕らは父から何も聞き出すことが出来ないま ま、リンカーンの小屋の中を歩《ある》き廻《まわ》っているニワトリを見ているより仕方なかった。それは、うす茶色い羽根のメンドリで三日に一度の割で卵を生んだが、いつ見ても爪で地面を掻《か》きながら、他の一切のことには無関心に、自分の食う餌をあさっているばかりだったのである。

母からの手紙で想い出したのは、そのときのことだ。あれ以来、僕らはいまさらのようにアテにしていた故郷というものが何処《どこ》かへ消えてなくなってしまったことを知ったのだが……。いま、また伯父伯母と父母とが一つの家の中で黙ったまま相《あ》い対しているることを想像すると、もう僕は遠くはなれた両親からは眼を覆ってしまいたい気になるのだ。

しかし、その後の父からの便りでは別段、伯父たちとの間に懸念されるような気まずいことはなさそうな様子だった。ただ母の病状が一進一退をくりかえしながら、すこしずつ悪化して行くことが、ひかえ目な文面から察しられた。

この頃は錯覚に悩まされること多く、はたからも見兼ねるほどに候

とあるのを見れば、父と伯父とが口をきき合わないというのも、母の妄想だったのだろうか。どちらにしても僕にはどうすることも出来ないことだった。自分自身の生活に追われながら、父の便りに返事を書くのがせいいっぱいのありさまだった。もし、もともとどおりに親子一緒にくらしたりすれば、いまより一層悪く、経済的に共倒れの状態になることは明らかなのだ。新聞で、病気の父親が子供二人にアンパンをあたえた後に殺してしまった記事など読むと、僕はその父親になったような気がした。南米のある移動する種族の土人は、一定の年齢に達すると親たちを木に登らせ子供が下から揺すぶって墜落させて殺す習慣があるという。働けなくなった親たちをかかえては彼等は移動できず、その経済が成り立たないのでそうするのだという。そんな話

がなまなましいイリュージョンを僕にあたえた。

両親と別れて一年ばかりたったころ僕は、ある幸運にめぐまれて文学賞を貰《もら》い経済的に多少の余裕を生じた。そして翌年の三月、僕は郷里の父母をたずねた。それまでにも父はたびたび僕の帰郷をうながしたが、時間の都合がつかなかったりして、期日をのばすうちに、その年に入って母の病状が悪化の傾向にあるのを、しきりに伝えてきたのである。

駅には父の他に、十五、六年ぶりで顔を会わせた叔父《おじ》や従兄たちの顔も見えたので、僕は一瞬むしろ自分が晴れがましい場所にいるような心持で挨拶《あいさつ》をかわしていると、暗いすみの方から、「コンチワ」と声をかけられた。それが母だと気がついて僕は、ほんのしばらくだがためらわずにいられなかった。相好《そうごう》が変っているだろうとは予想していたが、僕がためらったのは別れてこの一、二年、自分が十年以上むかしの健康だった頃の母を思い描いていたことに気がついたからだ。いま眼の前にいる顔はたしかに一昨年、別れたときのとおりの顔つきだった。そしてたちまちのうちに僕は、ふだん想い出すことのなかった暗い出来事を想い出したのである。

いまは父の方にも、いくらかは収入の途《みち》がついたので、厄介になっていた伯父の家ではなく、僕のはじめて行く家に部屋を借りて住んでいた。もともと記憶はうすかったが空襲で焼けて建て直った街路も、僕にはまったく初めての町を歩くのと同じだった。そして、その町はずれの河をわたったころから、怖ろしい所へ足を踏み入れて行くときのような緊張と、後悔に似た心持とで胸をしめつけられるような気がした。しかし家の中は案外にも、キチンと片づけられているのであった。

「大変でしょう、毎日の掃除やなんかが」ときくと、父はアッサリ、

「そうでもない、他にすることがないから」とこたえた。間借ときいて、どんなに陰惨なところかと心配だったが、六畳と四畳の部屋は畳が大きいせいか、六畳か八畳に見えるほどひろびろとしており、家主は外地から引き上げた退職官吏で父とやや似た境遇の人で、庭つづきの畑も四百坪ばかり借してもらい、親切にしてくれているとの話だった。

「これで便所さえ中についていれば、先《ま》ず申し分なしですね」と僕はいった。しかし、その縁側を下りて懐中電燈で照らしながら行く便所は、母にとってはことに足下《あしもと》が危なそうだ。

母の様子も最初に駅で見かけたときは、ある異様な印象をうけたが、慣れるにしたがって、老けたな、という感じの他には別段、これまでと変ったところはなさそうだった。ただ夜ふけまで話込んでいるうちに、

「お前さんに家を建ててやろうと思ってね、いま土地をさがさせているところよ」

といわれ僕も思わずつり込まれて、

「へえ、高知に?」と、まじめに聞いて、

「いいえ、東京ですよ。東京で土地を探させています」と答えられたのがおかしかったぐらいのものだ。無論そんな金はどこからも出てきはしないのである。

翌日、僕は昼すぎまで寝ていた。晩は母もよばれて、近所に住む叔父の家で夜おそくまで御馳走《ごちそう》になってかえったが、とり立てていうほどのことは何も起らなかった。これまでは毎晩のように夜中になるとはね起きて表へ飛び出そうとしたり、あらぬことを口走ったりするというのにその日の夜も何ごともなく過ぎた。

「このぶんなら、そんなにいうほどのこともないじゃないですか」

「うん、お前がきてから気持がだいぶ落ちついてきたらしい」

そんな風もたしかに見えた。叔父の家へ行くとき、着物を着かえるといい出した母の襦袢《じゅばん》をみると、白い襟が垢《あか》で鉄のように黒く光っているのをみて、僕が「それも脱ぎなさい」というと、母はすなおに新しいのと取りかえたが、これまで他の人がいくらいっても、かたく襟元をかき合せて決してかえさせなかったという。……そんなことで僕らはいくらか油断していた。次の日、Y村の伯父の家へ挨拶に行くことになり、母もついて行くというので、それまで外出は何箇月もほとんどさせたことはなかったのに、何思わずついてこさせたのだ。

父の住んでいる高知市K町からY村までは乗り物だけで二時間ほどかかる。前日はつい近くの叔父の家まで行くのに自動車を使ったのだけれど、その日は市電の停留場まで徒歩であった。四国も南側である高知の三月は、まったく春の気温だ。道路に射《さ》す日ざしはキラキラしてまぶしいほどだった。市街と住宅地をへだてる河にさしかかったとき、橋のかかっている所までのちょっとした上り坂を、母は少し息が苦しそうに足がおそくなるので、僕は立ち止ってふり向いた。すると母は招くような眼差《まなざ》しでうす笑いすると僕の袖を引っぱりながら、

「妙なことがあるんだよ」と、ささやくような声でいった。「お父さんがね、この頃

この橋のそばで若い娘と待ち合せて、どこかへ行くんだよ……」

僕は笑った。「どうして、そんなことを考えるんだい？」

父は古い軍服に、昨年僕が友人からもらったのを送ってやったフランス製のベレをかぶって、何も知らずに先頭を歩いている。

「どうしてだって？」母は急に眼を光らせて、「どうしても、こうしてもあるものか、この頃は毎晩なんだよ。私が後からつけて行くと、『邪魔するな』といって、私をもうすこしでこの橋の上から投げ下しそうにしたよ」

もはや笑いごとではなかった。父が「錯覚を起して困る」といっていたのはこれであろう。そのまま返辞をしないでいると、間もなく母も発作がおさまったように普通の顔になって歩き出した。しかし、ちょっとでも立ち止まることがあるとき、その発作はふたたびはじまるのであった。そして、とうとう市電を軽便鉄道に乗りかえるG駅で二十分ばかりの待ち合せの時間に、大声で父をののしりはじめた。眼がすわり、コメカミの血管がうき出して、もうこうなると誰の眼からも常人のようには見えなかった。

「だいじょぶかな。高知へ引きかえして病院へ行こうか」

僕は、じっと背を向けたまま立っている父に訊《き》いた。

「このまま行った方がいいだろう。……いつも夜中になると、もっとずっとひどくなるんだ」と父は答えた。そしてそれ以上は母の病状について何も付け加えなかった。父にしてみれば母の狂気は、ただ耐えしのばなければならないだけのものだからにちがいない。


自動車がY村にかかるころから母は気をしずめた。正面に実家の白い土壁と、寝そべったような形の幹の太い松の木とが見えはじめると、僕も何とはなしに安堵《あんど》を覚えた。見おぼえのあるものが、はじめてそこに待っていたのだ。門の前の田に働いていた一人の農夫は僕らの一行を見て、立ち上るとハチマキをとって頭を下げた。

伯母はちょうど畑から上ってきたところだといって、地下タビを半分脱ぎかけていた。伯父は出掛けようとして自転車にまたがりかけていたが、それをやめて中へしまった。そしてほとんど言葉もかわさないうちに、もう上にあがると酒が出たが、それがきわめて自然だった。父がよそへ間借したのについて、こんどこそは何か気まずいことが起ったにちがいないと僕は思ったのだが、それらしい様子はまるで見えなかった。すべてが予想外に明るい感じなのである。子供の頃から何度かつれてこられて、そのときの印象はいつも暗いものとして頭に刻み込まれていたのに、これは一体どうしたことだろうか？　僕が大人になったせいだろうか。家の古び方も年数がたつと目立たなくなり、かえって明るくなるのだろうか。……けれども、それは僕の間違いだった。明るいと思ったのは、ただ僕の家と比較してのことにすぎなかった。なぜなら、しばらくしてまた母が例の発作を起しはじめると、たちまち昔どおりの家に変ってしまったからだ。

それにしても母の口走る言葉は、長年おさえられてきた欲望から出るのだろうか、皆自分を主人公にしたひどくナマナマしいことばかりだ。「姉さんはね、私を裸にして薪で殴ったんだよ」といったことからはじまって、聞くにたえないようなことばかりをいう。病気の原因にはおそらく終戦後の急激に襲いかかった貧乏やその他の苦労が数えられるだろうに、それらについてはほとんどいわない。

その晩、僕は奇怪な夢を見た。――あたりは暗く、ゆれうごいている水ばかりであり、僕は海亀にのっている。そして、ときどき水の底で動いている風が重苦しく僕にぶっつかって自分が底へ向っていることがわかるのだが、ふと気がつくと僕の乗っていた亀の体が母に変っているのだ。寝る前に見せられた古いアルバムの中に、空襲で焼けてしまった僕の子供の頃の写真が沢山あったので想い出したのだろうか。僕に最初に泳ぎを教えてくれたのは母であり、そのとき僕は水の中で母の背中に乗って、不安と、ものめずらしさと、うれしさとを感じたのを憶えているが、しかし夢の中で亀ではなく母だと気がついたときは、怖ろしさと不快さばかりだった。……目を覚ますと、母たちの眠っている部屋から、ふすまの倒れる物音と父の声とが聞えた。父はまだ半分眠っているように口の中でこわばる声だ。また母が発作を起したのだろうか。夜中に起す発作が一番ひどくて父にむしゃぶりつき、ときには衣類を剝《は》ぎとって裂くという。……しかし発作ではないらしい。「便所へ行く」と母の声がして、ふすまが開いた。

その足音をきいて僕は一瞬、心臓に血が凍りついたような気がした。真暗《まっくら》な廊下を足音は僕の部屋へ近づいてくるのだ。眼の前にほの白く浮かんだ障子に影がさすと、僕は思わず飛び上った。

「ちがう、ちがう。……便所はあっちだ、反対の方だよ。お母さんはよく知っているんだろう……」

「おや、そうか。間違ったかな」

その声は意外なほど素直な、子供のような声だった。こんどは足音が正確に便所の方へ遠ざかり、古い杉の板戸がきしみながら開くのが聞えた。

何でもない。何でもなかったのだ——、僕はつぶやきながら、夢のつづきで心臓がまだ高鳴っているのを感じた。

夜明けまで、それから僕はどうしても眠ることができなかった。母は眠ったらしく、その部屋からもう何の物音もしなかった。しかし、さえきった静かさの中からは何かが聞えてくるようだ。この古い家の何処かが、少しずつ毀《こわ》れかかっている音だろうか。それとも僕自身の耳の中から聞えてくる音だろうか。やがて、この家も伯父伯母の死んだあとには誰も住む者はなくなるだろうに。

眠れないままに、僕はその音ともいえない音に、いつまでも耳をかたむけていた。

サアカスの馬

僕の行っていた中学校は九段《くだん》の靖国神社《やすくにじんじゃ》のとなりにある。

鉄筋コンクリート三階建の校舎は、その頃モダンで明るく健康的といわれていたが、僕にとってはそれは、いつも暗く、重苦しく、陰気な感じのする建物であった。

僕は、まったく取得のない生徒であった。成績は悪いが絵や作文にはズバ抜けたところがあるとか、模型飛行機や電気機関車の作り方に長じているとか、ラッパかハーモニカがうまく吹けるとか、そんな特技らしいものは何ひとつなく、なかでも運動ときたら学業以上の苦手だった。野球、テニス、水泳、鉄棒、などもだが、マラソンのように不器用でも誠実にがんばりさえすれば何とかなる競技でも、中途で休んで落伍《らくご》してしまう。体操の時間にバスケット・ボールの試合でもあると、僕は最初からチームの他の四人の邪魔にならぬよう、飛んでくる球をよけながら、両手を無闇《むやみ》にふりまわして、「ドンマイ、ドンマイ」などと、わけもわからず叫んで、どかどかコートのまわりを駈《か》けまわっていた。おまけに僕は、まったく人好きのしないやつであった。地下室の食堂で、全校生徒が黒い長い卓子《テーブル》について食事するとき、僕はひとりで誰よりも先に、お汁の実の一番いいところをさらってしまう、そんな時だけは誰よりも素ばしこくなる性質だった。そのくせ食べ方は遅くて汚く、ソースのついたキャベツの切れ端や飯粒などが僕の立ったあとには一番多く残っていた。

僕はまた、あの不良少年というものでさえなかった。朝礼のあとなどに、ときどき服装検査というものが行われ、ポケットの中身を担任の先生にしらべられるのだが、他の連中は、タバコの粉や、喫茶店のマッチや、喧嘩《けんか》の武器になる竹刀《しない》のツバを削った道具や、そんなものが見つかりはしないかと心配するのに、僕ときたら同じビクビクするのでも、まったくタネがちがうのだ。僕のポケットからは、折れた鉛筆や零点の数学の答案に交《まじ》って、白墨の粉で汚れた古靴下、パンの食いかけ、ハナ糞《くそ》だらけのハンカチ、そう云《い》った種類の思いがけないものばかりが、ひょいひょいと飛び出して、担任の清川先生や僕自身をおどろかせるのだ。

そんなとき、清川先生はもう怒りもせず、分厚い眼鏡の奥から冷い眼つきでジッと僕の顔をみる。すると僕は、くやしい気持にも、悲しい気持にも、なることができず、ただ心の中をカラッポにしたくなって、眼をそらせながら、

(まアいいや、どうだって)と、つぶやいてみるのである。

教室でも僕は、他の予習をしてこなかった生徒のようにソワソワと不安がりはしなかった。どうせ僕にあてたって出来っこないと思っているので、先生は、めったに僕に指名したりはしない。しかし、たまにあてられると僕はかならず立たされた。教室にいては邪魔だというわけか、しばしば廊下に出されて立たされることもあった。けれども僕は、教室の中にいるよりは、かえって誰もいない廊下に一人で出ている方が好きだった。たまたまドアの内側で、先生が面白い冗談でも云っているのか、級友たちの「ワッ」という笑い声の上《あが》ったりするのが気になることはあったけれど……。そんなとき、僕は窓の外に眼をやって、やっぱり、

(まアいいや、どうだって)と、つぶやいていた。

校庭は、一周四百メートルのトラックでいっぱいになって、樹木は一本も生えていなかったが、小路を一つへだてた靖国神社の木立が見えた。朝、遅刻しそうになりながら人通りのないその小路を、いそぎ足に横切ろうとすると不意に、冷い、甘い匂《にお》いがして、足もとに黄色い粒々の栗《くり》の花が散っていた。

春と秋、靖国神社のお祭がくると、あたりの様子は一変する。どこからともなく丸太の材木が運びこまれて、あちらこちらに積み上げてあるが、それが一日のうちに組み上げられて境内全体が、大小さまざまの天幕の布におおわれてしまう。それは僕らにとって「休み」のやってくる前ぶれだ。やがて、オートバイの曲乗りや、楽隊の音や、少女の合唱や、客を呼ぶ声が、参詣人《さんけいにん》の雑沓《ざっとう》に交って毎日、絶え間なくひびき、それらの物音が、土埃《つちぼこり》に混った食べ物の匂いのただよう風に送られてくると、校庭で叫ぶ教官の号令の声さえ聞きとれなくなってしまうのだ。そして、教室の校庭に面するすべての窓からは、そうしたテントの街の裏側をすっかり見わたすことができたのである。

いつか僕は、目立って大きいサアカス団のテントのかげに、一匹の赤茶色い馬がつながれているのを眼にとめた。それは肋骨《ろっこつ》がすけてみえるほど痩《や》せた馬だった。年とっているらしく、毛並にも艶《つや》がなかった。けれどもその馬の一層大きな特徴は、背骨の、ちょうど鞍《くら》のあたる部分が大そう彎曲《わんきょく》して凹んでいることだった。いったい、どうしてそんなに背骨が凹んでしまうことになったのか、僕には見当もつかなかったが、それはみるからに、いたいたしかった。

自分一人、廊下に立たされている僕は、その馬について、いろいろに考えることが好きになった。彼は多分、僕のように怠けて何も出来ないものだから、曲馬団の親方にひどく殴られたのだろうか。殴ったあとで親方はきっと、死にそうになった自分の馬をみてビックリしたにちがいない。それで、ああやって殺しもできないで毎年つれてきては、お客の目につかない裏の方へつないで置くのだろう。そんなことを考えていると僕は、だまってときどき自分のつながれた栗の木の梢《こずえ》の葉を、首をあげて食いちぎったりしているその馬が、やっぱり、

（まアいいや、どうだって）と、つぶやいているような気がした。

実際、僕は何ごとによらず、ただ眺めていることが好きだったのである。ひなたの縁台にふとんが干してあると僕はその上に寝ころびながら、こうしてポカポカとあたたまりながら一生の月日がたってしまったら、どんなにありがたいことだろうと、そ

んなことを本気で念願する子供だった。学校ではときどき生徒を郊外へつれて行き、そこで木の根を掘ったり、モッコをかついだりすることを教えられたが、そんなときでも僕は、われしらず赤土の上に腰を下ろして頬杖《ほおづえ》をつきながら、とおくを流れている大きな川の背にチカチカと日を反射させている有様を、いつまでもながめていると云った風だった。「おい、ヤスオカ!」と名前を呼ばれて、清川先生から、「お前は一体、そんなところで何をしているのだ。みんなが一生懸命はたらいているときに自分一人が休んでいて、それでいいのか」と、そんなふうに云われても僕は何も答えることがない。別に見ようと思って何かを見ていたわけでも、休もうと思って休んでいたわけでもないのだから。

しかたなしに、だまっていると、清川先生の唇は三角形に曲り、眼がイラ立たしそうに光って、分厚い手のひらが音を立てながら僕の頬《ほ》っぺたに飛んでくる。

靖国神社の見せ物小屋のまわりをブラつくことにしてもそうだった。もう、そのころの僕らの齢《とし》ごろでは、インチキにきまっているろくろ首のお化けや、拳闘対柔道の大試合なんかに大した興味はない。お祭で学校が休みになれば、気のきいた連中は日比谷か新宿へレヴィウか映画を見に行ってしまう。僕だって、どうせ遊ぶのならそっちの方がいいにきまっていると思うのだ。けれども僕は何ということもなしに境内をあちらこちら人波にもまれながら歩いていた。

だからその日、僕がサアカスの小屋へ入って行ったのも別段、何の理由もなかったのだ。僕はムシロ敷きの床の上に、汚れた湿っぽい座ぶとんをしいて、熊のスモウや少女の綱わたりなど同じようなことが果てもなく続く芸当を、ぼんやり眺めていた。が、ふと場内をみわたしながら僕は、はっとして眼を見はった。……あの馬が見物席の真ん中に引っぱり出されてくるのだ。僕は団長の親方が憎らしくなった。いくら、ただ食べさせておくのが勿体《もったい》ないからといって、何もあんなになった馬のカタワを見せものにしなくたっていいじゃないか。

馬は、ビロードに金モールの縫いとりのある服を着た男にクツワを引かれながら、申し訳なさそうに下を向いて、あの曲った背骨をガクガクゆすぶりながらやってくる。鞍もつけずに、いまにも針金細工の籠《かご》のような胸とお尻《しり》とがバラバラにはなれてしまいそうな歩き方だ。……しかし、どうしたことか彼が場内を一《ひ》と廻《まわ》りするうちに、急に楽隊の音が大きく鳴り出した。と、見ているうちに馬はトコトコと走り出した。

まわりの人は皆、眼をみはった。楽隊がテンポの速い音楽をやり出すと、馬は勢《いきおい》よく駈け出したからだ。すると高いポールの上にあがっていた曲芸師が、馬の背中に――ちょうどあの弓なりに凹んだところに――飛びついた。拍手がおこった。

おどろいたことに馬はこのサアカス一座の花形だったのだ。人間を乗せると彼は見ちがえるほどイキイキした。馬本来の勇ましい活潑《かっぱつ》な動作、その上に長年きたえぬいた巧みな曲芸をみせはじめた。楽隊の音につれてダンスしたり、片側の足で拍子をとるように奇妙な歩き方をしたり、後足をそろえて台の上に立ち上ったり……。いったいこれは何としたことだろう。あまりのことに僕はしばらくアッケにとられていた。けれども、思いちがいがハッキリしてくるにつれて僕の気持は明るくなった。

息をつめて見まもっていた馬が、いま火の輪くぐりをやり終って、ヤグラのように組み上げた三人の少女を背中に乗せて悠々と駈け廻っているのをみると、僕はわれにかえって一生懸命手を叩《たた》いている自分に気がついた。

職業の秘密

生命保険というものを考えついたのは一体どんな男であろうか。「死の商人」というのは普通、兵器でもうける連中のことらしいが、最初に生命保険を思いついた男もやはり相当に残忍で酷薄な性格の持主だと考えられる。

私の知人に、かつて日本一の勧誘員と呼ばれたと自称する男がいるが、彼はもう二十年も昔にその方の仕事はやめてしまっているにもかかわらず、散歩の途中、戸じまりの悪そうな窓の半分開け放しの家を見掛けたり、買物籠《かいものかご》をさげて用もないのに商店の飾り窓を覗《のぞ》きこんだりしている婦人にぶつかったりすると、思わずその家に上りこんだり、その婦人に話しかけたりしてみたくなるのだそうである。

「あんなもん、わしがちょっと口説いたら一ぺんやからなア」

実際に、彼は私と喫茶店の椅子《いす》に坐《すわ》っているときにも不意に婦人の姿を指さしながら、そんなことを云《い》ってしばしば私をマゴつかせた。すでに老いこんでキリボシ大根のようにひからびた体つきの彼だが、一瞬眼が燃えるように光って、まるで猟師が鉄砲をとり上げられたみたいに残念がる。しかし狙《ねら》われた方の婦人を見るとなるほどと思われるフシもある。一と口にいえば、それは非常に平和な顔である。あらゆることにバランスがとれて充分にみちたりた様子が、顔つきにも体つきにも持ちものにも、あふれ出している。

「おれ、ああいうやつ見てるとイライラしてくるんや。あれ、自分はええつもりでも、世の中でいちばんアホなツラいうたら、あれやで。ああいうのに、がアんと一千万ほど掛けさせたってみい……」

私には一体、彼がどういう料簡《りょうけん》でそんなことをいうのかよく理解できない。その婦人に何かをそそられるというなら了解できるし、一方それだけに憎しみのわく気持もわかる。しかしそれなら一千万円の保険をかけさせるということが、どうして彼の溜飲《りゅういん》を下げさせることになるのだろう？　おそらく、これはその職業にたずさわったことのない者にはわからない気持かもしれない。そして、それが職業をやめてから二十年も消えないところをみれば、一生涯つづくものであろう。こういうのを「職業の秘密」というのだろうか。私は、長年肉体労働にたずさわった人の掌《てのひら》や肩にできているタコだとか、コブだとか、そんな異様な肉の盛り上りが、この男の脳のヒダの間にブツブツと赤く脹《ふく》れ上ったまま残っていそうな気がした。それは棺桶《かんおけ》の中で他の部分がすっかり灰になるまで、この男からは消えないであろう。

この「日本一の勧誘員」も、最初から保険の勧誘がすきでなったわけではなかった。(彼はよくその話が気に入っていると見えて、何遍も私にしてくれたものだが)その大阪に本社のある生命保険会社では勧誘員の見習いに有望な素質の者を見出すと、まずデパートへつれて行って洋服だの、靴だの、ネクタイだの、時計だの、若い男の好きそうなものをさんざん眺めさせるのだそうである。で、帽子なり何なり、一番よさそうなものを一つだけ買ってあたえる。次には料理屋で高等な食事をタラフク食べさせる。簡単なことだが、それを二、三度くりかえされると、もう貧乏していたときとは異った意味での金銭の魅力がたまらないほど切実にわいてくるのだという。で、そんな風に先《ま》ず贅沢《ぜいたく》の味をおぼえさせると次には他の有望な男を同じように仕上げ、二人を何かにつけて争うよう競争心をあおった上で、お互いの契約高をてらし合せる。その二つのことを交互にくりかえされると、大抵の者が熱病にかかったように仕事に打ちこみはじめる。そうして気がついたときには金と名誉心(!)とのシメ木にかけられて、契約者をふやすこと、人を云いくるめること、の他には何も考えなくなる、という。

ところで、そんな話は私にとって別段興味ぶかいものではなかった。絶えて、私の家にはそういう熱心な勧誘員など現れたことがないからである。

そんなものは来てくれない方がありがたい。もし来られても私には、掛金を負担する能力などありはしないし、それに兵隊のときかかってきた病気の病巣がまだのこっている体ではその資格もないかもしれない。どっちにしても、自分の不慮の死に何かが賭《か》かっているなどとは考えただけでも気味悪いことだ。それはきまりきったことなのだ。……だから私は二十年むかしに「日本一の勧誘員」であった男と知り合いになり、友達づきあいのような口をきき合うことになったのは単なる偶然の結果であるにすぎず、その動機や原因が自分の中にあったのでは断じてない。ところが、そのことが、もう一人、現役の勧誘員をわが家へ招きよせる結果になってしまったのだ。

もっと簡単にいえば、ある雨のふる日、私の家へ生命保険の勧誘員がやってきた。戸口で追いはらってしまえばそれですむことだったが、どうしたことか私はそれをしなかったのである。その原因はいろいろに考えられる。第一に私は退屈し切っているところだった。で、玄関のあたりでバタバタと雨靴の音がきこえると、それが隣の家へ行ってしまわないようにと祈るような心持があった。靴音はしばらく戸惑うようにゴソゴソなりつづけていたが、やがて一大音響を発してドアが開いた。行ってみると、もうキチンと折りたたんだ雨外套《あまがいとう》を手にした大きな男が四十五度の角度に敬礼しているのだ。私が、

「御用は?」と問おうとする瞬間、向うからも名刺を差し出した。私は手にとって、

「あ、生命保険のことですか」

すると、大男(名刺には内田良夫とあった)は、

「はい」と、きっぱり返事して、またしても体を二つに折った深い角度で一礼したかと思うと、驚いたことにピョンと一歩うしろへ飛びのいたのである。

「おお」私は思わず声を上げた。「危いですよ、敷石が……」

狭い家のことで、この身長も体重も人並みすぐれた男が入ると玄関はそれで一杯な

のだが、それが振り向きもせずに一歩飛び退ったのだから、蹴《け》つまずいてドアから雨の中へ引っくり返りそうになったのである。私の気持が動いたのはたしかにこの時だ。勧誘員の戦法なら、あの「日本一」の男からいろいろのことを聞いて知っている。たとえばはじめての家へ行くときには、泣いている子供があれば頭を撫《な》でながら近づくとか、洗濯物が落ちていれば拾って持って行くとか、といった方法がとられるということだ。それから推して私はこの内田君の態度にはある好意をよせた。と同時に――これは何とも妙なことだが――彼に対して一種の優越心をおぼえたのである。それで、こんなことを云ってしまった。

「いやによく降りますね。……じつは僕は生命保険というものには、あんまり興味はないのだけれど、何かお話があるのでしたら、お話だけはうかがっておきましょう。……どうです、よかったらひとつ上って話してごらんなさい」

「はい」と内田君は、また機械人形のようにシャチコばった礼を一つすると、どこか特別の店でなくては売っていないとおもわれる大きな雨靴をぬいだ。……それを見た瞬間、私はかすかに後悔のようなものの起るのをおぼえた。いくら退屈しているといっても、こんな見ず知らずの男をわざわざ家へ上げるとは、たしかに自分はどうかしている。外は雨だし、どうせこの内田君じゃ商売にもなるまいから、とそんな風に自分で自分に弁解しながら、何かこの若い男に悪事をはたらくコンタンでも起したような、そんな自責の念のようなものが、この雨に濡《ぬ》れた大きな靴をみていると、胸の中にわいてくるのである。

けれども、すべては私の思いすごしであった。内田君は座敷へ上ると、かなり堂々と保険の得を説き、熱心に加入をすすめはじめたのだ。

「どうですか、ひとつ是非、御加入ください」

「そうね」私は奇妙な満足感をおぼえながら答えた。ふだん「日本一」の男からあんまり何度も勧誘員の話をきかされたためだろう、私はいつの間にか自分にもその職業に豊富な経験があるような錯覚を起していたにちがいない。そして、体格も、話しっぷりも、「日本一」の男とはあらゆる点で対照的なこの男が、自分の弟子で、私は彼に実地演習をさずけているような錯覚が起るのである。

「じゃ、ひとつだけききますが、君自身はそういうトクの行く保険に加入しておられるのですか?」

するとその男の答が私をドキリとさせた。

「わたくしですか。わたくしは一切加入しておりません。わたくしはいつも必死の覚悟で本当に明日もしれない命ですから、みすみす会社に損をかけるようなことはいたしません」

彼は笑いもせずにそう云うと、黒いパッチリとした眼を正面から向けてマジマジと私の眼をみつめるのだ。

「へーえ、じゃ僕の命は君が保障して会社に損をかけないというわけ……」私は、そんなことを云いかけながら、ふと気づまりになって口を閉じた。そして、いまさらのように何でこんな男をわざわざ招じ上げたのか、自分の物好きをわれながら疑って、これはやっぱり退屈しのぎより何より自分の体力を一人前と認めてくれたことへの感謝の気持から出たものだろうか、だとすればこの男はこの男なりに、おれの心のスキを巧みに狙ったものだ、などと考えていると、男は不意に、

「おや、あれは小野じゃないですか」と、私が本棚のすみに立てかけてあった学生時代の友人の写真を指さした。それは私といっしょに学徒動員で入営したまま行方不明になった男だ。

「そうですよ。……どうして小野を知っているの？」

なぜそんなことを考えたのか私は、この小野が私の知らない間に帰還して、どこかで勧誘員をしながらやはりビニールの紙挟みから書類やパンフレットを取り出して、どこかの知らない男の前にならべているのではないかと、そんな気がして訊《たず》ねたのだ。

——すると男は、

「いいえ、わたしが前橋の予備士官学校で教官をしていたとき教えたことがあるものですから……」

なアんだ、やっぱりそんなことか。私はもう一度、内田君の顔を見なおした。士官学校で教官をしていたとすれば、この男は年齢も私より下であるはずはないが、そういえば色の白い丸顔の皮膚にも疲労の色があり、ガッシリした首筋にも二本、たるんだシワがよっている。

「終戦のときは大尉ぐらいでしたか?」

「そうです、大尉で陸士の区隊長をしていました」

保険の勧誘員になるまでは一体、何をしていたのか、それを訊《き》くのは私はやめた。ただ私が二等兵で一年半ばかり兵営にいたころの隊長や参謀やの顔を、ちょっと思い浮べただけである。おろかなことだと思うが、私は一年半も軍隊にいて一度も進級の機会のなかったことを自慢にしているところがある。その点では私も、終戦でうまいことをやった連中のなかに入れられるだろう、物質上はトクなことは何ひとつなかったけれど……。で、私はかえってこんなことを云った。

「あれから十年で、いまごろは中佐かうまく行けば大佐ですね」

「そう、まア中佐でしょう」

そう聞いて、私は何よりも自分たちの年齢におどろいた。中佐といえば、ついこの間まで行っていたような気のする学校の配属将校がその位で、しかし眼の前の青い開襟シャツに白いズボンの内田君の顔と、その当時の髭《ひげ》を生やした配属将校の顔とは、どうみても同じ年ごろのものとは思えないのである。私が、そんな感慨にふけっていると、内田君は突然、

「そう、小野ってやつもちょっと面白い男でしたね」と、いまは私たち共通の友人である小野のことについて話しはじめた。小野と私とは大学の予科で知り合ったなかだが、別段そう深いつきあいがあったというのでもない、何でいまごろ彼の写真が私の本棚にのっていたかが不思議におもわれるくらいのものだ。しかし、こうして話し出すと、あの昭和十八年秋の追いつめられたイラ立たしい日々のつづいたころのこと

が、ひろい額のおくに両眼をくぼませた小野の暗い表情といっしょに想い出される……。いつもうつ向いて教室の休み時間にも本ばかり読んでいるくせに、私たちがより合って喫茶店や酒場の女のはなしをしていると、いつの間にかそばへよってきて、クックッと笑っては、またうなだれた姿勢ですみの暗い方へ一人で行ってしまう。そのころ親戚《しんせき》の子が「予科練」に出るというので見送りに行った東京駅で、ばったり小野に出会ったことがある。物凄《ものすご》い人波だったが、彼ほど憂鬱《ゆううつ》な顔の学生は一人もいなかったから、すぐ分った。提燈《ちょうちん》やら炬火《きょか》やらで燃え立つような東京駅を背景に、うつ向きながらやってくる小野の姿は、いかにもあの時代を劇的にあらわした絵のようである。体力は弱かったが、アタマは推理力も記憶力もいい方だったからたぶん将校にもなれたのであろう。

「いや、小野のことはずいぶんとわたしも助けてやりましたよ。どうもなにぶん、はたらくのはイヤがるくせに、要領ばかりは人並以上、倍以上という評判でね。あるときなど彼が炊事場でひろったというネギと残飯とを両手にもって、便所の中でムシャムシャとやっておるところを週番士官が発見して」と、内田君の話は急に横すべりしはじめたので、私も身におぼえのないことではないから、一つ学生兵士のために一

席弁じておく必要を感じて、

「いや、ああいうときのインテリは弱いですからねえ。何しろ合理的な精神の支えになるものが……」と云いかけると、急に内田君はうつ向いて、じっと何か我慢する様子に、私もはじめてこの人は職業軍人だったのだと思い出し、いまさら云っても甲斐《かい》のないツマらぬことで現在は善良な一市民である人の古傷にふれるのも気がさして、そのまま言葉をのみこんでしまった。すると、「ところで」と内田君は、ふたたび顔を上げ、「いかがでしょう一つ、保険の方は。ちょうど合理主義の話も出たところで、養老保険などは一と月の掛け金、三百五十円のからあります」と、またしても話はひどく食いちがって意味のない飛躍をした。さすがにウカツな私もやっと、内田君が突如として小野の残飯あさりの現場をつかまえられた話を持ち出した真意を推しはかることができた。――そうか、あのときお前の友人の危機をすくったのがこの自分で、いまはその返礼をうけるのが合理的だというわけか。私は、しかし意地にでも「察しの悪さ」を維持することに心を決めた。

「いや、合理的、といったのはそういうことじゃない。もうすこしあの戦争の目的もハッキリした建設的なもので、軍隊そのものの組織も……」

云いかけて私は、内田君の太い眉毛《まゆげ》が一本一本立ち上りだしたように思った。と同時に、心の底から自分の軽率さを悔みはじめた。目の前の内田君は、キチンと両膝《りょうひざ》をそろえて坐っていたはずなのが、いつのまにかアグラになって、その一本でゆうに私の胴まわりぐらいはありそうな大きな太腿《ふともも》をしずかに左右にゆりうごかしながら、私のシャベっていることなぞすこしも意にかけはしないぞという風に、眼を上げてはクモの巣だらけの欄間や、シミのついたベニヤ板の天井などに向けている。それは、もはや中隊長が週番下士官か誰かから、別段重要でもないのに長ったらしい報告を受けている態度である。そして、ああ、何としたことだろう。私の身体の周囲からは、残飯、シラミ、便、などをつきまぜたあの初年兵に通有の情《なさけ》ない臭《にお》いが立ちはじめたのだ。

外には雨がふっている。家には私たち二人のほかには誰もいない。いまや私の「合理的精神」などは、「文句だ、黙れ!」の一喝に風の中の羽根のように吹き飛んでしまう運命にあるではないか。最初、私がこの男を退屈しのぎの餌《えさ》にしようと思いついたとき、私が勧誘界のヴェテランとして頭にうかべた「日本一の勧誘員」は、二十年むかしの平和な時代のそれであった。彼の痩《や》せた頰《ほお》や歯のぬけた口もと、それにまるで女性のもののように細くて、しなしなと動く手などは、やはり平和な時代の、対女性でなくては通用しないものであったのだろうか。

こうなっては、もう内田君――いや中佐――に一刻もはやく立ち去ってもらう手段をととのえなくてはならない。といって、こちらから上れと云った以上、帰ってくれと云うわけには行かない。向うにネバるだけネバらせて、こちらは辛抱づよくそれを待つとしようか。しかし、その間、黙っていては相手の肉体的圧力は、はなればなれに坐っていても空気の層を圧してこちらに及んできそうになる。保険の話も、軍隊の話も禁物だとあれば、他にはどんな話題があるだろう。この人のよろこびそうな話は何か？

思い浮かばないままに、しばらく私も天井をにらんでいると、やがてミシッと壁の羽目板のきしむ音がした。見れば中佐は、もうただのアグラではなくて、その大きな体の背を壁にもたせかけて、体全体をこまかにゆすりはじめているのだ。

「ああ、その壁はいけません。去年の梅雨どき崩れたのを板を張って止めてあるのですから……。うっかりすると粉が落ちてきて服が真白《まっしろ》になりますよ」

やっとの思いで私がそれだけいうと、相手は口もとの片方にシワをよせて声にはならない笑いをうかべ、ジロジロとそのへんを眺めまわしながら、こんどは床の間《とこ ま》の柱を背に、私と真正面に向き合って腰を下ろした。ついに私は観念の眼を閉じた。

「たしか、さきほど一番低額の保険は、月額三百円……」

「三百五十円」と相手は床の間の柱に背をつけたまま云いなおした。「しかし、あんなものは、あんたが八十歳ちかくなって、やっと二十万円入るだけですよ。……何、あんたも大正九年、それならわたしと同じだが、停年保険であと二十年たらずでもらえるのが十万円。十万円ばかりで一体、何をしようというのです……」

「じゃ、最高のは月掛け、いくらぐらいになりますか」

時をかせぐためにわたしはわざとそんなことを聞くと、相手は何も彼《か》も承知したように、また片頬にうす笑いをうかべて、

「それは一千万からあるが、まア普通は五百万から四百万。それが現在の中流家庭の主人にかける保険額の標準です……しかしまア、あんたなら二百万。これだと月掛けが、養老で三千五百円。停年なら七千円。どうですか、これは」と、はじめて柱から背をはなすと、また天井に眼をやる。

「いやいや、とてもじゃありませんが、一と月掛けたらもうそれで、飲まず食わず

です。それに、ごらんのとおりのアバラ屋でして……」と云いかけると、

「それでも、これはあんたの家でしょう、これだけあれば、いざとなれば売ったって、一年や半年くらして行ける。……わたしをごらんなさい。終戦二年目で復員してみれば戦災で焼けて家はない。職はなし、恩給はなしで、借りていた親戚《しんせき》の家は追い出される。いまだによそさまの二階の三畳に、親子三人がザコ寝だ。そこへもってきて敗戦のショックで寝ついたままの母親の面倒まで見なければならん状態です。……それにくらべれば、あんたなんかは、この家があるだけで天国のくらしだ。天国に住む家賃として、三千五百円か、七千円、毎月わたしに払いなさい。天国にあそぶと思えばそれくらいは安いものだ。……わたしなんかは夜の天国だって、よそさまの二階で、それこそ雲の上に乗っているほど気をつかわなければ、ろくに落ちついて結ぶことができん」、とやたらに「天国、天国」を連呼してユスリか強盗のような強迫的な態度だ。しかたなく私も、軍隊以来の病巣のあることや、何度もの失職や、それにこの家が借家であるという嘘《うそ》まで混ぜて陳弁につとめ、やっと二百万円を半分の百万円にまけてもらい、とうとう契約書をとられてしまった。

それでも契約を私が承知すると、妙に人なつっこい顔になって、顔一面にシワをよ

せて笑うと、

「どうもインテリは文句が多くて、世話を焼かせますなア」と、私の持っている判をとり上げ、懐中からとりだした歯ブラシでしゅッしゅッとこすると、また私の手にかえしながら、

「まさか、わたしもこれほど身を落した仕事につくとは思いもよりませんでしたが、どうもしかたないです。何しろ病院へ入れてあるおふくろへ送金するだけでも月々一万五千円はかかりますからなア。……それでも、わたしはもう断じて戦争はやりませんぞ。断じて予備隊には入らんですぞ。……それを思えば、あなたが二千円払うぐらいは安いもんでしょう。ハハハハ」と、奇怪なことを云って、契約書をビニールの袋に納めると、やたらに笑い散らしながら立ち上った。

私は、いまいましさをこらえながら玄関まで送り出して、この男があの馬鹿に大きな雨靴をはくのを見とどけると同時に、この男の姿から「中佐」や「大尉」の風貌がすっかりなくなったのを知った。そして、ふと、あの「日本一」の男にとりついた「職業の秘密」が、この男の場合、二つあるのだろうか、それとも軍人の、二等兵としての職業は、私の脳ミソにだけ傷痕《きずあと》をのこしているので、案外あの男からはそんな

ものは、もうすっかり消えているのだろうか……、そんなことを考えながら、日の暮れた雨の中へ沈むように入って行く男の後姿《うしろすがた》を見送った。

老人

この町には何でも一つずつしかない。私鉄の駅が一つ、郵便局が一つ、酒屋が一つ、肉屋、魚屋も一つずつ、床屋も一軒しかないし、道路も一本しか通っていない。

終戦直後に、この町にうつり住んだばかりのときは僕も、余分なものが一つもなく、必要なものだけがキチンとそろって、清潔な町だと思ったのである。しかし、住みなれるにつれてこの町の「清潔」さは案外にも不便なものだと考えるようになった。たとえば一本しかない道路というのは、線路に並行して通っており、その道路をはさんで住民の家が建っているのだが、誰でもよそへ出掛ける人はその路《みち》をとおる以外に方法がない。――たまには、ほかの路をとおって散歩してみたい。だが、そのような気マグレな愉《たの》しみは、この街の住民には許されていないのである。こういうと人は、僕という男がいかにも気マグレを好む人間のように思うかもしれない。しかし、僕という男は断じて、そのようなものではないのである。

僕は気マグレに困ったフリや、悩んだフリをしているのではない。たとえば、こんなときはどうすればいいのか、一本しかない道の向うから知らない人がやってくる。僕らは平気ですれちがう。それでいいのである。ところが、この町に住んでいると、そういうことが度重《たびかさな》って数えきれないほどしばしば起るのだ。そのときはどうすればいいのか？　何となく見知った顔に出会えば、何とはなしにお辞儀することが自然だろう。しかし困難なのは、お辞儀というものが自分一人の力ではできないことだ。自分と対手《あいて》と、両者の気、合せずしてはお辞儀は成り立たない。たとえ、その両者は身分もどんなに異っている場合でも、その間に一つのハアモニイがなくてはお辞儀というやつは出て来ない。ところで、この単に顔を見知っているというだけの相手は、はたしてお辞儀するべきほどの対手かどうか、そのへんの気合がまことに不分明なのだ。もし、こちらから頭を下げても、向うで下げてくれなかったらヒヨウシヌケがするだろうし、またはたから気がヘンなように思われるかもしれない。向うから頭を下げられたのに、こっちで返さない場合の気マズさは云《い》うまでもない。

それに、この町の道路は、ほとんど一直線だから、五百メートルも先から、そういう「お辞儀すべきか、すべからざるか」わからないような対手の姿がハッキリと見とおせるのである。しかも、その五百メートルは、みるみるうちに三百、二百、百、五十、とどんどん縮まってくるのだ。その前に、僕は大急ぎで対策を研究しなくてはならない。だまって通りすぎようか、それとも頭を下げようか、と。できれば、対手がお辞儀しようがしまいが、黙ってとおりすぎるのがカンタンで良いが、これには並みならぬ気力を要するのである。対手の視線をこちらの皮膚でハネかえさなくてはならないわけだから。……それで、やむを得ず僕は、お辞儀したのかしないのかわからないような、風のようなアイマイなお辞儀をするのだが、それは技術的にいって、極めて難しいことで、これまでに一度だってウマく行ったと思ったためしがない。あとに何とも云いようのない気分のオリのようなものがのこって、ひどく自分が不潔な人間のように思われるのである。

そんなことで、僕はもう散歩をすると思っただけで、はやくもこの幽霊のようなお辞儀のツラさが思い出され、落胆してそのまま家に閉じこもるということになるのだ。無目的な散歩が出来ないということになると、あとは買い物に出掛けるか何かしなくては、外を出歩けないことになる。しかし、買い物といっても僕自身ができることはせいぜいタバコをもとめるぐらいのことで、家のもののミソやショウ油をいちいち買いに出ることは煩瑣《はんさ》でもあるし、また何といっても不体裁に思えて気がすすまない。となると、僕にのこされた唯一の運動のチャンスは銭湯へ行くことだけなのだ。

松の湯――とわざわざ呼ばなくとも、やはりこの町に一軒きりの風呂屋だから銭湯でわかるが――は、この一本しかないメーン・ストリートを折れてすこし海岸よりの方へ這入《はい》った松林の中にある。

むかし、この町が東京近郊屈指の避暑地であったころは、たぶん夏の海水浴客めあての湯屋だったのであろう。いまではしかし、このあたりは東京への通勤区域になってしまい、とくに避暑の客もこないから、夏冬とも固定した客の普通の銭湯である。ただ東京都内の風呂屋とちがって湯槽も小さく、小ぢんまりとしており、全体にどことなくノンビリしている。……床はタイル張りだが、バルブで押せば上り湯の出てくるような近代的な設備はなく、いちいち手桶《ておけ》で汲《く》まなくてはならないのだが、その他のことでもすべて旧式で、番台に坐《すわ》っているのもセータアにズボンといった若い女性ではなく、髪をひっつめに結って眼のキョトンとした婆さんが、木にとまった老猿のような恰好《かっこう》で背中を丸めて、脱衣場の客たちを見下ろしている。そういう店の雰囲気に支配されるのか、客もまた古風な人が多く、「浮世風呂《うきよぶろ》」の木版画のサシ画《え》がそのまま生きかえったようなおもむきを呈することもある。しかし僕は、そういう時代遅れのところで、この湯屋が気に入っていたのだ。

ことに番台の婆さんが僕は好きだ。

彼女は日頃、このような高い台の上に一日中乗っていなければならないのが不満のタネらしく、客に向っていつも、

「このとしで、まだこんなことしなくてはなんねえだから……」

とグチをこぼしているが、それはたから見るといかにもノンビリとした光景であって、かえって幸福そうな気分がかもし出される。……いつか僕は、うっかりギブス・コルセットを着用したまま出掛けて、着物を脱ぐときになってはじめて気がつき、ハッとして、思わずどうしようかとマゴついていると、

「兄さん、あんたが胴に巻いているそのピカピカしたものは何だね」

と婆さんに声をかけられた。僕の病気は脊髄《せきずい》カリエスで、それもなおりかかってい

るところだし、別段ひとに伝染して迷惑をかけるはずのものではないが、とかく気味悪がられるものだから、きっと「出て行ってくれ」と云われるのかと思った。で僕はますます狼狽《ろうばい》し、返事のしようもなく黙っていると、彼女は重ねて訊《き》いたのだ。

「それは、どこで売っているだね。……わたしはこうして毎日坐っていると、エブクロが下ってきてしようがねえだから、サラシを一反《いったん》、腹に巻いているだが、それでもどうも具合がよくねえ。兄さんのそれを貸してみてくれねえか」

僕は勿論《もちろん》、自分の素肌につけて汗と油のシミこんだコルセットを貸す気にはなれなかったが、それでもその婆さんの一と言で、どれほど病気の劣等感からすくわれたかしれない。

そんなことで「松の湯」は僕の唯一の慰安所であったのだが、最近にいたってそれがまたひどくクッタクした気持におそわれるところとなった。ノレンをわけて、入ろうとする拍子に思わず、ちぇっまた来ていやがると舌打ちしたいような気持だ。

としは、もう五十か、六十歳にもなるだろうか。痩《や》せて、色の白い皮膚はだいぶひからびているところは老人のようだが、頭髪を丸刈にしているためか、ひどく若わかしく見えることもある。しかし、僕がその男を見てイヤな気持になるのは、そんな年齢不詳の容貌《ようぼう》のせいではない。といって他に理由らしい理由があるわけでもない。しいていうなら、外国で自分の同国人に出会ったような、つまり自分の同類項をそこに見出したような不快を感じたのである。

「ああ、好《い》いお湯ですなア」

昼間、あかるい日射《ひざ》しの湯舟で両手をひろげながら、誰にともなくそう話しかけているのを見ると、僕はなんとなく無気力な自分自身を眼の前に見せつけられるようで、気持がくじけてしまう。いや、そう云ったのでは、何か僕が彼に同情心をはたらかしているみたいに聞えて具合が悪い。僕が彼から感ずるものは、もっと不気味な、もっと不潔なものだ——銭湯のしまい湯には「ナマズ」といって、毛やその他の浮游物がからんでニギリコブシほどの大きさに固まりあったものが濁った湯の底に沈んでいるのだそうだが、そんな「ナマズ」のようなものを、僕は彼から感じるのだ。といって、この老人の体は決して、あのコウヤクをベタベタ貼《は》りつけたりした不潔なものではなく、背中やら臀《しり》やらにところどころ老人独特のシミが出来てはいるが、むしろ身ぎれいな体といってさしつかえないのである。

こんなことを、お客のみんなが感じているのかどうか、見ているとその老人に話しかけられた方の人は大抵、バツの悪いような、おどろいたような声で、「あ、ええ、そうですな」

と、要領を得ない答え方をしたあとで、不意に何か思いつきでもしたように、横を向いてブルブルと頭を振ってみたり、洗い場へ上って熱心に体を洗いはじめたりする様子である。しかし、老人は決してその程度の意志表示は認めようとしない。相手が横を向けば、泳ぐように手を振って体をそっちの方へもって行くし、湯舟を出れば、その後を追ってすぐに自分も洗い場へ上る。そうして、こんどは石鹼《せっけん》を塗っていない手拭《てぬぐ》いでノロノロと体をこすりながら、ぴったりと尻《しり》を落ちつけた姿勢で、

「どうも、ここのところは、なんとも好いお天気がつづいてくれますなア」

と、話しだすのだ。それだから、この老人との会話のタイミングをはずすには、結局ただ大急ぎで風呂から上るように心掛けるよりほかに方法はない。彼よりユックリとかまえたのでは、どんなことをしたって、その網から逃れ出すことはできないのだ。なにしろ、番台の婆さんのいうところでは、彼の一回の入浴時間は決して二時間よりすくないことはなく、しばしば三時間をこえるとのことで、「まず、女でもあれだけ

のひとはいたためしがねえ」そうだから。

ときどき僕は、その老人が、洗い場で一人、金玉の袋をだらりとタイル貼りの床にスレスレになるような中腰の姿勢で、ぼんやりと話し相手のくるのを待ちかまえているのに出会わした。そんなとき、僕はまるでクサリにつながれていない大きな犬の前でもとおるような心持で、大あわてにあわてて、湯舟に申し訳けみたいにザブリとつかると、体を拭《ふ》くのもそこそこに上ってくる。

友人の一色君がこの町に引っこして来た。一色君は僕が通いかけたまま中途でやめなくてはならなくなった学校の中国文学科を卒業した文学者であるが、ここではそんなことよりも、彼の卒業論文というのが「唐宋時代の仙境思想」という、つまり仙人の学問についての研究であったことだけをのべておこう。こんど彼がこの町へ部屋を借りて引っこしてきたのは、その「仙境思想」を書き改め、一冊の本にして出版するためである。

「どうだね、仕事は出来そうかね」

「うん、ここはいい。空気がちがうよ。東京じゃ郊外もよほど遠くまで出なければ、こう青あおとした木や草は見られないからね」

と一色君はこの町をシンから気に入っているようにそう云った。松林が多いことも、海がちかいことも、また商店の数がすくないことも、ことのほか彼をよろこばせるらしかった。

「しかしね」と、僕は云った。「あんまり閑静なのも、かえって落ちつかないかもしれないよ。道でも店でも一つずつしかないのは、選ぶということが全然できないことなのだからね」

「ふうん」

一色君は、わかったような、わからないような返事をした。

その日から、僕は銭湯へ行くのに、かならず一色君を誘うことになった。別に魂胆があってのことではない。土地不案内の一色君はちょっとした買い物や何かのことでもいちいち僕のところへ相談にやってきたし、それに昼間の二時ごろは仕事の方にも気が入らないのか、垣根の外から声をかけると、いつも一色君は、

「おう」

と、その離れの部屋の格子を打った窓から顔を出し、すぐさまタオルをもって出て

きたのである。

一色君の容姿を一と言で説明すると、典型的な美男子というほかはない。どんなのが美男子の典型なのかと訊かれても答えようがないが、要するに一度見た人に、あの色の白い美男子といえば一遍に一色君とわかるほどに美男子なのである。先代の羽左《うざ》衛門《えもん》と幸四郎とを二で割ってたしたような顔である。背も高く、体格もいいし、裸になると色の白いのが一層目立つ……。その上、下町の商家のそだちで、律気に礼儀正しくシツケられているのである。たとえば、風呂屋の格子戸をあけるのにも自分がひとあし先になったときにはかならず「お先きに」と声を掛けて行くのを忘れないくらい。

そんな一色君がたちまち、あの老人の話し相手のトリコにされてしまったことはいうまでもない。ネコにカツブシという言葉もあるが、れいによって金玉の袋が床にとどくかとどかないくらいの中腰の姿勢で洗い場に待ちかまえていた老人は、一色君が体を流しはじめたのを見るや、滑走するがごとくにスルスルと近より、

「いいお天気で」

と声を掛けたかと思うと、早速、手桶に湯をくんでわたしてやった。

「これまであまりお見掛けしないようですが、しつれいながら当地ははじめてで……」

「はっ」

礼儀正しい一色君は、これがこの町でのシキタリと思ったのか、自分の姓名を名乗り、湯をくんで返すと、背中まで流しはじめるのに、老人はすっかり悦に入っている様子。おかげで僕は一人、安心して湯をつかうことができるようになった。

それからというもの、一色君は毎日老人に出会うたびに挨拶《あいさつ》し、湯をかけてやったり、背中の流しあいをしたりして、もう僕は松の湯のノレンをくぐると、とたんに眼に入った客待ち顔の老人の餌《えさ》をねらっている犬のような眼に接することもなくなった。不思議なもので、そうなるとあの老人のまわりにつきまとっていた「ナマズ」のような気味悪さも消えてしまったようだった。

ところが一週間ばかりたって、いつものとおり僕がタオルをもって一色君を誘いに行くと、彼も、

「おう」

と、窓の格子にかかったタオルをとって出てきたが、みちみち不意に、

「一体、あの老人はどういう人なの？　どうも僕にばかり話しかけてくるぜ」と問いかけてきた。僕はちょっと返答につまって、

「さアね」

とだけ答えたが、ふとあるウシロメタい気もした。すると一色君は、

「なんでも、下町で葉茶屋をやっていた家の御隠居なんだそうだがね、ウマいお茶をご馳走《ちそう》するから遊びにきてくれっていうんだ」

と、僕などには思いもよらない知識を披露したので、思わず僕も、

「ほう。それは……」と、感心してみせると、彼はまるで僕に気兼ねするように、

「それにこんなことも云うんだ。――わたしは風呂につかって、のんびりと世間話をするのが何より好きだが、それでも決して誰とでも話すわけじゃない。へんな人に話しかけられては、かえって気分をこわして迷惑するばかりだから、用心して絶対にこれならと思う人々でなければ話をしない。長年客を見つけて目は肥えているから、湯の使い方ひとつ見ただけで、その人の人品骨柄《じんぴんこつがら》がよくわかる。だから、わたしが話をする人はみんな立派な人ばかりだ。と、まアこういうことを云うんだがね」

僕は聞いているうちに、だんだん不愉快になってきた。そういえば僕は、まだ老人から一度だって話しかけられたことはないのである。僕は一色君の話を「ふん、ふん」と聞きながすそぶりをしながら、

「そうだ、あのじいさんはよく客をつかまえて話しているよ。君のくる前は市会議員の万年候補とばかり話していたっけが、その男は議員になると風呂屋へはこなくなってしまったよ。しかし、君はあのじいさんが好きなんじゃないのか」

「よせやい。おれだって困っているよ」

僕らは何か風に吹かれているような気持で、そんなことを話しながら歩いた。

……その日、一色君があまり老人と話さなかったためであろう、老人はそれまでともちがって、あきらかに僕を無視するように、僕とならんだ一色君の方にだけ挨拶を送って、

「いや、きょうの風呂はどうも水が固くていけねえ」

と云ったかと思うと、クルリとうしろを振り向いて、すみの方でいつになく熱心そうに体を洗い出した。

翌日、僕らはしめし合せて、風呂に行く時間をこれまでよりもずっと遅らせて夕暮れ時にした。その時刻になると、この小さな風呂は混み合って、湯舟に入る前にしばらく洗い場で立って待たなければならないほどだが、老人に会うまいとすれば、そうするよりしかたがないのだ。

ところで、僕らが本通りのかどを曲ると、松の湯の前には異様な人ダカリがしていた。

「どうした。どうした」

「死んだか？」

そんな声が、ひとむれの中から聞えて、僕は一色君と顔を見合せながら不吉な感じにつつまれた。

——老人、風呂屋でナゾの自殺。身よりのないのを悲観して。

僕は唐突にそんな新聞記事を頭にえがくと、いいようもない戦慄《せんりつ》が身体《からだ》のなかをとおりすぎて行った。すると果せるかな、消防団員の制服を着た男の曳《ひ》くリヤカーに運ばれてきたのは、あの老人だった。ユカタに包まれた体はまったく力を失って、だらりとたれた片方の足がリヤカーの車輪にふれたまま車がうごき出した。

「足、足!」

誰かが、そう叫んで、ようやくその足はリヤカーの上に納《おさま》ったが、老人の体はこうしてみるとひどく小さく見えたのである。

車が行ってしまうと、僕はひどく孤独な心持であった。老人は結局、湯気にあてられて倒れたものらしかったが、もし、このままで脳溢血《のういっけつ》のようなもので亡くなるとすれば、彼を殺したのは自分だろうか、それとも一色君の方だろうか? どっちになるのだろう、とそんなことを考えながら、いまさら風呂に入る気にもなれず、散りかける人むれといっしょに帰りかけると、ふと、入口の前に番台の婆さんが立って、こちらを向いて笑いかけているのが目についた。

「いやんなっちまうよ、まったく。さんざんひとの風呂でネバったあげくがこれだからね……」

婆さんは、むしろ愉快そうに笑いながら、そうグチをこぼした。「あれじゃ、何てったって、誰だってノボセちまうよ。なにしろきょうは出たり入ったりしながら、あのじいさん、四時間も風呂屋で時間をつぶして行ったんだよ」

――四時間! そんなにも一色君を待っていたのか。僕はもう、ひとごとでなく悲

痛な心持になり、

「そうか。じゃ、あの人もうまく命はとりとめても、もうこの風呂へもこられなくなるなア」すると、婆さんは両手を帯にはさんで強くカブリを振りながら、

「なかなか。そんな甘えもんじゃねえ。あのじじいは、うちで倒れただけでも、こんどで三度目だよ」


それからしばらく、僕は風呂屋へ行く気がしなくなった。僕はあまりに屈託しすぎていたのだろうか？
二、三日たって、昼食をすませると、ふと僕は無意識にタオルをとって銭湯へ向っていた。こんな風に僕は、忘れっぽいタチなので、休業の日にもよく風呂屋へ出掛けて、店の前で間の悪い思いをすることがあるのだが、そのときもまるで老人のことも、一色君を誘い出すのも忘れていた。だが、何おもわずノレンを分けて、舌打ちして、あらためて僕はおどろいた。
婆さんの云ったとおり、湯気の立つガラス戸の中に、あの老人はまたれいのごとく、ぺたんと尻を落して中腰の姿勢で、話し相手を待ちかまえるように洗い場の真中《まんなか》に陣

どっているのだ。僕は、たじろいだが、いまさら家へかえるわけにも行かず、そのまま戸を開けて入って行った。するとどうしたことだろう。老人は僕の姿をみとめると急に横を向いて、それから手桶にくんだ水を一ぱい頭からかぶると、また正面を向きなおって、あきらかに僕の方にひょいと一つお辞儀をした。つられて僕もお辞儀しながら、ふとこの人がいつもよりもっと年とって見えたのである。

一方、一色君は、それから間もなく、「仙境思想」の原稿を完成することなくして、また東京へ引き上げて行ってしまった。

野の声

受話器を置くと、私は自分自身に問いかけるように言った。――さて、これからどこへ行くとしよう。

実際、私はどっちの方へ歩き出してよいか、まったく見当もつかなかったのだ。

そのころ私は電話をかけて歩くことが唯一の仕事だった。近県のKの町から東京へ出てくると、まず目についた公衆電話のボックスにとびこんで電話する。ところが相手の電話は十中八、九は、お話中ときている。それでよかったのだ。私は静かに受話器を掛け、うしろに待っている人がいれば、「どうぞ、お先に。ぼくは後から掛けなおしますから」と、ゆずってやる。ときによると私があんまりアッサリ番をゆずってしまうので、恐縮される場合もある。

本当のところ私は待つことが好きだった。その間だけは自分が何かをしているという手ごたえのようなものが感じられるからだ。番をゆずった相手が、どんな話をするか、気にとめて聞き耳を立てたりしたことは一度もなかった。それはイライラしながら順番を待つ人のすることだ。私はもっぱら他人の用事がすむのを待つことだけで、他には何も考えなかった。うしろに誰も待っていないとき、私はまた他の電話ボックスのあるところまで歩いて掛ける。そして「お話中」の信号音をきくと、失望をよそおった安堵《あんど》を感じ、また他の電話ボックスまで歩き出すのだ。こうして私は幾つもの電話ボックスを次から次へ渡り歩いて、とうとう一日中、相手がつかまらないと、ホッとして家へかえり、母にそのことを報告して、「やっぱり忙しい人なんだな」とつたえる。これで翌朝までの私の義務は果たせたことになる。……しかし、どうかすると今朝のように最初にかけた電話で、いきなり相手が出てきてしまうこともある。まず先方はかなり丁寧な口調で私の名前をきき、ウス笑いするようなぞんざいな言葉つきで、しばらく私を待たせたうえ、結局のところは私の申し出に応ずることはできないという返辞がある。時間にして五、六分にもならないくらいだが、その間の緊張、不安、恐怖のために、私はどんなにたくさんの電話ボックスを無益に歩きまわったときよりも疲労する。冷汗がにじみ出し、息づかいが荒くなり、受話器を置くとその瞬間、頭の中がカラッポになったような気分がして、――さて、これからどこへ行こう、とつぶやくのである。

何度くりかえしてみても、それはイヤな心持だった。「お忙しいところを、どうもお邪魔いたしまして……」私が言いおわらないうちに、受話器の中でボッリと電話の切れる音がする。ボックスの扉を押して外に出る。眼の前の道路が突然、だだっぴろく見え、どちらに向って足を踏み出そうかと迷う一方では、とにかく歩き出さなくてはダメだということが、強迫観念になって追いせまってくる。……それなら一体なぜ電話なんか掛けるのか、と訊《き》かれるかもしれない。自分でもそれは不思議だと思う。軍隊生活のクセがしみついてしまったのだろうか、それとも生れついての性癖なのか、どっちにしても私は身近な誰かに命令されると、そのとおりにうごいてしまうのである。いま私がこうして毎日のように東京まで出てきているのは、ひとえに母の指図によるものだ。私はポケットの中に政府のある高官の名刺を入れている。母はちょっとした縁で昔、その人を知っていたのだが、いまその人の地位は、われわれから見ると架空におもえるほど高いので、母はその名刺があれば、どんなことでも可能になると考えて、私にあちこちの会社の社長や重役を訪問して就職させてくれとたのんでこいというのである。

たとい、どんな有力者の紹介があったところで、学校を出て三年も四年もたった私には就職試験を受けさせてくれるところさえ、めったにないというのはわかりきったことだ。おまけに結核性の持病があり、学業成績も不良で、何一つ特技もないときているのだから、まともな会社で使ってくれる気づかいは有りえなかった。しかし私がいくらそういったことを説明してきかせても母は納得しない。私の話すことを全部聞きながして、最後に、

「でも、ものは試しというじゃないかね」というのである。

言われてみると、私にはかえす言葉がなかった。たしかに一日中、家でゴロゴロしているのなら、東京の街をさ迷い歩くことが特にムダとはいえないわけだ。それに都会の雑沓《ざっとう》にまぎれて歩くこと自体は、私もけっして嫌いでない。

ダメとわかってはいても、やっぱり私はいくらかでものぞみのありそうな所からさきに廻《まわ》ってみることにした。ある石油会社で宣伝部員を募集しているという話があっ

て、どうやら大学新卒でなくても応募はできそうな様子だったから、一応有望といえた。しかしその石造のビルの前までくると、私は何という理由もなしに建物の正面から入って行く気になれなかった。それは古代のエジプトの王様のお墓みたいな階段があって、ふだん通りがかりに眺めると、いやに勿体《もったい》ぶった滑稽《こっけい》な感じの建物なのだが、いざその石段を上りかけると、二段と上らないうちに足がヒキツレるような気がして、途中で立ちどまってしまった。よほどそのまま引き返し、建物の横へまわってもっと気の置けなそうな入口をさがそうかと思ったが、そんな自分を意識すると、やはり正面の玄関から入るべきだと思いなおした。しかし建物の中へ足を踏み入れて何歩もあるかないうちに横合から守衛に声をかけられた。私は、うっとうしい気持でポケットから高官の名刺をとり出し、社長に面会したいむね、申し入れた。「ちょっと、そこで待っていて下さい」と守衛は不愛想な顔つきで言い、内線電話のダイヤルを重々しげな手つきで廻した。やがて色白の小肥《こぶと》りの男が小走りにやってきた。社長の秘書だということだった。

「どうも、どうも、お待たせしまして」

男は上衣《うわぎ》のボタンを片手で忙《せわ》しそうにひねりまわしながら、片頬《かたほお》に笑《え》くぼのできる微笑をうかべて言うと、私を案内して、ツルツル滑る大理石の床の広間を横切り、エレベーターにのせ、さらに幾つもの廊下や、階段や、小部屋のようなところを通り過ぎて、大きな椅子《いす》とテーブルだけが置かれた四角い部屋までつれてきた。彼はまたそこで私にしばらく待つようにと言い、自分はわきの事務机の前に腰を下ろした。

部屋の中には私のほかにも、五、六人の客がいた。年齢も容貌《ようぼう》もまちまちで何をしに来た人たちなのか見当もつかなかったが、みんなそろっておそろしく忍耐づよいことだけはたしかで、となり同士でムダ話をするでもなく、本を読むでもなく、ただじっと顔を正面に向けて、黙然と腰かけていた。彼等は一体、何のために集《あつま》っているのか、私はそこで一時間あまりも坐《すわ》らされていたが、結局最後までわからずじまいだった。あれほど固く沈黙をまもっているのは、おそらくめいめいが心に秘密を持っているからにちがいなく、社長に面会にくるのはみんなそのように重大な決意をひめた人たちばかりかと思われた。……となりの部屋から一人、日焼けした顔の五十年輩の男が毛皮つきの外套《がいとう》を手に持ったまま出てきて、秘書の前で頭を下げて帰って行った。秘書が私の名を呼んだ。私はさっきの男に見習ってあらためて秘書に向ってお辞儀した。彼はテレたような笑いをうかべると、また上衣のボタンに手をやって、

「松木さん？　でしたね」と訊いた。

「はア」

「ちょっとお待ち下さい。いま、なかの様子を見てまいりますから」

秘書は私を手で制して、いったんとなりの部屋のドアに手をかけたが、ふとまた私の方へ向きなおると、

「うっかりしておりました。社長にお会いになるのは、どういう御用件で……？」

ひらきなおって訊かれると、私は口ごもった。舌がねばりつきそうになるのをこらえて大声で言った。

「宣伝部、おたくの宣伝部で人をあつめているときいて、うかがったんですが」

「では、あなたがこんど宣伝課に入られた方で……」

「いえ、まだ……。入れていただきたいとおもって、その」

私が言いおわらぬうちに、秘書は張り切ったテナーが歌い出すときのような声で、

「ああ、それはお気の毒でした。宣伝課の入社試験は昨日おわったところなんですが、御存じなかったんですか」

私はしばらく唖然《あぜん》として立ちつくした。秘書は、むしろとりなすように言った。

「せっかく長い間、お待ちいただいたのですが、なにぶん社長はいま多忙なので……。じつはさっき守衛が『新聞記者が見えた』と言うもので、わたくしもカン違いいたしまして、たいへん失礼いたしました」

私は、むしろ愉快な気持であった。ビルの外へ出て風に吹かれながら、「ものは試し」ってのは、つまりこんなもんだ——、と誰にともなくつぶやいて、俯《うつむ》いたままどんどん歩いた。すこしでも足をゆるめると、たちまち秘書の顔が眼にうかんで、言いようもない気恥ずかしさにおそわれるからだ。

第一日目にこんな経験をすると、私はもうどんな会社へも顔を出す気がしなくなった。だいたい就職運動のために会社でいきなり社長に面会を申しこむというのは、まちがったことではないにしても、非常識であるにちがいなかった。しかし私は、いまは母にこんなことを話す気にはなれなかった。わざわざ何も知らない母を失望させてみたって、すこしも事態がよくなるわけはないからだ。私は、東京の街を歩きまわって時間をつぶし、公園か百貨店の休憩室で持参の弁当を食って、家へかえる。ただ、それだけでは何か物足らないので、一応、あちこちの会社へ電話だけは掛けることにした。官庁や会社の電話は、交換室のととのわないせいもあってか、大抵はお話中のブザーが鳴った。けれども私は電話が一ぺんで通じたときでさえ、そのまま受話器を置いてしまったりするようになった。どうせ話してみたってムダなことさ、とつぶやきながら、私は、チャリンと音をたててもどって来た銅貨をそそくさとポケットにほうりこんで、まるで万引か何ぞをはたらいた男のような顔をしてボックスから逃げ出してくる。

こんな私を誰かが傍でながめていたとしたら、きっと気のふれた人間だと思うだろう。私自身、度かさなるにつれて自分のやっていることが、いかにも馬鹿ばかしいことだという気はしてきた。このごろでは、もう母に弁当の包みをわたされて家を出るときから、電話をかけるときの自分の奇怪な心理状態をおもって憂鬱《ゆううつ》になった。一体おれのやっていることは何なのだ？　毎日、近距離列車にのって東京まで出掛け、公衆電話のボックスをわたり歩いて、夕方へとへとになった顔つきをして帰ってくる。最初のうち私はそんなことを、母に対する言いわけと、また母の頑固さに対するイヤがらせのつもりでやっていた。しかし、もう三十歳にもなった私が、まだ母親の言いなり次第になっていなければならないということ自体、考えてみればだらしないはなしだ。といって家の中でジッとしていることが自分の自主性をたもつことになるかといえば、そういうわけには行かない。何といっても、この年になってもまだ職業につけないでいるということが、私の母に対する最大の負い目であるにはちがいないからだ。してみると、やっぱり万に一つの僥倖《ぎょうこう》をアテにしてでも毎日、自分を売りこみに出掛け、どこかで拾ってくれるところを見つけるより、救われるみちはないものか。

しかし実際は都会の街をアテもなしに歩けば歩くほど、私は自信を失う一方だった。高いビルの並んだ窓を見上げながら、あの窓の一つ一つに働く場所があり、そこでは大勢の人間が何かしら仕事をもっている、それはいまの私には嘘《うそ》みたいな奇蹟《きせき》みたいなことに思える。あれだけたくさんの会社や事務所があって、どうして自分にはあの中の一つの椅子もあたえられないのだろう――。言っても仕方のないことだが、せめて就職したあとで、いまの病気にかかっていたら、ともおもった。友人で、ある新聞社へ入って半年目に私と同じ病気で寝こんだのがいる。それ以来、彼は一年間入院しては半年間はたらき、また一年入院するという生活を送って、それでちゃんと月給ももらい、保険の治療もうけている。「入社早々、こう休んでばかりいちゃ、どうせ出世ののぞみはない。ま、のんびりやるよ」そんなことを言っていられる当人ののんきさが、いまの私にはうらやましかった。夕方、事務所のひけどき、あちこちのビルの裏口から、しきりにタイムレコーダーを押す音がきこえ、ぞろぞろとつらなって出てくる人のむれに出会うと、私の眼には彼等の服装や容貌までが、一つの組織化された輝かしい集団にうつった。一度、そんな人波のなかで私は同級生のSを見かけた。「どうだい、このごろ」と、私はSのそばへ近よりながら、よほど露骨にウラヤマシげな顔をしてみせたのかもしれない。Sは一瞬、手に持った菓子をとられそうになっている子供のような眼つきで私を見ながら、眉根《まゆね》にシワをよせて、

「どうも、こうもないよ。毎日、仕事があってもなくても机の前に坐ったきりさ。それもボンヤリした顔つきをしていると、すぐ『月給泥棒』みたいな眼でみられるから、いかにも忙しそうなフリだけはするのさ。仕方がないから、いりもしない封筒の上書きを書いては、破いて屑籠《くずかご》にほうりこんだり、大体そんなことだよ」と、いかにも屈託げに言った。

「そうかな、サラリーマンの仕事なんて、そんなもんかな」私はアイヅチを打ちながら、それですむなら、まったく悪くない商売だ、と心のなかでつぶやいた。――いりもしない封筒の上書きをかいては捨てることと、電話ボックスに駈《か》けこんで「お話中」の信号をきいては出てくることと、Sも結局、私とそんなにかわらないことをし

ているわけなのだが。

もう東京へかよいはじめてから、一と月あまりになっていた。しかし、その朝、私はこれまでとは、いくらか違った心構えで家を出た。こんどアメリカとの技術提携で新しい化学繊維会社が発足する。社員も新しく募集するし、労働組合もまだ出来ていない。コネをたよって裏口入社するためには絶好の条件だというわけで、私はいつもの高官の名刺のほかに、社長あての紹介状もポケットへ入れていた。みんな母がととのえてくれたお膳立《ぜんだて》だが、私もこんどはことによるとウマく行きそうな気がした。新橋駅で電話すると、すぐに仮事務所の方へ来るようにと、道順まで教えてくれた。これまではいつも、こちらから一方的に押しかけるばかりだったが、こんどは向うから呼びかけてくれている様子だ。そのせいか仮事務所のもうけられたビルの中へ入るときにも、建物の大きさで威圧されるようなことはなかった。案内されたのは椅子もテーブルも簡素な応接室だったが、私のために茶菓の用意がととのえられてあったのは、やはりこんどがはじめてだった。社長はM化学と兼任なので目下そちらの方に出掛けて留守だが、自分が面接の代理をまかされているから、と中年の額のぬけ上った男が、人事課長の肩書のある名刺をくれた。私は高官のくれた封書と名刺を差し出したが、課長は名刺は私にかえすと、便箋《びんせん》二枚に大きな字で書きながした手紙を一瞥《いちべつ》しただけで、顔を上げ、いきなり、

「それで、――、いま工場をS県のU市に建設中なんですがね。あなた、近いうちに一度、見に行ってもらえませんか」

と書棚の上から地図をとってテーブルの上にひろげてみせた。「ね、ここに川がながれているでしょう。立地条件は悪くないはずです」などと、黒い毛のはえた指先でしめされたが、地図を読むことのへたな私は、どこに何があるのか、立地条件がどうなのか、サッパリわからなかった。どっちにしても私の入社を歓迎してくれていることは明らかだったから、それだけでも私は興奮し、「そうですね」とか、「まったく」とかいった言葉を、ほとんど無意識のうちに連発していた。

「とにかくこんどの会社は人事課長としてはラクなんですよ。設備は最新式のオートメーションだから、工員はほとんどいらないくらいだし、労組で手をやく心配もない……。ところで、あなたの学校はどちらでしたかな」

「L大です、こちらの社長の後輩で……」

と、こたえたあとで、(社長の後輩)は付け足す必要がなかったのではないかと、私はウシロメタサのようなものを感じた。

「L大?」課長は一瞬、顔をくもらせて、「たしかL大には工科はなかったと思うんだが、最近増設になったんですか」と、妙なことを訊きはじめた。

「ええ、たしか戦後……」

私自身、記憶はアイマイだったが、別に重大なこととも思えなかったから、そうこたえた。

「なるほど……。で、あなたの専攻は」

「文科です」

「へえ? いや、あなたが今後この会社へ入って何をやろうかという……」

急にかたくなった課長の質問に、私はうろたえながらこたえた。

「つまり宣伝、新製品を一般の人に理解させるとか」

すると、みるみる課長の顔色がハリをうしなって行った。

「宣伝はこの会社では必要ないんで、私がきいておるのは、あなたが大学で応用化学か、電気か、そういうことをやられたかどうかということなんです」

これで、ようやくあらゆることがハッキリした。会社側では、どういうわけか私を工科出と思いこんでいたのだ。紹介者の手紙にそんなことでも書いてあったのだろうか。それとも会社側では、まさか文科出の男がこんなところへ志願してくるはずがないときめてかかっていたのだろうか。どっちにしても私が、ここではまったく無用な人間であることは明らかなのだ。私は先刻、すすめられるままに食いかけた洋菓子が半分、皿の上をひどく醜く汚したまま残っているのが気になったが、一刻もいたたまれない気持で、そのまま部屋をとび出した。

私は、それから夕刻まで、どこをどう歩いたか憶《おも》い出せないほど、足まかせに歩きまわった。

今後、自分が就職できる日がくるかどうかなどというより、別れぎわに見せた人事課長の落胆した顔色を想いうかべると私は、自分がこの社会でいかにも無用な存在だという気がして、やりきれなかった。無論、工業会社に文科出の人間がたいして必要ないだろうとは思っていた。しかし、どんなところにでも差し当って不要な人物を一人ぐらいは置いておく余裕はあるだろう、と勝手に考えていたのが私のまちがいだった。課長も言ったとおり、これからの工業はますます人間はいらなくなり、機械が勝手に何でもつくり出す。だから、あらかじめ不要だとわかっている人間なんか傭《やと》うところはありっこないわけだ。文科を出ていても新聞社や出版社は採用してくれる。しかし、その試験の何千人に一人とかいう倍率をきいただけでも気が遠くなりそうだ。また教師になれる免状は、すこし努力しておけばもらえたところだったが、それに必要なだけの単位を私はおさめていなかった。あとは肉体労働だが、これが全然できないとあっては、つまり私はまったく使《つか》い途《みち》のない人間ということだろう。

気がつくと私は、黄色い公衆電話のボックスのまえで習慣的に足をとめていた。しかし、もうわざわざ「お話中」の信号をきくために受話器を取り上げる気にはなれなかった。何だって、あんな馬鹿なことをしていたのか？　考えてみれば、あれは自分の無用さを電話の相手から知らされるのが怕《こわ》かったからにちがいない。「お話中」のブザーが鳴っている間、私は自分が本当に無用な人間かどうかの宣告をのばされているようで、いくらか気が休まった。あの「ブーブーブー」という気ヌケのする音が聞えている間、まだ自分はだいじょうぶだと思っていた。だが、自分がまったく役に立たぬ人間だとわかったいまは、もうあの音で慰められるわけはなかった。そのくせ突き当りの四《よ》つ辻《つじ》などに黄色いペンキ塗りの小屋が立っているのが眼につくと、遠くからでも私は思わず足をとめて、感慨めいたものをおぼえたりするのだ。

映画館だの、食い物屋だの、安来節の常打ち小屋だのの並んだ歓楽街の裏通りをとおったのは、もう日の暮れかかったころだ。私はその町へ何年ぶりかで行ってみて、別段見せ物など覗《のぞ》く気もなく、ただ足の向く方へ歩いていた。ヒビ割れたセメントの安っぽい壁の向うから、三味線と太鼓の音に合せて、ノドの奥から絞り出すような女の歌う声が路地裏まできこえてくる。人どおりのすくない小道なのに、女が何間おきかにひっそり立って、ときどき低い声でさそいかけた。……顔に白粉気《おしろいけ》のない、まだ娘のような娼婦と眼が合った。ハーフ・コートの下は鼠色《ねずみいろ》のズボンで、白足袋の足に新しい駒下駄《こまげた》をはいている。薄暗い路地に足袋の白さが眼についた。

「つきあわない?」と女は言った。

私は笑ったかもしれない。女は近づいて来て、後《うしろ》から私の肱《ひじ》のあたりに躯《からだ》をすり寄せた。

「コーヒーぐらいいいでしょう、ねえ」

コーヒーを飲むのは悪くない、と私はそのまま歩きながら思った。躯が女の方に泳ぐようで、ときどき肱が彼女の胸にぶっつかった。私は遊ぶとも、遊ぶまいとも、きめかねた。路地をとおり抜けた先に広い通りが西日をうけて、スクリーンのように光って見える。あの通りに出たときの気分によって決めよう。路地はおわった。女はすこし離れて歩いた。

「ねえ、いいでしょう」

「それがダメなんだ」

「なぜ」

「金がない」

女の体がもう一度、強くぶっつかった。

「意地悪!」

私は別段、彼女に意地悪をしたおぼえはない。考えてみたら本当に、この娘にはらうだけの持ち合せがないことに気がついたまでだ。彼女は十メートルばかり先へ小走りに走ったかと思うと、振り向いていきなり、子供が「イーッ」をするように頤と唇を突き出して、

「ジーザス・クライスト」

と言うと、駒下駄の乾いた音をひびかせながら行ってしまった。アメリカ兵からつたわったスラングを、こんなところの女までが使うようになったのか――。しかし何よりも私は、この数分間の彼女との付き合いで、今日はじめて気のなごむ想いをした。

地下鉄を新橋で下りて表へ出ると、あたりはほとんど暮れきって、初冬の風が急に強く駅の構内を吹きぬけて行った。暗くなって家へ帰るときの気持は、いくつになってもいやなものだ。――これからはK海岸町にひきこもって、もう当分東京へは出て来るまい。屋根屋根の稜線《りょうせん》をのこして、ほぼ完全に暗くなった空を見上げると、私はことさら感傷的気持を意識しながら、そう思った。背の高い街娼が大仰に外套の上から垂らしたスカーフをひらひらさせながら、気取った足どりでガードの下をくぐって行く。私は白足袋をはいた娘のような娼婦の顔を憶い出し、肱のあたりにまだ彼女の温度と感触がいくらか残っていると思った。小さければ小さいなりに心の中で満ちてくるものがある。私はやっと帰るための踏ん切りをつけて、切符売場のほうへ歩きかけた。そのときだった、風にのって叫ぶ声がきこえた。

「ジーザス・クライスト」

女の声とも、男の声ともつかぬ、ワメきちらすその声は何を言っているのかわからないが、強い風にあおられて切れ切れになりながら、ジーザス、ジーザス、とそれだけがハッキリきこえる。パンパン・ガールの喧嘩《けんか》かな——、私は切符を買うのをやめて、混み合った通りのなかにもう一度もどった。声はどこか近くの空地のほうから流れてくる。そばまで行って、私はガッカリした。パンパンの喧嘩ではなかった。疎《まば》らな人垣の中を後から覗くと、一台の汚れた大型トラックがとまって、その上から中年過ぎたアメリカ人らしい男が立ちはだかって、演説しているところだった。男のまわりを背の低い日本人が四、五人でかこんで、提燈《ちょうちん》で男の顔を照らしている。一と眼でキリスト教の伝道隊だとわかった。男は外国人風の強いアクセントはあるが、かなりシッカリした日本語で話していた。

「ジーザス・クライスト！　その名のために、わたくしは家も売りました。土地も売りました。牧場も、ウマも、そうですウシ、百ぴきのウシも、そうですブタ、百ぴきのブタも、みんな売ってしまいました。けれども、わたくし、すこしも悲しまない！　ウマありません、ウシありません、ブタありません、けれどもココロあります。これ、いっとうの大事のもの！　みなさん、わたくし日本へくるための、りょーひ作るために、家も、土地も、牧場も、ウマも、ウシも、ブタも、みんな売った。そして、いま日本へ家族全体で来た。ジーザス・クライスト！　その人のこと、みなさんに知ってもらうためにです」

男の話は別段、面白いところはなかった。風に吹きさらされながら熱心に話しているが、訴えていることがどこか見当ちがいであり、しかもアメリカ人特有の押しつけがましさがあって、鼻についた。自分は家も何も彼《か》も売った、だからその代償にキリストを信じてくれ、といっているふうだった。ただ「百ぴきのウシ、百ぴきのブタ」というのは街中できくと何となく滑稽で、男が悲痛な顔つきで話しているだけに愉快な気がしたが……。

列車は帰りの通勤客で混雑していた。

私はどういうものか列車が速度を加えて、本格的に走り出すと、いつもあるアキラメに似た快感をおぼえる。体を小刻みに揺られるためか、レールが規則的に単調な音をたてるためか、どっちにしても東京で出会ったいろんなことを一応みんな忘れてしまう。混み合っているときでも、ガラ空きのときでも、この音と震動のリズムに速度感を加えたものが、ウマいぐあいに私を支配してくれるのである。……ところで今夜

は、ふと気がつくと私は口の中で、

「ウシが百ぴき、ブタが百ぴき」

と、さっきのアメリカ人の言っていた言葉を、しきりにくりかえしていた。語呂がちょうどレールのひびきに合っているからだろうか。しかし考えてみれば、牛百頭、豚百頭は大変なものだ。一体あの男は何が動機でそれを売る決心をしたのだろう、それを売りはらうとき、どんな気持だっただろう。私は、百頭の牛と百頭の豚をひきつれたあのアメリカ人が、野をこえ、丘をこえて隣の町の家畜業者へ売りに出掛けるさまを想像した。それはまったく壮大な絵巻物であり、それだけのものを一挙に全部投《な》げ棄《す》てる決心は、よほどのことがなければつけられなかったにちがいない。日本を教化したいという、それも嘘《うそ》ではないだろう。しかし、それとは別に、あの男の心の内部に、牛も豚も馬も家も牧場も、みんな一度に放棄してしまいたいという欲求があったことはあったのだろう。何が原因であったにしろ、そういう欲求の苛烈《かれつ》さをおもうと、私は自分の心の中にまで何かその人の野の声みたいなものが、のりうつってきそうな気がしてくる。

「ウシが百ぴき、ブタが百ぴき」

これはたしかに、あの男が誇ってもいいことなのだ。興奮した私は、いつかポケットの中で紙片をクシャクシャにしていた。とり出してみると、それはれいの高官の名刺だった。私は、こんどは気をつけてそれを細かく引き裂き、椅子の下にそっと棄てた。

走れトマホーク

そのとき私は、或《あ》るビスケット会社のスポンサーで、アメリカ西部の山岳と曠原《こうげん》地帯を団体旅行していた。一行十何人の団体のなかで、日本人は私の他にもう一人、カリフォルニヤからやってきたS君というカメラ・マンがいるだけで、あとは全部、ヨーロッパの各国から一人か二人ずつ集《あつま》った広い意味でのジャーナリストだった。私はS君と会ったのもこれが初めてであり、全員がおたがいに未知の間柄だったが、この見知らぬ同士の外国人ばかりのグループが、いったい何のために旅行しているのか、考えるとこれはちょっと不思議な気のすることだ。

一行には〝大西部開拓史蹟めぐり旅行団〟という名称がついていたが、べつに何をしたわけでもない。行く先ざきで〝ミス何々〟というタスキをかけた美女や、ブラス・バンドや、昔の軍服をきた騎兵隊などに出迎えられて、大歓待をうけ、要するにお上《のぼ》りさんの団体旅行を無料でさせてもらっているのであった。

「あたしたちは、いったいどんなことをしたらいいんでしょう」

とバスの中で、隣りに坐《すわ》ったドイツの婦人記者が私にきいた。一行のなかで、私の次に英語がヘタなのは、おそらく彼女だった。白いネッカチーフの頬《ほお》かむりの中から、日灼《ひや》けした赤黒い鼻だけが覗《のぞ》いてみえる、そんな横顔の彼女は婦人記者などというより、百姓家の中年の小母《おば》さんみたいであったが、案内役の英語の説明をいつもポカンとした様子できいている彼女に、私は劣等生的親近感をおぼえていた。

「どんなことをすればいいか、それは私にもわかりませんね、フラウ・リリー・マルレーネ」

私はいささか気取った口調でこたえたが、じつはそれはスイス人で妙に陰気な顔をしたコンラッドという中年男が、そんな風に呼びかけていたのを真似《まね》したのだ。このスイス人の勿体振《もったいぶ》った気障《きざ》ったらしい様子は、すでに一行のなかで陰口の好材料になっていた。

「いけませんわ、そんな……」

彼女は私をたしなめるように言いかけたが、斜め前の席に一人で横顔をツンとすませて坐っているコンラッドに、ちらりと目を走らせると、思わず吹き出しそうになった顔を俯向《うつむ》けた。——あのスイス人は、以前は大きな店を構えた商人だったが、二、三年まえに破産して、いまは旅行の案内やら斡旋《あっせん》やらをやって暮らしているのだ、とこれはアイルランドのベルファストで新聞記者をやっているという男が教えてくれた。

「奴《やっこ》さん、あれでなかなかの女道楽でね、趣味と実益を兼ねて世界中のエロチックな書画骨董を集めているんだそうだ。そのうち日本にもぜひ行きたい、古い日本のエロチカを探してきたい、とさかんに言っているから、もし君が日本でそういうものがあるところを知っていたら、教えてやるといいよ、奴さん感激するぜ、きっと……」

そういわれても私には、日本にも何処《どこ》にも、そんな心当りはまるでなかった。しかし、仮に自分がそういう蒐集品《しゅうしゅうひん》のありかや何かを知っていたとしても、この場でそれをいう気にはなれなかっただろう。外国人に自分の国をそんな眼で見られるのは、私にとってあまり愉快なことではなかった。しかし何よりも、見渡すかぎり、赤茶けた岩肌の山か、でなければ地平線までまっ平らな地表がつづいていて、木立ち一つ見えないようなこの西部の曠野で、いきなりそんなことを話しかけられると、私はアブナ絵や枕草紙のワイセツさが消し飛んで、表面に木版の凹凸のあとが仄《ほの》かについている和紙のぼってりした感触が、へんにナマナマしく、まるで女のからだのような肉感と体温をおびて想い浮かんでくるのである。それは眼には見えないものだけれども、奇妙に痛ましい感覚として、この旅の期間を通じて私の中にうずきつづけた。

「あたしたち、いったいどんなことをしたらいいんでしょう」というリリー小母さんの心許《こころもと》ないつぶやきも、結局このトリトメもなくひろがった曠野の真ン中をひた走りに走りつづけている旅の、奇妙な空白感から生じていたに違いない。

旅というのは所詮、何処かへ行って帰ってくることだ。それは月旅行でも莫大《ばくだい》な費用と労力をかけて何をしに行くかといえば、結局地球に戻ってくることでしかない。われわれが宇宙船の飛行士によせる期待や不安は、月でどんな石ころを拾ってくるかということより、どうやって彼等が無事に戻ってくるかである。これは旅というより、われわれの生そのものの不安というべきだろう。だから日常不断の生活の中でも私たちは、ふと旅に出ているような心持であたりを振り返ったりする。――いったいおれは、こんなところへ何をしにきているのだろう?

しかし、どんなアテのない気まぐれな旅でも、自分の意志で自分の金でやっているぶんには、こんな気持でこれほど心許なくとまどわされることはないだろう。私の不安はたぶんスポンサーつきの〃招待旅行〃のせいである。

昔、貴族や殿様の旅行には大勢のおともの中に、とくに何の役に立つというのでもない連中、道化師だの芸人だのを加えていた。いや、たとえば二人づれの道中でも、喜多八は弥次郎兵衛《やじろべえ》のおともであり、サンチョ・パンザはドン・キホーテの家来である。私たちも分類すれば、おおむねそういった追随の旅人の中に入れられるかも知れない。ただ、現代の喜多八やサンチョには、自分の主人の顔や存在そのものさえ、何処にいるのかいないのか、はっきりとは確かめ兼ねるのである。そこがつまり昔の殿様と現代のスポンサーというものの違いなのであろう。

私たちの西部旅行のスポンサーはビスケットの会社だが、会社は私たちにビスケットの宣伝をしろとは一と言もいわない。それどころか会社の名前さえ二週間の旅行中、私たちはまったく意識していなかったといっていい。つまり、そのビスケット会社の製品は何処にでも置いてあり、ほとんど常食になっていて、ホテルでも、個人の家庭でも、食卓にそれを見掛けないことはないぐらいだ。それほど徹底的に普及しつくしているものを、いまさら宣伝する必要もないはずだ。一行のなかには、女流の料理評論家などもいたが、彼女がたといこのビスケット会社の製品をどんなにホメようがケナそうが、会社の売り上げにどうという影響はありっこない……。ただ、そうなると私たちは、この西部の荒れ野の果てまでやってきたことが、いったいどういうことなのか、わからなくなってくる。本国からの往復の飛行機代をはじめ、旅費一切を負担したうえ小遣い銭までくれるのは、ビスケットの宣伝のためでないとしたら何だろう——？　考えたって仕方がないことだとは思いながら、自分はこんなところで何をしているのだろう、と私たちは、おたがいに周囲をそっと見まわしてみたいような気持に、ときどきなる。

平坦な草原、血のように赤い土の道路、切り立った岩山の巨大な壁、まわり中のそんな風景が、何か人っ子ひとりいない廃屋のように見え、ふと気がつくと自分はその中に閉じこめられている……。

そんな想いは私だけではなかった。ヨーロッパから来ている連中も、自分たちの〝旧世界〟とはあまりにカケはなれたものに取り囲まれて、何かわからぬ不安な束縛を感じている様子が、一人一人にあらわれていた。皆は、バスの中で奇声を発したり、やたらに握手してまわったり、抱きついたりしはじめた。つまり、それはわれわれが行く先きざきで出迎えをうけるたびに、土地の人たちの間で繰り返されるアメリカ式の交歓の〝儀式〟であり、最初のうち、その大仰な歓迎の意の表し方を面白半分に真似していたのだ。たしかに「ナイス・ツー・ミーチュー」と一人一人に十年の知己のごとく肩を叩《たた》いて笑ったかと思うと、けろりと他人行儀の顔になって横を向いたりする、そんな挨拶《あいさつ》は私たちを戸惑わせたり苦笑させたりした。しかし日がたつにつれて、いつか私たち自身、人さえみれば大声を上げて飛びつきたくなるような衝動をおぼえはじめ、そしてバスを乗り降りするたびに、おたがいに大声で笑ったり、手を握り合ったりする西部の風習が多少とも身についてしまったのだ。

なかで一人だけ、この風習をあくまでも拒否しているように見えたのは、スイス人のコンラッドで、草原の海を走りつづけるバスの中で皆が大声で歌をうたったり、奇声を上げたりするたびに、彼は眉根《まゆね》をしかめた横顔を窓に貼《は》りついたように外に向けたまま、ときどき低い声で、「もう沢山《たくさん》だ」とつぶやくだけだった。

われわれも、また周囲のあらゆるものに「もう沢山だ」とは思っていた。何処まで行っても同じ風景、同じ食事、同じ板囲いの壁の家が何軒か寄り合った小さな町が、待ちかまえている。それはいかなる意味でも、コンラッドの欲する〝エロチカ〟とは無縁な、むしろ無人地帯と呼ぶにふさわしいものだった。しかしコンラッドは、なおも自分の、文明人の意志を主張するように振る舞いつづけた。馬小屋みたいな食堂でも、服の埃《ほこり》を気にしてプラチナの指環《ゆびわ》をはめた指先で払いのけ、じゃが芋の丸焼が出てくると、ナイフとフォークで泥んこのような皮を剝《は》がし、まるで極上のフォアグラでも食う手つきで少しずつ食っては、口のまわりをナプキンで軽く拭《ぬぐ》う……。それは気障を通りこして、孤塁にひとり取り残された兵士が四方の敵と切り結ぶマボロシでも見るような、滑稽《こっけい》とも悲惨ともつかない光景だった。

コンラッドを見ていると私は、なぜあの男がこんなところでぐずぐずしているのか、さっさと自分の好きなところへ行けばいいのに、という気がした。もし私がコンラッドなら、あんな風に自分だけ孤立したままグループの中にとどまっていることは耐えられない……。たしかに私も、この西部の曠野を団体で引っぱりまわされる毎日は、まるで自分の意志とは無縁なところへ連れられて行くおもいで、それは兵隊が移動させられるときによく似ていた。ただ私は、コンラッドとは違って、自己の意志とは無関係に動かされることが、それほど不本意ではない、というより、むしろそのことに一種の放心状態に似た奇妙な安らぎを覚えるのだ。

軍隊で、兵営の外を汽車が煙を上げて通ると、大抵の兵隊は、長くつながった車輛《しやりよう》が何処へ向おうと、それが汽車だというだけで胸の熱くなる想いがする。ところで私の場合、こんな想いは軍隊に入るずっと以前からあった……。父親が軍人だったせいで、物心つかない赤ン坊の頃から私は、見知らぬ土地を転々としながら育ってきた。一年か二年おきに父親の任地が変ると、そのたびに住む家も土地も変ってしまう、そのことをべつに私は何とも感じていなかった。住むところが変ると学校も友達も入れかわってしまうのだが、私は転校していじめられるとか、別れた友達のことを想い出して淋《さび》しがるとかいったこともなかった。要するに私は、他にどんな生活や育ち方があるとも知らず、何処で暮らしても大した変りはないという気がしていた。ただ、遠くの土地に移るたびに、汽車や船で長い旅をするのは何となく愉《たの》しいことだった。夜行列車の寝台で、ふと目がさめると、暗いプラットフォームや線路のそばを駅夫がカンテラを下げて歩いている、そんな光景は、子供心にも私に、見知らぬ土地の見知らぬ人の生涯、とでもいったものを感じさせた。その静かな夜の吐息のように伝わってきたものは、あとまで私の胸の中にのこり、十年、二十年とたっても消えない。朝の通勤電車の中などで、ふと車輪のブレーキがカン高くきしむ音を響かせたりすると突然、自分が遠くへ連れられて行く夜汽車の窓できいた吐息のようなものが、シーンと静かな耳もとで聞《きこ》えてくる、そんなことが、いまだに時折りある……。

私が、決して行動的な性格ではないくせに、よく旅に出掛けるのは、こうした幼い頃から転々とさせられたことが抜き難い性癖になっているからだろう。つまり、住む場所や、つき合う友達がしょっ中変ることで、私は無責任に、その場その場をゴマ化してすごすことをおぼえた。そして、いつまでも一箇所に住み着いて暮らすことは、かえって何となく怕《こわ》いことになりそうな気がして落ちつけない。いつか自分が、その場しのぎにゴマ化した小さな悪事や、言いのがれについた嘘《うそ》が、身のまわりに溜《たま》りに溜って、はやく他へ移らないと身動きもならなくなるのではないか、という……。子供の頃と違って、いまの私の職業では、そんなに居所を変える必要もなく、また変りたくても、いまの住宅事情では、そう気軽には引っ越す家もないから、同じ土地にもう十年以上も住んではいるが、無責任な性格はもう直らない。住居を移動する代りに、いつも無責任に日常生活から逃げ出すように、旅に出掛けることばかり考えている。

こんどもスポンサーつきで、旅費なしに旅行出来るときくと、西部がどんなところかも考えてもみずに、出掛けてきてしまったのは、大部分、私のふだんの無責任な生活態度から出たことだ。ただ、私もいままでは、旅行で日常生活の責任から完全に逃げ出せるとは考えていない。負うべき責務は旅先でも何処までも追いかけてくるし、逃げまわるたびに余計なものまでしょいこまなければならないことにもなる。それがわかっていても、誘われるとついフラフラと出掛けたくなるのは、無責任に自分の居場所を抜け出るという他に、もう一つ、あの幼い頃、夜汽車の窓ガラスごしに、見知らぬ土地の見知らぬ人が白い息を吐きながら通り過ぎるのがみえ、何となくそこに人の一生歩く姿がうつっているような気がしたのを、忘れ兼ねるからである。

——ことによると、おれが帰って行くところは、あの暗い窓にうつった人の黙然と歩いて行った道のあとをつけることしかないのかも知れない……。

私は、旅に出るたびに、何処かでもう一度そんなものに出会うのではないか、とひそかに心の奥から誘いこまれるような想いにかられるのである。

あれはカウ・ボーイの宿舎を、一部改装して観光客を泊めるようにしたホテル、というか山小屋のような家で泊ったときだ。朝早く目がさめて、窓の外をみると、馬《うま》小舎《ごや》のまわりをかこった柵《さく》の中で、六、七頭の馬が寄りそうように立っていた。

馬が立ったまま眠るということを私は、しばらくたってから憶《おも》い出した。——なるほど五十歳近くになるまで、おれは馬の眠っているところも見たことがなかったわけか、と私は初めて見る馬の睡眠する姿に、おかしな感動を覚えていた。それにしても、馬ほど優雅で寝相のいい動物があるだろうか、少《すく》なくとも人間のそれの居穢《いぎたな》さとは較《くら》べものにならない……。ときどき尻尾《しっぽ》を振ったり、前脚を軽くコツコツとやさしく扉でもノックするように足踏みする他、じっと大理石の彫像のように立っている馬の姿は、あんまり美し過ぎて眠っているとは到底思えないくらいだ……。人間が寝入ったときの脳髄《のうずい》は、さまざまの混濁した意識が熱っぽく絡み合い、うごめく老廃物が外部まで溢《あふ》れ出して、鼻の穴や口から悪臭を発散しつづけているのに、馬の睡眠はいかにも透明で、頭の中には猥雑《わいざつ》な邪念は何一つなく澄み切っているように思われる。

濃灰色の空が下の方から青く澄んでくるにつれて、馬も目をさましたのか、寄せ合った体を揉《も》み合うように後退りしたり、後脚で地べたの泥を掻《か》いたりしはじめるうちに、ようやく四足獣の動物らしくなって感じられてくるのに、私はほっとしたような気持で、窓を閉めた。

ところで、私たちがこのカウ・ボーイの宿舎のホテルで泊ったのは、立って眠る馬を見物するためでは勿論《もちろん》なかった。馬に私たちが乗るためであった。

「S君、どうする……」私は、同室のカメラ・マンS君に訊《き》いた。

というのは、じつはさっきS君に、馬が立ったまま眠っているところを見たか、と訊くと、S君は、「へえ、話しにはきくけど、ぼくまだ見たことないわ」といった。私は、眠っている馬の姿がいかに高貴で美しいかを、ひとくさり説明してやって、とくにカメラ・マンがこんなに美しい場面を見逃したのは惜しかった、などとS君をくやしがらせるように言ったのだが、S君はそれほど残念がりもせず、馬には大して興味なさそうな顔つきだった。そんなだから、たぶんS君は馬に乗る気はあるまい……。しかるにS君は、

「馬ねえ、ぼく学生時代にちょっとやっただけですけど、何とかなるでしょう。ぼく乗りますよ」

と、予期に反して、アッサリそうこたえた。もともと乗馬は東京で渡されたスケ

ジュールの中にちゃんと入っていて、「全員、騎乗してバッファロー狩りをおこないますが、ただし今回武器は銃でなくカメラだけ」そんな風に書いてあった。しかし私は、バッファロー狩りといっても、いまは野生のバッファローはほとんど絶滅されてしまったから、狩りなど出来るはずもないし、おおかた馬の代りにジープにでも分乗して、動物園に写真をとりに行くぐらいのことだろう、と勝手にきめて大して気にとめてはいなかったのだ。

私の予想は半分は当っていた。つまり野生のバッファローは百年前の西部開拓時代に乱獲され殺されて、ほとんどいなくなっていた。しかし私たちが、こんど歩いた西部には動物園のあるような都会は一つもなく、ほとんど人口、三百から千人どまりの町だった。そんな町とも村ともいえない小部落が、何百キロも間をおいてポツンポツンと散らばっているところでは、馬はジープの数よりも多く、乗り物としての実用価値も失っていなかったのである。

S君が乗るといえば、私も馬に乗らないわけにもいくまい。しかしS君と違って、私は軍隊でも馬のいない歩兵の一般中隊で、馬には一度も乗ったことがない。とにかく一応、旅行の世話役のディックという男にそのことを話して相談してみることにした。

　だが、ディックは私の言うことは一笑に付した。この牧場で一番オジイサン・ウマを当てがってやるから心配するな、という。〝オジイサン・ウーマ〟とそれだけを日本語でいわれると、なぜか私自身がひどく年寄りじみて屈辱的に感じられた。もっともディックに馬鹿にされるのは或る程度仕方がなかった。れいのリリー・マルレーネ夫人も、イギリス人の女流料理評論家も、馬には乗るというのである。しかし、それだけなら私は、まだ馬に乗る決心はつかなかった。私がハッキリそれを決心したのは、コンラッドが体の具合が悪いので今日は午後いっぱい部屋でやすむ、ということをきいてからだ。

　これまで私は、コンラッドをいくらかは尊敬していたのだ。とにかくあんなに孤立したまま団体旅行をつづけるのは、私には真似も出来ないことだ。――コンラッドが馬に乗ろうが乗るまいが、彼の尊厳はそれによっては左右されないし、傷つきもしない。ただ、あの男が病気にかこつけて馬に乗らないのは、もはや自己主張で馬を拒否しているのではなく、単に馬にも乗れない臆病を病気でゴマ化そうとしているだけのことではないか。こうなったらおれは絶対に馬に乗る、たといどんなことがあっても乗ってみせる……。

全員がコンラッドをのぞいて馬小舎の前に集まると、みんなは明らかにいつになく昂奮《こうふん》していた。自信のある連中は柵の中に入って、もう馬を選びはじめる。かと思うと一方では、早くも馬に跨《また》がって柵の外側を足馴《あしな》らしに走らせはじめる。その傍を牧場の男の子が、裸馬にとび乗ってイキナリ駈《か》け抜ける。こうなると、もう馬も人も、わけもなくはやり立ってしまう。

私はディックに、自分の乗る〝オジイサン・ウマ〟はどれだ、と訊いた。するとディックは無責任にも、ヒゲを生やした顎をしゃくって、

「そのへんの馬を、どれでも勝手に選んで乗ったらいいだろう」

と、片手で馬の鼻づらを押さえてハミを嚙《か》ませながら、イラ立たしげにどなった。腹は立ったが、この男といまさら喧嘩をしてみても無意味である。私は四、五頭いる馬のなかで一番おとなしそうな、白に茶のブチの入ったのを借りた。西部劇にはよく出てくるが日本では見掛けない毛色の馬だ。そばにいた子供に馬の名前を訊いた。

「トマホーク」子供はそうこたえて、馬の首を撫《な》でた。「これはいい馬だよ」

何でもないことだが、自分の借りた馬をほめられると私は悪い気はしなかった。トマホーク、いい名前だし、いい馬だ……。私は馬に向って呼びかけるようにつぶやきながら、馬の顔色をみた。とにかく相手は生きものだ。そいつの背中に乗るのだから機嫌を損ねてはいけない。それにしても馬は、何と大きな動物だろう。私は、鞍《くら》に片手をかけ、左足をアブミにかけて踏んばろうとしたが、力が入らない。仕方なく、両手で馬の背中にしがみつき、両脚をバタつかせて跳《と》びつくと、夢中で馬の横腹から鞍の上によじのぼるという恰好《かっこう》になった。トマホークは、よくもその間、じっと四肢を踏んばったまま我慢してくれたものだ。

鞍はアメリカ人の体格に合せてあるのか、馬鹿に巾《はば》がひろく、跨がると両脚がひらいて、膝《ひざ》に力が入らない。まるで馬の背中に平面の板でも敷いてそれに腰を下ろしているようだ。アブミのつり革を十センチ以上も短くしてもらって、やっと両足を踏ん張るだけは踏ん張れるようになった。とたんに尻の下がグラリと揺らいで、トマホークは歩き出した。

「出発！」

ディックの右手が上った。馬は一列縦隊になって進む。先頭は元ロディオの全米チャンピオンだという男、次がディック、三番目が私を乗せたトマホーク……。私はもっと後につきたかったが、トマホークが自分の意志で先頭の方につきたがる。

それにしても私は、いったい何処へ連れて行かれるのか、まるきりわからなかった。草原をよぎり、小さな林の中をくぐりぬけると、急に前がひらけて、眼の下に、巾二百メートルほどの川が、ゆったりとうねりながら流れていた。まさか、あの川を馬で渡れというんじゃあるまいな――。だが、ロディオの元全米チャンピオンは、自分のうしろで今日初めて馬に乗った四十八歳の男が何を怖れていようと気づかうはずもなく、無造作に馬を川に乗り入れた。

粘土を溶かしたような灰色がかった淡茶の水が、見た眼よりずっと速く流れている。それに深い。先頭の馬は、もう腹の下まで水につかっている。私も、たちまち両足のアブミまで水がつきそうになって、靴を濡《ぬ》らすまいと両膝を曲げて左右の脚を上げかけると、びしゃり、とディックの馬が尻尾を上げて眼の前で思い切り水面を叩いた。その拍子に、私は真正面から泥水を浴びて、顔から胸まで濡れてしまう。もう、こうなったら靴が濡れるくらいは何でもない。そう思うと私は、いくらか度胸がついた。

川の対岸は、こちら側と対照的に、緑がうすく急にけわしい岩山になっている。遠目には平らな草原にみえるところでも、近づくと草はほんの少しで凸凹の地面に大小の岩石がごろごろしており、平地に較《くら》べてずっと歩きづらい。トマホークは急に扱いにくくなってきた。先頭より先に出られると不安なので私は、しょっ中、手綱を引いていたが、岩山の裾《すそ》にさしかかった頃から、トマホークは突然イヤ気がさしたように立ちどまって岩かげの草ばかり食いはじめた。たちまち列外に置いてきぼりをくいそうになって、私は、

「ハイッシ」

と鞍の上から声をかけてみたが、トマホークは日本語は通じないという風に、長い鼻づらを地べたに一層近づけて、雑草の葉っぱを気ままに食い千切っている。馬は人を見るというが、どうやらトマホークは完全に私を見くびったらしい。最初のうちは手綱をゆるめてやると列に戻って歩いていたが、やがて手綱を引こうが延ばそうが立ち止ったまま動かなくなった。かと思うと何の前触れもなしに、たったと小走りに体を揺さぶって走り出し、しばらく行くとまた勝手に止る。しかし、そうやっている間は、まだよかった。小さな丘を一つ通りぬけると、その裏側に赤茶けた岩肌の斜面

がV字型の谷間になって、行く手に塹壕《ざんごう》のように横たわっている。その斜面をトマホークは一気に駈け下りると、谷底から弾みをつけてまた一気に斜面を向う側に駈け上った。

——これはヘタをすると死ぬぞ。

馬の鞍にしがみついたまま、岩石がトマホークの蹄《ひづめ》の下で割れて飛び散るのを見て、私は誇張でなくそう思った。

谷を越えた向うに、いくらか草の生えた台地がひろがっていた。トマホークはまた草を食いはじめた。

——うんと食うがいい。

私は、まだ尻の下で馬が谷底に着いたとたんにガクンと突き上げてきた衝撃を覚えながら、つぶやいた。——とにかく、こいつが草を食っている間は、こちらは安全だ……。隊列から取り残されてしまうことは、もう私は大して不安には思わなかった。とにかくそれはヒヨドリ越えの逆落としのような目にあうよりは遥《はる》かにマシだ。どんなに隊伍《たいご》から遅れたって、それで直《す》ぐ死ぬわけじゃない……。しかし、こちらが思うほどトマホークは長ながと道草を食っていてはくれなかった。山を上って行くにつれて草が少くなるせいもあって、トマホークは立ち止ったかと思うと、じきに歩き出して隊列に追いついた。そして、またしても大きく裂けた谷間の斜面が待ちかまえる方角へイキナリ突っこんで行くのだ。

おやじもあれで結構、苦労は多かったんだろうな——。

私は、馬がいくつかの谷間を越えて、平坦な台地を歩き出すたびに、束《つか》の間《ま》の安堵《あんど》を覚えながら、ふと軍人だった父親が戦時中、外地に派遣されていたのは現在の自分と同じ年恰好だったことを憶い出して、そんなことをつぶやいた。そういえば私は、子供の頃、毎朝、父が出迎えの馬にヨッコラショと、よじ上るように跨がって乗るのを眺めながら、なぜあんな不様な恰好をするのか、と歯痒《はがゆ》たらしく思っていたが、いまになってやっと、それがいかに軽薄な観察であり、子供っぽい虚栄心から出た願望に過ぎなかったかを思い知った。と同時に、父が長い戦争の期間をつうじて、ほとんど外地の野戦部隊に出ていたことを何とも思わず、母と二人で気楽に暮らしてきた自分の生活態度が、みっともないほど恥知らずなものに思い返された。

職業軍人だった父にとって、戦場はまさに自己の職場であり、部隊に動員が下ると、いつも軍服に折鞄《おりかばん》一つぶら下げただけで、ほんの二、三日の出張に出掛けるような恰好で家を出た。事実、野戦に出たといっても父は後方の安全な指揮班に属しており、一般の召集兵や侵略された側の住民たちの舐《な》めた困苦からみれば、無論父の苦労は比較にもならぬタカの知れたものに過ぎなかったはずだ。ただ、それをとやかく言い立てる資格は、私たち父の扶養家族だった者にはない……。おそらく父の戦場での日常生活は、或る場合、何処かスポンサーつきの旅行に似ていたかも知れない。勿論、作戦に従って働いていた父には、私などの知らないさまざまの職務や統率者としての責任が重くかかっていたに違いない。しかし何十万、何百万、といった尨大《ぼうだい》な単位の組織の上におかれた指揮班というのは、全体としては大きな任務を受け持って動いているにしても、内部で働いている大多数にとっては、個々に受け持たされている仕事が何を目的にしており何の役に立つのかわからないようなものだったのではないか。別段、父がそうだったというわけではないにしろ、部署によってはたしかに単に馬に乗って見知らぬ土地を歩いているというだけが、その軍人の職責であるという場合も有り得たはずだし、その軍人にとって最大の苦痛は、国家という眼に見えぬ大スポンサーが自分に何を要求しているのか、本当のところ皆目わかりようがないということだったであろう。

もっとも、こんなことを私が考えたのは、要するに自分が何のために馬に乗っているのかが、自分ながらサッパリわからなくなったためだ。実際自分は、いまここでトマホークに振り落されたら、命を落さないまでも重傷を負うことは間違いない。そして何のためにこんな危険を冒しているかといえば、結局それは旅行のスポンサーであるビスケット会社に対しての、義理立てのようなものでしかなさそうだった。――馬にでも乗らなければ、せっかく自分をはるばると西部の曠野まで招いてくれた好意にこたえることができず、申し訳ない、という……。まことに奇っ怪至極な義務感であるが、私はそれより他に自分が馬に乗る気になった理由は考えようがなかった。

なるほど私は、コンラッドが病気を口実に馬に乗るのを取り止めたことに、何か義憤のようなものを覚えたことはたしかだ。そして、おれはコンラッドのような真似だけはするまい、と発作的に馬に乗る決心をした……。しかし考えてみれば、コンラッドが卑劣なのは馬に乗れないというのを病気にかこつけたことにあるわけで、それなら私は率直に馬に乗る自信がないから乗らないと言いさえすればよかったのだ。それを私が言えなかったのは、べつに見栄《みえ》や体裁のためではない、つまり何とない遠慮や気兼ねが私の中で無意識に働いたためだ。

それにしても、自分がこんな目に会うと知ったら、私は決して馬など乗ることではなかった。ディックが無責任な男だというのは、すでに馬舎で〝オジイサン・ウマ〟を探してくれるという約束を守らなかったときにわかっていた。しかし、それでも私はズブの初心者の自分が、いきなり馬に乗るのだから、イザとなれば誰かがクツワを取ってくれるなり、何なりしてくれるだろう、ぐらいに考えていたのだ。ところがディックも、ロディオの元全米チャンピオンも、一向そんな面倒を見てくれるどころではない。私をこんな危いところに一人で放り出したまま、すでに二時間以上も山から山へ、谷から谷へ、引っぱりまわして、何処まで連れて行くつもりか、それさえハッキリとは明かさないのだ。その間、必死になって鞍にしがみついていたおかげで、すでに私の両手はマメだらけになっているのである。

とはいうものの私は、少しずつは馬に慣れはじめていたには違いなかった。尖《とが》った岩だらけの崖《がけ》のような急な坂を下りながら私は、トマホークがじつに器用に岩の裂け目をひろって着実に足を運んでいるのに、感心せずにはいられなかった。決して馬は、自分で足許を見ながら歩いているわけではなく、むしろ無鉄砲に崩れかけた岩場の坂を駈け下りているのだが、まるで固い蹄のうらに眼がついているかと思うほど、ほんの十センチ四方ぐらいしかなさそうな岩の平らな部分を、眼にも止《とま》らぬ速さで一分の狂いもなく選びながら駈けているのだ。

しかし私が、馬の本能的な知恵に本当に驚かされたのは、まだそれから三十分あまりも岩山をグルグル歩きまわらされたあとだった。貧弱な草原をこえて小さな川を渡ると、何処をどう廻ったのか、いつか私たちは見たことのある青々とした平野に下りていた。と突然トマホークは、彼方の森の見える方角に向って一直線に走り出したのだ。

トマホークばかりではない、まわり中の馬が一斉に全速力で駈け出した。マルレーネ夫人も、イギリス人の女流料理評論家も、ズボンに包まれた丸い尻を鞍の上で踊らせながら、私の前を駈けぬけて行く。何としたことだ。しかし、私にはなぜか、ほとんど恐怖はなかった。トマホークと自分とが一体になって一つのリズムを合奏しているような快感があるばかりだ。

やがて、眼の前に白い柵をめぐらせた建物が迫ってくるにおよんで、私はこの快感が何処からきているかがわかった。それは、たしかに私にとっても言いようもなく懐しいトマホークの馬舎に違いなかった――。走れ、トマホーク。

私は、初めて〝ホーム・ストレッチ〟という言葉のいわれを了解した。

父の日記

父の生れた家は、高知市から二〇キロぐらい東によったY村にある。もっとも、いまは町村合併でK町Yということになったが、実質的にはまだ農村だ。高知県下では、昔から蜜柑《みかん》の産地として知られている。飛行機から見るとよくわかるのだが、四国山脈からつづいた山が太平洋岸の近くまで迫って、高知の平野は、海岸沿いに帯状にのびた極《ご》く狭い部分にすぎない。だから父の家も、裏はすぐ山だが、南向きの座敷に坐《すわ》ると土塀ごしに、田畑をへだてて、その向うにA町の家並みと白い海を、望遠することが出来る。

「しかし、こんなに海が近いとは思わなかったな」私は、茶菓を運んできた伯母にいった。「子供のときから、この家はもっと山奥にあるような気がしていた」

「そうかね。この前の颱風《たいふう》で、家のまわりの大きな木がすっかり倒れたから、遠くまでよう見えるようになったもんじゃ」

伯母は、節くれ立った指を少し震わせて渋茶の茶碗を私の前におきながら、こたえた。年はもう八十をこえているはずだが、その割りには元気だ。十年ばかり前に伯父が亡くなったあと、伯母は七人いる子供たちの家を順繰りに泊って歩きながら、それでも年に半分ぐらいはこの家に一人で住んでいる。戦前なら、おそらく長男のTが東京の会社をやめて、この家を嗣《つ》いでいるところに違いない。しかし農地解放で土地からの収入のなくなったいまは、そんなわけには行かない。次男のKは高知市内の会社につとめているから、交通の便さえあればここからでもかよえないことはないが、自動車道路の発達した現在は、車のない者にはかえって以前よりも不便になった。仮に車があっても、Kは酒を飲むから運転は不可能である。他の息子や娘も、東京、大阪などで暮らしており、この土地に帰ってきては生活が出来ない。

こんなことは、何もこの家だけではなく、戦後の農村の中小の地主の家は皆こんなものだろう。旧地主に限らず、自作農でも兼業農家をやって行けない者は都市生活をする他はないので、ここは名前だけ村から町に変っても、じつは過疎村になりつつあるという。しかし、そんな話をききながら私は、内心いくらかホッとしているようでもあった。

たしかに村の様子は、この一、二年のうちにもかなり変っており、私は途中でこの家がわからなくなって、この村の蜜柑の集荷場その他で、何度も道を訊《き》かなければならなかった。まだ、ものごころつかない子供の頃から、数え切れないほど何度も訪ねてきているこの家の道がわからなくなるとは、思い掛けないことだった。私がどんなに地理オンチだとしても、A町までくれば、この家を知らない人はないといってよかったし、そこで雇った車なら、黙っていても家の前まで連れてきてくれた。しかし、こんど拾ったタクシーの運転手は、家の名前をいうと、そんな名前の家は何軒もあるからわからない、という。

「じゃ、松だよ、松の木の家だ」

私は、少しせきこむように言った。すると運転手は、ますます不愉快げに訊きかえした。

「松？　松というてもそんなものは……。いったい、番地は何番地ですぞ」

この家の門の前にあった松の大木は、何年か前に虫に食われて引き倒されていた。

しかし、松は長年この家の通称のようになっていたものだ。それを知らない運転手に、伯母の名をいったところで通じるはずもない。それに私は、うかつなことにこの家の番地は知らなかった。困惑した私は返答しかねたまま、心当りの道を運転手におしえたが、逆上しているためか、どうしてもこの家が見当らず、まるで見知らぬ土地へきたように、車を下りて道を訊くより仕方がなかった。……家の前まできて私は、なーんだ、と思った。これならさっき通り過ぎた道じゃないか。

それにしても、まわり中から樹木がなくなると、家の印象はこんなにも変るものだろうか？　失《な》くなったのは門前の老松だけではなく、その周囲にあった何本かの松と椎《しい》の大木、それに梅、桜、もみじなどの木が、ほとんど全部なぎ倒されて、土塀のすぐうしろから、朽ちかけた瓦屋根とシックイの剝《は》げた棟が顔を覗《のぞ》かせている。それは、まったく身ぐるみ剝ぎ取られた老人が、日にさらされて茫然《ぼうぜん》と立っているという感じだった。

しかし、この一見荒廃した建物は、じつはそれだけ明るくなっていた。私は気がつかなかったのだが、樹木の他に、塀の内側にあったいろんな建物が姿を消していた。

門脇の番屋だとか、馬小舎《うまごや》、牛小舎、それに作男の所帯などが、毀《こわ》れて取りのけられたり、売られたり、他のものに作り変えられたりして、いつの間にか失くなっていた。それらの一つ一つが、どんな恰好《かっこう》をして、どのへんに立っていたか、すでに私の記憶から消えている。言われて憶《おも》い出すのは、建物や樹木の影になっていつもジメジメと黝《くろず》んでいた地面のしめっぽい臭《にお》いや、建物の間に反響する大勢の大人や子供の呼び声や、夕闇《ゆうやみ》の中に真ッ黒く立った蚊柱のうなりながら近づいてくる気配やである。

これらの記憶は、私の中で幼年時代の旅行と重なっている。父母と一緒に私がこの家に泊ったのは、大抵、父の転任旅行の途中だったからである。私は、生後間もなく、ここの家に連れてこられた。そして何箇月かを母と一緒にここで暮らし、やがて母子ともに旅行にたえられる体になってから、私たちは船と汽車とを乗りついで、父の聯《れん》隊《たい》のある市川へ移った。無論そのときのことは、私の記憶にあるわけがない。それから二、三年たって、父が善通寺の師団に勤務したときにも、ここへ何度か連れてこられたはずだが、それも私には覚えがない。記憶がはじまるのは、さらに二、三年たって、市川から朝鮮へ移るときの旅行からだ。私たちは寄り道して、ここで何日間か滞在した。

大勢のいとこたちと一緒に、田んぼでレンゲの花をつんで花環《はなわ》をつくってもらったり、私は得意になって跳ねまわっているうち、つい足を滑らせてコエ溜《だ》めに落ちたが、あれはそのときだったろうか、それとも朝鮮からの帰りに寄ったときのことだったろうか。どっちにしても兄弟のいない私は、家の中に同じ年頃の遊び相手がいて一緒に遊ぶということをここで初めて経験した。無論、私はここではヨソ者のお客さんであったには違いない。しかし、それは他の家に遊びに行ったときとはまったく違って、やはり家族の一員に入れられたということが子供ながらに感じられた。……遊びつかれて帰ってくると、夕食は子供だけ別棟の台所のようなところで、年とった女中のトクエさんの給仕で食べた。トクエさんは片眼が悪く、醬油《しょうゆ》を注ぐときなどトックリを顔のそばまで近寄せて、片眼でトックリの口を睨《にら》みながら小皿に注ぐ。そういう不自由な身体であるにも拘《かかわ》らず、態度は堂々として威厳があった。私を入れて総勢十人ばかりの子供たちは、彼女の完全な統率の下《もと》にあって、お代りをしたり、お茶を注いでもらったり、わいわい笑ったり話したりしながら、そんなことが一糸乱れずおこなわれるのであった。

その建物も、いまは何処《どこ》かへ行ってしまったのだろうか？　いとこたちは成長するにつれて、一人ずつこの家からいなくなり、いつからかトクエさんも見えなくなった。昭和十八年秋、私は伯父と伯母とに入営の挨拶《あいさつ》をするために一人でこの家にきた。そのときは、まだ二人の従妹《いとこ》がここに残って家事の手伝いをしていたが、もはやそこには大家族のおもかげはなかった。何人かいた〝日雇《ひよう》さん〟も兵隊にとられたのか姿を見せず、年とってメッキリかんしゃくも起《おこ》さなくなったという伯父が、一人で茶の間の柱時計の下で、茶碗酒を飲んでいた。

いま考えてみれば、この村の〝過疎〟化は、すでに戦争末期から始《はじま》っていた。勿論《もちろん》、農村は空襲をうけた都会のように戦争で直接破壊されるということはなかった。それどころか、疎開者や買い出し客で表面はむしろ繁栄しているように見えた。けれども、疎開者は本当の意味で農村の労働力にはなりえなかったし、買い出し客は百姓たちを一時的に潤わせたに過ぎなかった。そして、この家の場合、小作人にまかせた土地から上る米は、そのまま供出しなければならなかったから、農地解放がおこなわれる以前に、すでに半分土地は手放したも同然になっていた。

それでも終戦直後の一時期、都市生活の出来なくなった者や、外地や戦地で生活の基盤を失った家族たちは、つぎつぎと引き上げてくると、入れかわり立ちかわり、ここを待避場所として集《あつま》ってきたので、この家は再び大家族時代を取り戻したように賑《にぎわ》った。それぞれ馴《な》れぬ手に鍬《くわ》や鋤《すき》を持って、米つくりや野菜つくりに精出したり、菜種をつくって食用油をしぼったり、さとうきびを育てて砂糖をとったり、山羊《やぎ》を飼ったり、ウサギを飼ったり、まるで江戸初期の開墾者のように自給自足の生活が営まれた。しかし、それはせいぜい三、四年間のことに過ぎなかった。やがて都市での生活活動が復興すると、彼等はこの家を出て都会のそれぞれの職場に復帰した。

ちょうど、その頃だった。それまで都会で職もないままに売り食いの生活を何とかつづけていた私の一家は、売り食いのタネも底をつき、家も他人の手にわたって、もはやその町にとどまって暮らすことは不可能になった。私は友人の好意で当分その家の一と部屋に置いてもらうこととし、父と母とは郷里のこの家をたよって、甥《おい》や姪《めい》たちの家族が引き上げていった跡の部屋で厄介になることになった。……それは、いま憶い返しても胸の中が暗くなるようなことだ。父はこの家を嗣いだ伯父の実弟であり、母はこの家に嫁いだ伯母の実妹である。しかし、父がこの家を出てから、すでに三十年もたっており、手ばなした都会の家もこの伯父に金を出して建《た》てて貰《もら》ったものだ。

敗戦で職を失ったからといって、いまさら手ぶらで帰っては、この家の敷居もまたぎにくかったに違いない。しかし、その父よりも、母の気苦労は一層大きかった。

わたしたちが、この家に帰つてから、伯父さんは一と言も口をききません。お父さんにも一と言も話しかけません。わたしにも何も言ひません……。

母からの手紙に、そんな文句があると私は、まるで地の底からの呼び声でもきいたようで居《い》た堪《たま》れぬ気がした。その後暗さは、それ以来私の中で、この鬱蒼《うっそう》たる老松に囲まれた家の暗さとつながって、高知県Y村という地名を聞いただけでも、ふと悚然《しょうぜん》とさせられるようであった。もっとも伯父が、父にも母にも、まったく口をきこうとしなかったのは、必ずしも不機嫌のせいとは思えなかった。勿論、五十も半ばを過ぎた弟夫婦に突然、舞い戻ってこられることは、伯父にとっては迷惑だったかも知れない。しかし、どっち途《みち》、家は伯父夫婦が二人で住むには広過ぎるほど広いし、部屋はあいている。むしろ気ごころさえ知れた間柄なら、誰かが一緒に住んでいてくれる方が、何かと用心にも手助けにもなろうというものだ。ただ、伯父と父とでは、これまでの職業も生活環境もまるで違っている以上、いくら血はつながっていても共通の話題が、ほとんどなかった。あるとすれば、極く子供の頃の憶い出ばなしぐらいだろう。しかし他人でもないこの二人が、毎日顔を見合すたびに、幼少年時代の記憶を持ち出して開陳し合うわけにも行くまい。それでも父に対しては、まだ好《よ》かった。黙って二人で酒を飲んでいるだけで、お互いに通い合うものが残っているはずだからだ。ところが、母となると、伯父にとっては、ただの他人以上に厄介な対手《あいて》だったに違いない。だいたい母は、伯父は勿論のこと、自分の姉である伯母とも、ふだんからあまりウマが合わなかった。祖父が一時やっていた事業の関係で、きょうだいの中で母だけが東京で生れ、小学校の途中まで大阪にいた。そんなためでもあるのか母は、他の家族の誰にも似ず、おしゃべりで冗談をいって人を笑わせるのが大好きという変った性格であった。そんな母が、いかにも農家の息子らしくムッツリして気のきかない父とどうして結婚することになったのだろう？　これは私も子供の頃から不思議に思っていたが、どうやら母は、女の子ばかりが多い実家でも持てあまし者だったらしく、姉の婚家先きの弟のところへ手っ取り早く片付けられてきたというような模様であった。

母はよく、この家に嫁にきたことを、自分の意志とはまったく関係のないことのように言っており、村中の者が集ってひたすら何日間も酒を飲みつづける田舎の結婚式のいかに嫌悪すべきものであるか、またそのときの父の身なりや態度がいかに間が抜けて不様であったか、というようなことをまるで他人事《ひとごと》の冗談のように、面白おかしく語ってきかせた。しかし息子の私には、そういう話は聞かされるたびに、おかしさよりも憂鬱《ゆううつ》であり、また何となくウシロメタく、怖ろしいような気がした。――実際、それは冗談事ではなく、父にとっても母にとっても、悲劇そのものだったのではないか？　少《すく》なくとも戦後、逼迫《ひっぱく》した生活の中での父と母とを振り返ると、やはりそう思わずにはいられない。

　結局、母は都会で消耗した心身をひきずるようにY村に帰ったあと、心の張りを失ったのか、精神的にも急激に老耄《ろうもう》して、父に看取《みと》られながら死んだ。そして父は、母の骨壺《こつつぼ》を持って上京してきた。それを見て私は、自分たちの還《かえ》るべき土地が何処にあるかを、あらためて自分自身に問い直さざるを得なかった。母の亡くなった翌年、私は自分の仕事で思い掛けぬ収入を上げることが出来たので、ふだんの不孝を詫《わ》びる意味でその一部を父に渡した。すると父は、その金で真先《まっさ》きに都内の墓地を探して墓所を買い、そこに母の骨を入れた。

うかつなことかも知れないが、それまで私は、自分の両親が死んだら何処に葬るべきかなど、一度も考え及んだことはなかったのである。

もっとも、これには多少の理由はある。Y村のS山には、小さなものだが先祖代々の墓地があり、私は子供の頃からY村の家を訪ねるたびに、この墓地へ菓子や米粒など持って、まだ生きていた祖母を先頭に大勢の子供たちと一緒にお参りに行った。祖母は大小さまざまの墓石を指しながら、主だったものについて説明した。一番奥にあるのが、三百年前にここへやってきたこの家の開祖の人、それから真ン中あたりにあって一番大きな墓石の置いてあるのが、五代目のご先祖でうんとお金をもうけた人、その少し手前にあるのは、明治維新の前に勤王党に加《くわわ》って幕府につかまり京都の三条河原で首を切られた人。そう思ってきくと、墓石の一つ一つに皆それらしい表情があるようだった。一緒に遊んだ従兄《いとこ》のMちゃんや、子守の不注意で池に溺《おぼ》れた赤ん坊のHちゃんのお墓もあって、そういう小さいうちに死んだ子供は、どれも小さな丸っこい自然石が立ててある。そんなことから何となく私は、子供ごころに自分が死んでもここへ戻ってくるような気がしていたのだ。だが、これは私の一人合点だった。S山の墓地はY村の家を嗣いだ本家の人たちの入るところなのだ。だから、父のように分家して、本籍を東京にうつし、Y村を出て行った者には、当然この墓地は無縁なのである。

このことを私は、その後数年たって父が死んだとき、伯母にいわれて初めて知った。伯母の口調は淡々たるものだったが、私は恥とも怖れともつかぬもので顔が赤くなるのを覚えた。——実際、自分は四十過ぎのこの年になるまで、どうしてこんな簡単なことに気がつかなかったのだろう。

この話で私は、父がなぜあのように墓地を買い急いだかということを初めて了解すると同時に、この家が三百年以上つづいているというのが本当だとして、それだけの年数、家系を維持するために、どんな手段や努力がこうじられてきたかということを、あらためて考え直した。まったくのところ、三百年間に一族の死者がどれだけの数に上《のぼ》ったかは知らないが、墓石一つ置くのにも相応の制限を加えないかぎり、とてもS山の墓地に収まりきるものでないことは明らかだった。

しかし、そう思って墓石を一つ一つ見て行くと、系図の上では明らかに正系として大きく名前が載っていながら、なぜか墓石は残っていない者もある。その人の妻子の墓はちゃんとあるのに、本人の墓石だけがこの墓地にないというのは、まったくどうしたことだろう？　そういうことは、伯母に問いただしてみても、「さアどうしてだろう」と、伯母も首をかしげるだけだった。

そんなことから私は、その安岡文介という名前に何となない親近感と興味とを覚えるようになった。

ところで、こんどY村の家を訪ねたのは、伯母の長男Tからその墓地のことで相談をうけたからだ。「おふくろは、まだ元気にしているといっても、いつまでY村に一人でおいとくわけにも行かんし、そうかといって誰かがあの家に帰っておふくろの面倒をみるというわけにも行かん。結局おふくろをこっちへ呼ぶより仕方がない。そうなると、あの家も少くとも当分は空き家になるし、S山の墓地も見る人がいなくなる。ついては、現在あっちこっちに散らかっている一族が骨を一箇所にまとめて入れる墓を、こんどS山につくるつもりだが、何なら君のところの両親の骨も分骨して、その新しい墓へ持ってきてはどうか」という。つまり、共同の墓をつくっておけば、Y村の家が無人になっても、S山の先祖代々の墓地は誰かが交替にお参りに行くから、無縁の墓にならずにすむ、というようなことらしい。

私は、別段それには賛成も反対もする理由はなかった。分骨どころか、東京の墓地にさえ、春秋の彼岸にも墓参は怠りがちである。勿論、自分の死んだあとの骨の始末のことまでは考えるひまがない。ただ、Tにそんな風に言われてみると、やはり一つの感慨はないわけではなかった。繰り返していえば、あの鬱然たる古い家は、私の中の後暗《うしろぐら》いおもいと結びついている。だから、あの家がいまや誰も住む人がいなくなるときかされると、正直のところ私は或《あ》る意味でホッとする気持もある。しかし実際は、あの家が失くなってみたところで、私の中の後暗さは消えるわけはありっこない。そう思うと私は、あの家が完全に荒れ果て、朽ち落ちるまえに、もう一度よく見ておきたいという気になった。それに、あのS山の墓地も、いまは入れる人を制限しようにも、その人間がすべてY村からいなくなろうとしているときけば、それは私にとってもやはり心の何処かが空白になって行くような心持がすることだ。奇妙なことだが、父親が探したとはいえ結局私が自分で買った東京の墓地には、このような感情はまったくこもらないのである。

私は伯母と二人でS山の墓地へ行った。途々、伯母は憶い出したように話しかけた。

「あの、文介さんの日記が出てきたぞね」

「へーえ、あのお墓のない人の……。じゃ、何処かにあの人のお墓が見つかったんですか」

「いや、お墓は何処にあるかわからんけど、日記は遠縁の親戚の家から出てきてねえ」

伯母の話では、その人の没年はわからないが、日記は天保の初めから慶応二年、つまり明治維新の直前までつづいているという。文介には三人の息子があった。一人は、土佐藩の家老を斬《き》り、脱藩して天忠組に加ったが、後に捕《つかま》って斬首された。この人の墓は、S山にある。もう一人は、会津戦争で流れ玉に当って死んだ。この人の墓は会津にある。残った末の息子は、明治維新のあと自由民権運動に参加し、政府に弾圧されて、何処かの陋屋《ろうおく》で死んだ。この人は、没年も墓所もわからない。このようにして文介は、三人の息子が皆憤死したため、Y村に一人で住んでいる気がしなくなったのであろうか、おそらく妻をY村に残したまま高知市に出掛けて、その後のことはわかっていない。しかし日記が高知市内の遠縁の家から出てきたというところから見れば、やはり市内の何処かで亡くなったのであろうか。私は、祖母や伯父の墓に参拝したあと、文介の息子の墓に手を合せて、ひそかに文介のために安息を祈った。

この家が最も繁栄したのは、文介の生れた文化文政の頃であるらしい。現在の表座敷は、その頃建て増したものだし、東の倉はやはりその頃、質草にとったものだという記録がある。郷士で地主のこの家は、おそらく金貸しも兼ねていたのであろう。Y村から一番近い市街はA町であるが、「A町の金は大松の家の金」といわれていた由。しかし、その財産は半分以上は明治維新の前後に失われた。文介の息子たちが、家老を殺害したり、脱藩したり、大阪や会津に遠征したり、そのようなことにはかなりの費用を要したらしい。また維新のあとにも、郷士の反乱や民権運動があり、さらに出費が重《かさな》った。

維新で男が皆、死んだり蒸発(?)したりしたため、その後のわが家は、祖母が養子を迎えて女権時代に入る。残された財産を少しでも長く食いのばすためには、それ以外に仕方がなかったのであろう。しかし、父をふくめて三人の息子は、揃《そろ》って落第ばかりしていたから、その教育費は普通の家の二倍はかかったに違いない。しかも、その中の一人は早世して、そのぶんの教育投資はムダになった。だが、どっち途、明治に入って経済の基本は、米から金にかわっていた。このような変革期を女手一つで乗り切ることは難しかったであろう。太平洋戦争のはじまる頃、伯父の家はただの小地主になっていた。そして戦後の農地解放で、その土地も失われたというわけだ。

S山の墓参から帰ると、私は伯母に、もうここには文介の日記のようなものは残っていないだろうか、と訊いた。

「そうね、もう何にもないだろうね。古い書きつけなら、いっぱいあったけど、整理がつかんもんだから、あたしが蔵の中を片付けるたびに、いりそうもないものは片端から焚《たき》つけにして燃やしてもうたから」

「そうですか、それは惜しいことをしましたね」

もっとも、そうはいっても、古い手紙や書きつけなど、虫の食ったものや、シミだらけのものをひろげて読むのは、よほど根気のいる仕事だし、整理がついていないものは結局、私など読んでも何のことか、わかるわけはなかった。しかし伯母は、

「せっかく来たんだから、自分で蔵の中を探してみなさいや」

と、東と西の蔵の鍵《かぎ》を渡してくれた。西の蔵には茶碗や漆器などの他に刀剣類が若干残っているが、古い書きつけなどがもしあるとしたら、それは東の方だろう、とい

う。東の蔵には、もうロクな品物はなにもなく、納屋か物置の代りに使っているだけで、整理もしていないから、それだけに古文書などが手をつけずに残されている可能性もあろうというわけだ。

「ああ、これを持って行きなさいや。蔵の中は埃《ほこり》だらけだから」

と伯母は、古い軍手と懐中電灯とを貸してくれた。私は、言われるままに軍手をはめ、懐中電灯を手に、東の蔵の階段を上って行った。これまで何度この家にきたかしらないが、蔵に入るのはいま初めてだ。なるほどロクなものは何一つなさそうだ。南の小窓をあけ、あたりを見廻《みまわ》したが、べつに面白そうなものもない。昔、養蚕をやっていた頃のカイコ棚だろうか、古ぼけた木の箱が積み上げてある。傍に明治時代の中学校の教科書だろうか、英語の地理の本などが雑然と並んだなかに、和綴《わとじ》の本が一冊、眼につくままに引き出してみると、これは父の中学生時代の日記帖《にっきちょう》であった。

自　明治四十年九月五日

至　明治四十年末

日誌簿　秋の巻

とあり、表紙に、満月をうつした沼か池の端に家が一軒立った図が水彩絵具で描いてある。当時、中学生は、もう大人だろうが、それにしては稚拙なこの絵を見ているうちに、私は指が短く掌《てのひら》の分厚い父の手を想い出していた。

九月五日(火) 晴、後《のち》雨天

今日で永き夏休みも終るので、午後には当地を出発せねばならんと思ふと、なんだか心が愉快でない。七時半頃に起きて、まづ休み中、自分の居室としてをつた奥ナンドをかたづけ、午後一時頃、家を出て桜馬場の下宿へやつてきた。これから夕飯を食はんとする時、小野山君が肩をいごかして両手を振つて遊びに来た。雨が大分えらくふり、雷も又、大分なりだした。小野山も八時頃まで話しよつたが帰つて行つた。あとは、おばーと二人切り。風も吹いて、雨はえらいし、雷はなるし、なんだかさびしかつたが、今夜はそのまま寝た。

年をくってみると、明治四十年の父は、満で十六歳である。つまり、いまの私の家の娘と同じ年齢だ。よく、明治の日本人はシッカリしていたなどというが、それは私の父親に関する限り、あまりアテにならない。まったく、いまのティーン・エージャーと何処が違うというのだろう。違いがあるとすれば、毛筆の文字が比較的達者に書けていることと、文章に漢文口調が入っているということぐらいではないか。しかし、その文章も漢字は結構、誤字やアテ字が多く、その点でもいまの高校生と大した違いはなさそうだ。要するに、時代が変ったって、人間はそんなに変るものではないのだろう。文中、小野山君とあるのは、父と同年の従兄だが、その小野山が帰ったあと、雷と強風の中で、「おばーと二人切り」という、そのおばーは誰のことかわからない。まさかＹ村の祖母が一緒に高知市内の下宿まで送って行ったわけではあるまいが、誰か付き添いの婆さんをＹ村から付けてやったのだろうか。いずれにしても、十六歳の父は淋《さび》しがり屋であり、Ｙ村の家を出て行くことを心細がって、何処か母親（私からいえば祖母）や兄たちに甘えたがっているようである。

日記は、まだこの他に洋綴《ようつづ》りのものが二冊あった。一冊は第六高等学校在学中のもの、もう一冊は浪人しながら、その六高の入学試験に合格した夏休みを、このＹ村の家ですごしている頃のものである。両方とも、中学生時代と違って、記述は簡略であり、ペン、毛筆、鉛筆などで、二、三行ずつ、乱暴な字で書きとばしてある。

浪人時代からのものは、洋紙に横罫《よこけい》で英文日記ということになっているが、英文で書いてあるのは、ほんの最初の何日かに過ぎない。入学試験の当日の模様を読みたいと思ったが、そこのところは四日間空白になっている。試験のことは大して気にならないのか、終った日に「本日試験終了」とあるだけで、出来たとも出来なかったとも書いていない。合格の通知がきた日も、「Sun. July 30, Meiji 44 雨天、池先生より六高の試験に合格したとの手紙来る。中城渉さんより面白い端書《はがき》が来た」とあるだけだ。うれしいとも、ほっとしたとも、書いてない。まったく何の感動もなかったようである。そして、このへんからは、たしかに明治の男の気風らしいもの、現代青年とは違ったものが、かなりハッキリ出てくる。入試の発表後、一週間たって、伯母の最初の出産があり、それにはむしろ喜びがあらわれている。

Mon. Aug. 7

姉上、午前十時半頃出産す。吹聴のためA町の郵便局へいつた。電話が出来て、このやうなとき甚だ都合よし。子供は自分がT……と名づけた。入交のおばさん来らる。

私は、これによって、いまわが一族の家長的役割を演じているTの名付親が、自分の父親であることを知った。しかし私を驚かせたのは、それから二週間ばかりたった日のことだ。

Sun. Aug. 20

晴天、格別のことなし。大兄さん、小野山に行かる。

夜、おツネさん等と何か話してゐるうち、いつか十時過ぎになつてゐたので、床についた。

この「おツネさん」というのが、私の母、つまり父がこの日から七、八年たって結婚する相手なのだ。おそらく母は、伯母の出産の手伝いに、この家に来ていたのであろう。そういえば出産の日に、「入交のおばさん来らる」とあるが、入交は母たちのさとの姓であり、このとき母も一緒について来たに違いない。しかし、その日から二週間目にようやく「おツネさん」が父の日記に登場するのは、その間、母は伯母の看護に忙殺されていたのであろうか。それとも、この日は伯父が小野山へ出掛けて留守であったために、父と母との間に何となく打ち解ける雰囲気が出来たのであろうか。いずれにしても、これから二、三日、「おツネさん」は連続的に父の日記に登場する。

Mon. Aug. 21

京都の中兄さんより端書が来た。

入交のおツネさんが、夜、寝しなに笑ふた。

Tue. Aug. 22

晴天、朝は涼しかつた。

下女来る。

夜、おツネさん等と歌留多《カルタ》などして遊ぶ。

Wed. Aug. 23

晴天、東京自治会幹事N氏の演説を小学校へききに行つた。

入交のおツネさんが帰つた。

記述は、まことにブッキラ棒で簡略をきわめている。しかし私は、この電文のように短い行間に、二十歳になるかならぬかの父と母との顔つきや姿勢まで、存分に想い浮かべることが出来た。おそらく父は感情は抑えていても、これだけ連続して母の名前が出てくるのは、よほど昂揚《こうよう》していたに違いない。母がさとへ帰った翌日、父は東京から取り寄せたドイツ語の文法の本を持って、近くの山へ出掛け、勉強をはじめるのである。――勉強をするのに、なぜ山などへ行く必要があるのだろう？　おそらく父は、祖母や伯父などのいる家の中で、自分の内部の感情を持てあましたのであろうか。私は、山に上った父が「おツネさん」を憶い出しながら、大声に、「デル、デス、デム、デン」などとやっているさまを想像し、生前の父にはない親近感をおぼえた。蔵の中は、いつか暗くなった。しかし私は南側の窓辺に、この日記を引きよせ、繰り返して何度も読んだ。

……おツネさんが、夜、寝しなに笑ふた……。

白いシックイで区切られた窓の外の空は、水色に澄んだまま、次第にその色を濃くして行き、やがて灰色がかって暮れてきた。しかし私の中で、母の顔はハッキリと浮かび上り、父や母と別れて暮らし出して以来、自分に憑《つ》きまとった後暗いものが、ようやく薄れかかって行くのを、私はボンヤリと感じはじめていた。

放屁抄

マルキ・ド・サドが十三年の長きにわたって牢獄につながれることになったのは、マルセイユで娼婦たちに、おならの良く出る薬を入れたボンボンを食べさせたためであるという。もっとも、この催屁剤《さいひざい》入りのボンボンにはべつに催淫《さいいん》の効果を狙《ねら》ったものも入っており、それを食べた娼婦が腹痛を起したというので、そのことを訴え出たことが逮捕の理由になっている。罪状は、毒薬殺人未遂ならびに男色である。たかだか屁《へ》の出るクスリ(茴香《ういきょう》であるという)を入れたボンボンを食べさせたぐらいで「毒薬殺人未遂」とは大仰に過ぎるが、おそらくそれは他に何かサドを逮捕する意図があってのことで、催屁剤入りボンボンの件はその口実に使われたものであろう。しかし、いずれにしても、このことからヨーロッパ人とわれわれとでは、屁についての観念、もしくは感覚が非常に異っているということは言えそうだ。

つまり、ヨーロッパ人にとって、屁はあくまでも一個の生理現象であって、それ以外のものではない。だから放屁を他人に強制したり、強調したりすることは、肉体的な暴力行為なのであろう。ところが私たちにとって、屁はもっと精神的なひろがりを持つ何者かである。仮りにサド侯爵がわがくににあらわれてマルセイユでやったと同じことを行ったとすれば、その被害者は肉体的に傷つけられたと思うよりも、名誉を傷つけられたおもいで悩むであろう。たとえば明治初年に発行された「大阪錦画日々《おおさかにしきえにちにち》新聞紙《しんぶんし》」の第五十六号には、次のような記事がある。

嫁の屁は五臓六腑《ごぞうろっぷ》をかけ廻《めぐ》り

と相州江ノ嶋の漁師松本佐兵ヱが娘おとらハ片瀬村森田安次良方へ同村寅治が媒人《なこうど》して婚礼を済ませ不日《ちかく》親類まハりに寅治の家へ参り、女房お条《くめ》に挨拶《あいさつ》の鼻さき思ハず花嫁が大きな放屁《おなら》をすると、お条ハ黙止《だまっ》て居れバよいのに、是《これ》ハ是ハ始めてのお出《いで》に何よりのお土産《みやげ》にて、裏の瓜《うり》や茄子《なす》もよく出来ませう、と口から出次第に云《い》へバ、嫁ハ赤面して家に帰り、親類内へ申訳《もうしわけ》なく人に笑はるゝが残念、と書おきをして咽喉《のど》を突《つい》て死したるに、安次良ハ大におどろき、寅治が女房ハ常

〳〵口がかるく何とか申《もうし》たに違《ちがい》なし、と面当《つらあ》てがてら娘の首切り書置そへてつかハしたれバ、お粂ハ怐《びっく》り、さてハ私しが言《いい》すぎから死なせたり、と又咽喉ついて死にけり。是をきくより安次良ハ、寅治への言訳《いいわけ》と身を投げ終《つい》に落命《らくめい》せり。ア、屁一ツで三人の命を棄《すて》るとハ笑ふてよいか泣《ない》てよいか、尻《しり》に締《しま》りのない嫁さん方へおたづね申すと(読うり百三十号ニ出)

この新聞記事が、どの程度事実を伝えているかどうかはともかく、明治初年のわがくに庶民の間で、屁がどのような意味を持っていたかを窺わせるに足るものといえよう。勿論《もちろん》このようなことは野卑で馬鹿げているといえば、そのとおりである。しかし、あえていえば、ここには当時のわがくにの農民漁民の哀切な心情が、一見野蛮な残酷さと裏表になって覗《のぞ》いているように思われる。ここでも「屁」は、やはり三人の男女の生命を奪う暴力としてはたらいている。しかし、その暴力は、サドの用いた催屁剤入りボンボンのそれとは何と異質であることか。

繰り返していえば、サドが「毒薬殺人未遂」を訴因として捕えられたのは、いわゆる別件逮捕というべきものであって、その真因は他にあった。しかし、おならの良く出るボンボンを娼婦にすすめて食べさせたのが、ただの子供っぽい悪戯《いたずら》であったのかといえば、そうはいえない。そのときサドは、下男を助手に四人の娼婦を集めて、交るがわる一室に監禁し、女を鞭《むち》打ったり、また女に自分を鞭打たせたりしながら、下男と女とを交合させ、自分はまた下男のうしろから交合したりしたが、予《あらかじ》め女にボンボンを食べさせたのは、単にその際、放屁をもよおさせるというのではなくて、彼女らを鶏姦《けいかん》するためであったらしい。四人の娼婦たちは、いずれもサドに鶏姦を求められたが、これに応じなかったと証言している。しかし彼女らのこの証言が果して真実なるものであったかどうか、正確なところはわからない。なぜなら当時フランスの法律では、鶏姦をおこなった者は男女とも死刑に処せられることになっていたからである。いずれにしても、サドが鶏姦をおこなうことを目的に女たちを駆り集め放屁剤を食べさせたのだとすれば、それは少々尾籠《びろう》ないたずらというだけではなくて、はっきりと反社会的な暴力行為であったというべきであろう。

正直にいって、私はサドの著作にはこれまであまり興味はなく、鞭打ちだの鶏姦だのをやってみたいという気はさらさらないが、部屋に閉じこめられた女が、ぷっぷとガスを放ちながら逃げまどうのを追いまわすというアイディアには魅力がある。これは私自身、幼年期に近所の奥さんのまえで放屁したことで傷ついたという憶《おも》い出《で》があるためかも知れない。

あれは朝鮮の京城《けいじょう》に住んでいた頃だから、私が五つか六つのときである。いまは忠武路とよばれている繁華街の裏に黒い塀でかこまれた憲兵隊の官舎があり、私の家もその中にあった。そこは大尉以下准尉までの家族宿舎で、さしずめ中流以下のサラリーマン団地といったところだが、殖民地での軍人は特権階級だから、暮らし向きは何となく派手だった。私の家から一軒おいた隣りのK大尉の奥さんはハイカラで、メリー・ピックフォードに似た美人という評判であったが、私の母はこのK夫人と気が合うといって、おたがいにしょっ中、往き来していた。私は無論、メリー・ピックフォードがどんな人物かも知らず、何が美人であるのかもわからなかったが、色白で眼のパッチリした丸顔のK夫人は、子供のいないせいもあって、私の眼にも普通の小母《おば》ちゃんと違ってお姉さんという感じもあった。

おそらくこれは私の錯覚であるが、自分ではこのK夫人に可愛《かわい》がられているような気がしていた。しかし、この錯覚はいくぶんかはK夫人にも責任はある。なにぶん私は一人っ子であったので、母の傍にいることが多く、母のところへやってくる人たちは大抵、私のことも少しはかまってくれたわけだ。しかしそんなとき、K夫人は子供にもわかるほどコケティッシュなところがあった。私はその頃、よく風邪をひき、そのたびに扁桃腺《へんとうせん》を脹《は》らすので、手術をうけることになった。いまなら扁桃腺の手術くらい何でもないことだが、私は年齢の小さかったせいもあって、京城大学の病院に二日ぐらい入院した。そのとき母が付きそって病室に泊ってくれたかどうかは記憶がないが、K夫人がアイスクリームを持って見舞にきてくれたことだけは、よく憶えている。手術のあと、私は氷嚢《ひょうのう》を喉《のど》に当てて寝ていたが、K夫人はそんな私を見ると、

「まア何にも食べられないんですって、アラ可哀想《かわいそう》だこと」

と、愉《たの》しそうに笑いながらいった。私もうれしかった。なぜならK夫人の口調は、まるで大人に話し掛けるときとそっくりだったからである。彼女はつづけた。

「でも、大丈夫、アイスクリームなら食べられてよ。いま食べさせてあげる……」

私は、そんなに親切なK夫人の言葉は憶えているのに、肝腎のアイスクリームをどうやって食《た》べさせて貰《もら》ったかということは、なぜかまったく憶えていない。それよりも私は、その場でK夫人と母とが私の手術をしてくれた医者の噂話《うわさばなし》をしはじめたことの方が気になった。そしてそのとき聞いた「ハンサム」という言葉を、私は何よりも

はっきりと記憶している。あの医者は朝鮮人なのだけれども腕はたしからしい、と母はいった。するとK夫人は、

「へーえ、朝鮮人なの、あの人……。だって、なかなかハンサムじゃないの」

と、感心したようにいったものだ。それに母が何とこたえたかは、もう忘れてしまった。大正から昭和に変ったか変らないかのその頃、母が「ハンサム」という外来語を知っていたかどうかもわからない。どっちにしろ私は、それを朝鮮語で人をホメる言葉であると信じ、子供ごころに或《あ》る悩ましさをおぼえた。それが嫉妬《しっと》というものだとは当時の私は知らなかったが、この不幸な直感が半分当っていたことは、あとになってわかった。それから一年ばかりたって、或る日、K夫人は京城大学病院勤務の医者といっしょに官舎から出て行き、それ以後帰ってこなかった。その医者は私の手術をした人とは別人であったが、やはり朝鮮人だった。

いや、そんなことはどうでもいい。扁桃腺の手術など元来、入院するほどのことでもないのだから、退院すると直《す》ぐに私は近所の子供たちとチャンバラごっこをやって遊ぶようになった。その日も私は、チャンバラごっこをやったあと、それにも倦《あ》きてT君という仲間をつれて、いったん家へ帰ったが、家には母がいなかったので、K夫

人のところへ行ってみることにした。するとT君は急に尻込《しりご》みして、いやだよ、という。どうして、と訊《き》くと、だってKの小母さんは怕《こわ》いからだ、とT君はこたえた。

何でもT君が一人でK夫人のところへ行くと、夫人は鏡台に向って諸肌《もろはだ》ぬぎで化粧をしているところだった。T君は、咄嗟《とっさ》に自分が覆面のさむらいになったつもりで、玩具《おもちゃ》の刀を抜き、うしろからこっそり近づいて、夫人の背中につきつけた。すると夫人は、びっくりした声を上げたが、T君を見ると非常に怒って、二度とこんなことをするとお父さんやお母さんに言いつける、といったというのだ。——そうか、それなら仕方がない、T君が叱《しか》られたのはアタリマエだ、と私は思った。そして、T君と別れると一人でK夫人の家へ行った。このとき私はひそかに得意な心持になっていた。自分は決してT君のようなことはしないが、もしやるにしてもT君よりはウマくやって、K夫人を怒らせたりはしない、かえって面白がらせるようにやる——。私は、母のまえで尾上松之助や河部五郎のマネをやってみせると母がいつも手を打って笑い出すのを憶えていて、そう思った。しかし母は、その日、K夫人の家にもいなかった。

「さっきまで、うちにいたんだけれど、それから買い物があるからって、本町へお出掛けのようよ。もうそろそろ、おうちへ帰ってるころかも知れないわね」

K夫人は、そんなふうにいった。しかし私は、そういわれても家へ帰る気にはなれなかった。別段、K夫人が嘘《うそ》をついているとは思わない。けれども、家へ帰ったって母がいるはずはないという気がした。私は、しばらく手持無沙汰《てもちぶさた》に部屋の中を歩きまわった。官舎の囲いの中の家はどれも同じ恰好《かっこう》に建ててあるから、何処《どこ》へいっても自分の家にいるような心持である。どの家にも、玄関の隣りは薄暗い洋間があって、オンドルの部屋があって、南側には縁側があって、そこに座敷と茶の間と畳敷きの部屋が二た間つづいている。ただ私の家と違って、この家には縁側の向うに葡萄《ぶどう》の棚があり、畳の部屋にみどり色の影がうつっている。床の間《とこのま》に、琴とマンドリンが立てかけてあった。これも私の家にはないものだ。部屋の隅に赤い布をかけた鏡台があり、その前に赤い座蒲団《ざぶとん》が置いてある。K夫人がここに坐《すわ》って化粧しているところを、T君がうしろから切りつけたのだな、と私は思った。すると急に自分も何かせずにはいられなくなった。しかし、いったい何をしよう? もう刀は家に置いてきてしまったし、もともとT君のマネなんかする気はない。思案にあまって私は、相撲のシコでも踏むように、片脚を上げて思い切り畳を踏んづけた。そのとたんに、自分でもびっくりするほど大きな音でおならが出た。

「やった！」

と私はさけんだ。じつに好《い》い気分だった。まるで大人になったような心持だ。K夫人はあっけにとられた顔でこちらを見ている。きっと感心しているに違いない、なんてハンサムなおならだろう――と。私は、そう思いながら第二発目をぶっ放した。すると、どうしたことか、K夫人は横を向いて、簞笥《たんす》の中に着物をしまいはじめた。私は突然、頭の中がぼうっとなるようなイラ立たしさを感じて、もう一発、

「えい！」

と、腰をひねって発射した。しかし、これはプスッと小さな音がしただけだ。私は失望した。というのは、そのときK夫人の大きな眼がこちらを向いて、

「汚いわね、おならなんかして……」

と冷《つめた》く言い放ったからである。私は途方に暮れ、茫然《ぼうぜん》となった。おならが汚い、そんなことってあるだろうか？　しかしK夫人は、そういう私に、止《とど》めの一撃をあたえた。

「よそのうちへきて、おならをする子なんて大ッ嫌いよ、あたしは」

実際、よそとうちとは違うのだ。これを教えられたことは私にとって非常な衝撃であった。屁が汚いものではないということについてなら、子供の私にだって、いくらでも陳弁することはできたであろう。かねがね私は家で父がたびたび放屁するのをきいており、父によれば屁は健康のしるしだというのであった。そして屁にはナギナタ屁とかハシゴ屁とか、いろいろと芸術的な要素を持つものもあって、そういう放屁の名人の輝かしい業績は、いまも記録に残されているというのである。そんな立派なものでなくたって、おならは愉しいものだし、何かしら自由な雰囲気がある。勿論、なかには堪《たま》らないほど臭いおならもあるけれども。しかし、そんなことをいくら言い立ててみたところで、K夫人の前では通用するものではない。要するに、それはうちの中だけで通用するもので、うちの中では愉しいものでも、よそへ持ち出すと汚らしくなるものだってあるということを、いまはじめて私は知ったのだ。

しかし、これは何と屈辱的な認識であったことだろう。何しろその頃の私は、家の内も外もない、世の中のものはみんな自分のためにあるようなつもりでいたのだから。それでも、同じことを、もし母に教えられたのなら、決して私はこれほどは苦しめられなかっただろう。いまとなっては、私はT君が羨《うらや》ましかった。T君はK夫人に叱られて、それで怕がっていただけだ。ところが私は、K夫人に嫌われて、怕いよりも羞《は》ずかしかったのだ。私は家へ帰っても、K夫人のまえでおならをして怒られたことを、母に報告しなかった。いや、母に報告しなかっただけではなく、T君にも誰にも、そのことは言わなかった。しかし、隠すということは、そのことをいつまでも自分のなかに仕舞って覚えているということになるわけだ。あれ以来、私はK夫人の家へはなるべく近寄らないようにした。母がK夫人のところへ行っていることがわかっているときでも、よくよくの用事がなければそこへは行かなかったし、K夫人が家へやってきたときでも、これまでのように母の傍にくっついて一緒にK夫人の話をきいたりすることはなくなった。

無論、K夫人がそんな私をどう見ていたかは知らない。おそらくイヤらしい小僧っ子が眼の前でうろちょろしなくなっただけでも、マシだと思ったぐらいのところだろう。前にも述べたように、K夫人は或る日、官舎から姿を消し、私たちのまえからいなくなった。このことは勿論、官舎のなかでは大事件だったに違いない。父や母は、私の前ではそんな話はしなかったし、仮りに話をきいたって当時の私には何のことかわからなかったにきまっている。ただ私は、家へやってきたよその大人たちが夜遅くまでひそひそ声で話し合っていることから、何かK夫人に関する大不祥事が起ったということだけは、うすうすながらわかった。しかし、このことは何よりも私に、これでおならの一件は誰にも気づかれないうちにカタがついた、という奇妙な安堵《あんど》をもたらした。

たしかに私は、K夫人の失踪事件《しっそうじけん》のおかげで、自分の屈辱的な記憶をあらかた忘れることができた。そしてK夫人のおもかげも、日に日に薄れて行き、やがて完全に消えてしまった。私がK夫人の名前をおぼえているのは、折りにふれて母が大正末期から昭和初年の平和な時代を憶い出し、「あの頃がいちばん好《よ》かった」と、溜《た》め息《いき》まじりにつぶやいては、それにつけてもあのK夫人はどうしているだろうか、と問わず語りにいうからだ。「あの人は、フランス語もできたし、お琴もひけた。それなのにどうして朝鮮人の医者なんかと駈《か》け落《お》ちしたんだろう」

十年も十五年もたって、まだそんなことを言いつづける母は、おそらく平穏無事に過ぎた自分自身の過去を、半ば満足し、半ばあきたりぬ想いで振り返っていたのであろう。私の幼年期の憶い出も、むしろ大部分がそういう母の繰り言をきいているうちに組み立てられたものかも知れない。メリー・ピックフォードに似ていたというＫ夫人の顔も、私自身の記憶というより母に吹きこまれた知識を勝手に頭の中になぞったものともいえるだろう。ただ、「よそのうちへきて、おならをする子なんて大ッ嫌い」という言葉だけは母の追憶にはなく、私自身のものに違いなかった。私は、思春期をへて、やがて青年期に達する頃、漠然と甘い妄想にふけるようになったが、その年頃になって突然、Ｋ夫人にいわれたこの言葉をハッキリと耳許《みみもと》でささやかれるように憶い出すことになった。それが常住不断というわけではないが、情念が昂《たか》まって緊張状態に達しようとするとき、不意にその言葉が頭の中をよぎって行くのだ。そして、その瞬間に、あらゆる情念の潮はいっぺんに引いていってしまう。あとには、干からびた現実がシラジラしくひろがるばかりだ。

しかし本当のところ、私にはわからなかった。屁というものが何故にこうも恋愛の情緒のさまたげになるのだろうか？　Ｋ夫人がいったように、それは〝うち〟と〝よそ〟とを混同させ、他人の前で放屁することが、あたかも自我の不法な拡大であるかのように受けとられることだとしても、それだけではなぜ情緒がさまたげられるかという説明にはならないではないか？　どっちにしろ私は、思春期、青春期をつうじて、自分の肉体を嫌悪し、女性を恐れるようになったが、その恐怖の根源をたずねると、結局それはイザというとき自分は必ずや女性のまえで放屁するのではあるまいかという危惧《きぐ》から来ていた。

大学予科に入学した頃、私は世田谷の自分の家を出て築地小田原町のゴミゴミした路地裏の二階家に下宿した。環境は勉学に適しているとはいえず、通学にも不便だったのに、なぜそんなところへ引っ越したのか？　私には東京の下町というところが物珍しく、また江戸末期の戯作者を気取って陋巷《ろうこう》に隠棲《いんせい》したいというような心持もあった。しかし本当は何よりも、母の傍をはなれて、なるべく遠くへ行って暮らしたかったからだ。といって、べつに私は母親を嫌ったわけでも反抗したのでもない。ただ、母と一緒に暮らしていることが、何となくウットウしくなっただけだ。おれはこんなことをしていると、いつまでも一本立ちにならず、女性恐怖症に一生涯とりつかれるのではないか、などとも思った。たまたまその頃、父の任地が九州になり、母はそちらへ行くことになったので、私はうまい具合に一人暮らしが出来るようになったわけだ。
ところで、言論弾圧のきびしかったあの頃、江戸末期の戯作者や庶民一般の生活態度は、私たちに無縁なものとは思えなかった。天保の改革とか奢侈《しゃし》禁止令《きんしれい》とかを歴史で教えられてもピンとこなかったが、戦時下のあの時代にはまさにそれが繰返されたようなものだったから、為永春水が手鎖をかけられたうえ著作の版木まで焼却されたというような話は、おそろしく実感があった。平賀源内の『放屁論』が出たのは安永三年だから、もう少し前のことだが、日本武尊《やまとたけるのみこと》が東夷征伐《とういせいばつ》のとき、草なぎの剣《つるぎ》ならぬ草なぎの屁で野火を防ぎ、逃げる夷の尻をしたたかに叩《たた》き切った御剣を、あらためて「臭薙《くさなぎ》の宝剣と名づけ玉うた」などというのは、皇道精神の発揚とかいってやたらに皇居や伊勢神宮の遥拝《ようはい》ばかりさせられていたあの頃に読むと、まことに痛快に思われたものだ。
源内の『放屁論』は正続二編あるが、その正編は安永年間に活躍した曲屁の名手福平のことを述べたものだ。これは実在の人物で、蜀山人《しょくさんじん》が『半日閑話』のなかに、
この頃(安永三年)、両国に屁《ひ》を放る男を観せ物にす、霧降花咲男《きりふりはなさきおとこ》といふ。大いに評判あり。

を打っている。

と述べているのが、それである。福平はその後、安永七年にもう一度、大阪で興行

安永七年、東武より曲屁福平といへるもの浪花《なにわ》に上り、道頓堀《どうとんぼり》に於《おい》て、屁の曲放りを興行し、古今無双の大当りなりし、尤《もっと》も屁の曲といへるは、昔より伝へし階子屁、長刀屁、等といへるものはさらなり、三味線、小唄、浄瑠璃《じょうるり》に合せ、面白く屁を放り分けたり。実に前代未聞の奇観なり。（暁鐘成《あかつきかねなる》「蒹葭堂《けんかどう》雑録」）

福平の興行は、このように安永三年、同七年、江戸と大阪で四年をへだてて一回ずつ、合計わずかに二度に過ぎなかったが、その評判は非常なもので、一大センセーションを巻き起こしたもののごとくである。その演技の模様は、やはり『放屁論』の現場報告が最も生彩があり、あたりの場景とともに活写されている。

横山町より両国橋の広小路、橋を渡らずして右へ行けば、「昔語《むかしがたり》花咲男」と、ことごとしく幟《のぼり》を立て、僧俗男女、押し合ひ、へし合ふ中より、先《ま》づ看板を見れば、あやしの男、尻もつたてたるうしろに、薄墨に隈取《くまど》りて、かの道成寺、三番叟《そう》なんど、数多《あまた》の品を一所に寄せて画きたるさま、夢を画くさまに似たれば、この沙汰《さた》しらぬ田舎者の若《も》し来掛りて見るならば、尻から夢を見るとや疑はんと、

つぶやきながら木戸を入れば、上に紅白の水引ひき渡し、かの放屁漢《へっぴりおとこ》は囃《はやし》とともに小高きところに座す。
そのひととなり中肉にして色白く、三日月形《なり》の撥鬢奴《ばちびんやっこ》、縹《はなだ》の単《ひとえ》に緋縮緬《ひぢりめん》の襦袢《じゅばん》、口上さはやかにして憎気なく、囃に合せ、先づ最初が目出度《めでたく》三番叟屁、トッパヒヨロ〱ピッ〱〱と拍子よく、次が鶏東天紅をブ、ブウーブウと撒《ひり》分け、その跡が水車、ブウ〱〱と放《ひ》りながら己が体を車返り、さながら車の水勢に迫り、汲《く》んではうつす風情あり。サア入替〱と打ち出しの太鼓とともに立ち出づ。

『放屁論』はこのあと、源内が友人たちと、この福平の曲屁に仕掛けがあるとかないとか、また放屁を見せ物にすることの可否などについて論議をたたかわせたことが述べてあり、結論として源内は、近頃の芝居や浄瑠璃や誹諧《はいかい》などが皆、先人の糟粕《そうはく》を舐《な》めるばかりで屁のようにツマらないのに、この屁ひり男の芸は、いままで楽器として使われたことのない臀《しり》で、古人もひったことのない曲屁をひり出し、天下にその名をとどろかしているのは大したものだ、と大いにその独創性を高く評価している。

たしかに放屁もここまでくれば一芸であろう。或る放屁研究家によれば、フランスにもこの福平と同じような曲屁の名人が二人いて、医学界では「音楽肛門」と呼ばれていたという。このての肛門には二種類あって、一つは肛門内に気瘤があり、それが笛のような作用をして、いきみ加減でメロディーを奏することができるもの。もう一つは、随意に外界から空気を吸収する肛門であって、この場合は括約筋を自由に開閉することで風琴やラッパを鳴らす要領で、さまざまの音色を吹き出す由……。さすがのエレキテルの源内先生も、福平についてこのような医学的考察はこころみられた形跡はない。しらべれば、きっと福平の尻も、笛型か風琴型かの特殊な条件をそなえていたかもしれないが、あえてそのような詮索《せんさく》をおこなっていない点が、日本人とフランス人の相違であるような気もする。娼婦に催屁剤入りのボンボンを食べさせたサド侯が、「毒薬殺人未遂」で告発されたのも、屁に対するこのような考え方からきているといえるであろう。一方、『放屁論』が福平の曲屁興行に反対する者の意見として上げているのは、やはり不作法ということである。《……あまつさへ屁ひり男の見せ物、言語道断のことなり。それ屁は人中にてひるものにあらず。放《ひ》るまじき座敷にて、若《も》し誤つてとりはづせば、武士は腹を切るほど恥とす……》とあって、品川の女郎が客の前で放屁し、通人の客たちに笑われたのを恥として、あわや自刃におよぼうとしたのを、客たちが彼女の放屁のことは絶対に口外しないと証文を書いて、ようやく押し止めた。《女が自害と覚悟せしは、情を商ふ身の上にて、恥を知つて命を捨てんといひ、又いき過ぎの通者も惻隠《そくいん》の心ありて、おほづけなくも証文書いて人の命を助けしは、又艶《やさ》しき事ならずや。かく人の恥とする事を、大道端に簡板《かんばん》を掛け、衆人の目にさらす事、無躾千万《ぶしつけせんばん》この上なし》というわけだ。

しかし、私には何よりも、こうした屁ひり男を芸人として扱うところに、江戸時代の文化の爛熟《らんじゅく》ぶりが想像され、感心せずにはいられなかった。戦時中の東京でも、場末の空地などで、生きたヘビを鼻の穴から入れて口から出したりする気味の悪い見せ物をやっていることはあったが、福平の曲屁には《口上さはやかにして憎気なく》とあるように、同じく生理的な見せ物であっても、こういうグロテスクなところがない。ブウブウと屁をひりながら連続的に宙返りを打って、「水車とござい」というのは、《無躾千万この上なし》と田舎ざむらいが額に青筋を立てて怒るようなものではなく、たしかに芸としてさわやかなものがあり、われわれの肉体に対する嫌悪感を忘れさせるところがある。

もっとも品川の女郎が客の前で屁をして恥のあまり自害をはかるというのも、また可憐《かれん》なはなしではある。いったい彼女がとりはずしたものは、どんな音色であったであろうか。『放屁論』にはその音の描写はないが、何かコオロギの鳴き声に似ていたのではあるまいか。そんなことを思うと、私はこれまで一度も出掛けたことのない遊《ゆう》廓《かく》というところへ行ってみたくなった。

その頃、私の遊び仲間は大半が女を知っていた。私も、その連中と一緒に玉の井や洲崎《すさき》や吉原《よしわら》へ行ったことはある。もっと正確にいえば、そういう町のなかを一人で歩いたこともある。しかし道の両側に並んだ家の中へ入ったことは、まだ一度もなかった。いま想うと不思議なようだが、その当時、吉原や洲崎など、いわゆる公娼の女たちは、大半が日本髪をカツラでなく地毛で結っていた。しかし、そういう女性は、他の場所――つまり私たちが日常眼に触れるようなところ――には、もはやほとんどいなかったのである。その点、私娼の多い玉の井は進歩(?)していて、家のつくりも、女たちも、だいたい戦後の〝赤線〟と同じようになっていた。ただし、女たちが店の外に立って客を引くことは、警察が許さなかったので、三十センチ四方ぐらいの窓から顔だけ覗かせている。周囲は真ッ暗で、電燈の照明をうけた女の顔だけが明るい小窓は、現在のカラー・スライドのフィルムを覗いたような感じで、これもまたはなはだ日常性には乏しいのである。いや、日常性が完全にないのならないで、それでもいい。ところが、そういう家は何処でも、へんに湿っぽく、そばへ寄っただけでヒリヒリしそうなアンモニアか何かの臭《にお》いが冷たくただよってきて、そういう点だけは過度に現実的なのだ。そんなわけで私は、公娼、私娼、どちらも外側から素通りするだけで、家の中へは入ったことはなかったのだ。そうだ、一度だけ友人と一緒に玉の井で同じ家に入ったことはある。このときは、友人がその家の女と親しくしているというので、小窓のわきの入口から一緒に上りこみ、長火鉢の前でお茶だけ飲んで私は帰ってきた。それは細面の、青い顔をした、いかにも病身そうな人だった。

私は、『放屁論』の品川の女郎のはなしを読んで、ひとりでにその細面の顔のひとを憶い出していた。しかし玉の井のその家へは行くわけにはいかない。吉原へ行くことにした。竜泉寺で電車を下りて、揚屋町の門から入った。廓《くるわ》の中は、なぜか薄暗くて、そのくせ道幅だけが、やたらにダダっ広く感ぜられる。私は、あまり歩きまわっていると、また素通りして帰りたくなるので、そのときは柱を紅殻で塗った大きな店にいきなり飛びこんだ。二階の部屋にとおされて、焦茶の縞《しま》の着物を着た婆さんに、いま下にいた妓を呼んでくれというと、「おや、お目が高い、あれはいいこですよ」と、ほめられた。

そういわれても私は、逆上していたのか、どんな顔つきの女だったかも憶えていなかった。たしか細面だったように思ったのだが、上ってきたのを見ると、むしろ角ばった平たい顔で、頤の先きだけが細くしゃくれている。しかし、べつに失望もしなかった。蒲団のしいてある部屋に入って、女は一緒に寝るのかと思うと、いったん外へ出た。こちらが一人で寝ていると、しばらくたって障子の外に草履《ぞうり》の足音がとまって、襦袢の胸に手を当てながら女が帰ってきた。さっき見たときよりも奇麗《きれい》に見えた。意外なことに、彼女はすでに非日常的な存在でも現実的過ぎる存在でもなくなっている。髪は日本髷《にほんまげ》で、箱枕を当てているのに、それがべつに異様なものとも思えない。だから女に、

「初めてなの」

と訊かれると、かえって私はへんな気がした。自分としては場慣れしたところに来ているようなつもりになっていたからだ。灯《あか》りを消して、ことがすんでも、これが最初の経験だという実感は何もなかった。いったん便所へ行って、部屋にもどると、さ

っきとは逆に女がさきに蒲団の中に寝ていた。

「だいじょぶ」

と女が訊いた。

「何が」

と、私は訊きかえした。じつは立ったまま、窓の外を夜廻りの通る音をききながら、ぼんやりと子供の頃のことを憶い出していたのだ。築地から吉原までは大した距離でもないのに、ずいぶん遠くへきたような気がする。これが大引け過ぎというものだろうか、そうでなくてもダダっ広い通りに、人影一つなく、舗道の表面だけが仄白《ほのじろ》く浮き上ったように見える。すると私は、不意につまらないことを口走っていた。

「ああ、おならがしたくなっちゃったな」

私は狼狽《ろうばい》して、思わず女を振りかえった。女は蒲団の中から顔を上げて、こちらを見ていた。そして何か、疲れた母親のような眼差《まなざ》しになりながら、東北訛《なま》りの言葉でいった。

「いいわよ、落《お》すても……」

私は一瞬、体の中が熱くなるような感動をおぼえ、眼の下にまたたいている街燈が何処までも遠くつらなっているもののように眺めていた。

よし原へ屁をひりに行くきつい事(古川柳)

猶予時代の歌

ダミアが死んだという。ダミアといえば「暗い日曜日」や「人の気も知らないで」など、暗くて甘いシャンソンで有名だった。しかし私は、彼女の歌で何よりも、自分が築地小田原町に住んでいた頃のことを想い出す。

あれは勝鬨《かちどき》のハネ橋が出来上って、橋の間を海からやってきた貨物船なんかがくぐり抜けて行くのが、まだ珍しかった頃、つまりシナ事変の末期、太平洋戦争がこれから始まろうとしていた頃のことだ。

わが心は大洋
飛べ、飛べ、わが幻想
わが心の海に

大いなる白き船うかぶ
飛べ、飛べ、わが幻想
わが心の空に
不幸なる鳥、一羽舞う……
飛べ、飛べ、わが幻想
さすらいの船は纜《ともづな》をとき
あてもなく旅立つ……

これはダミアの歌でも、「暗い日曜日」などと違って、単調でお経の文句でもきいているようだったから、まったく流行もしなかったが、歌詞は簡潔で耳に入りやすく、繰り返しの多い節廻《ふしまわ》しも覚えやすかったので、私たちはよく唱《うた》った。それにしても私は、勝鬨橋のたもとの欄干によりかかって、潮臭い川風に吹かれながら、感傷的にそんな歌をつぶやいていた頃の自分自身を憶《おも》い出すと、気恥ずかしいとも懐しいとも、言いようのない気分になる。

もともと私はトリトメのない人間であるが、その当時はとくにトリトメのない日を送っていた。大学予科に籍だけはおいていたが、ほとんど学校には出ず、毎日、朝から魚市場のまわりをブラついたり、午後になると銀座や上野や浅草のあたりをほっつき歩いたり、友達の下宿や、そば屋や、喫茶店などでトグロを巻いて、何ということもなしに夜遅くまでダベり合う。勿論《もちろん》、そんな暮らしがとくに愉《たの》しかったわけではない。小田原町の下宿に帰って一人きりになると私は、ときどき言いようのない不安に襲われた。要するに自分が何もせずにいるということが怖ろしかったに違いない。しかし同時に私は、そんなことで脅《おび》えている自分自身を恥じた。じつはこういう無為の暮らしの不安に耐えることこそ、自分の唯一の使命であるかのように思いこんでいたからだ。

まことに奇妙な使命感というべきであるが、当時の私には、他にこれといって自分が何をすればいいか見当もつかなかったのである。しかし、このような無力感は当時の私だけではなく、或《あ》る程度、現代の青年にも通じ合うところがあるのかも知れない。ひところ、雑誌や新聞で取り上げていた「モラトリアム人間」とかいうものを考えると、そんな気もする。モラトリアムといえば、私などには昭和の初期の銀行取りつけ騒ぎのことが想い出されるが、元来は支払猶予期間の意であって、それを人間に当てはめて、近頃の無党派で、脱管理社会や若者文化を志向する万年青年風の人物を「モラトリアム人間」と称するらしい。そしてこのような、みずからを猶予期間におきたがる傾向は、留年学生、大学院生といった人たちだけではなく、一般のサラリーマンや、企業の管理職や官僚などの間にまでひろがって、一つの「社会的性格」になろうとしているという。

勿論、いまのこういう「モラトリアム人間」は、青年期の私たちと同じものだというわけではないだろう。ただ、猶予されて生きていたという点では、戦時中の私たちは「モラトリアム人間」の原型だったともいえるだろう。

それにしても、猶予されて生きているというのは、何と宙ぶらりんなものだったことだろう。言論弾圧下にあったといっても、全国民がすべての自由を完全に封じられていたというわけではない。私たちは、言いたいことは大抵いえたし、したいことも大抵のことなら出来た。言いたいことがいえず、したいことが出来なかったのは、言いたいことや、したいことを持っているはずの大人たちだった。街や、盛り場のいたるところに、

「ぜいたくは敵だ!」

という立て看板が出ていた。しかし、「ぜいたく」を知らない私たちには、何をすればば「敵」になるのか、それさえわからなかった。ただ、この白地に黒いペンキで「ぜいたくは敵だ」と、へんに子供っぽい字で書いてあるのを見ると、何とない敵意をおぼえて、この看板を蹴《け》とばしたくなる。しかし、街の公共の器物を無闇《むやみ》に破壊することは許されることではない。それで、私たちは人眼につかないときを狙《ねら》って、この白い立て看板に泥靴の底を押しつけたりしたのである。言論や思想についても、同じことがいえた。だいたい徴兵検査も延期されているような私たちの年頃の者には、公衆に向って物が言える場所も機会もあたえられているはずもないから、弾圧されるまでもないのである。

出版は統制され、何でもないような本までが次つぎに発売禁止になったことは、よく知られているとおりだ。しかし一方では、平和な自由競争の時代には出版されそうもない本が、この時代にいろいろと公刊されたことも事実である。それに発禁になった書物でも、場末の古本屋へ行くと、よくのんきな顔をした店番のおばさんが、新本で買うよりずっと安い値段で売っていたから、読めないわけではなかったわけだ。かえって発禁になったということで、私たちはいろいろの本を知った。もっとも発禁で評判になった本が、読んで面白いかといえば、そんなことはなかった。たとえば河合栄治郎の「第二学生生活」、この本を私は友達から貸してもらい、どんなにスゴイ深遠なことが書いてあるのかと、なるべくそれらしいところを探して読んでみたが、何処《どこ》にも「発禁」という魅惑的な罪悪感をおぼえさせるようなものはなかった。かと思うと、永井荷風の「濹東綺譚《ぼくとうきだん》」は古本屋で定価の倍の値段がついているので、発禁ものなら倍額もしかたがないと買って帰ると、翌日、同じ本が元通りの定価で版元から重版になって出たりする。

しかし、荷風がその頃、禁書にならなかったのは、時代そのものがまだ猶予期間中だったからに違いない。

……酒を買つて酔《よい》を催すのも徒事である。酔うて人を罵《ののし》るに至つては悪事である。烟草《たばこ》を喫するのもまた徒事。書を購《あがな》つて読まざるも亦《また》徒事である。読んで後記憶せざれば是《これ》も亦徒事にひとしい。然《しか》しながら為政者のなす所を見るに、酒と烟草とには税を課して之《これ》を人に買はせてゐる。法律は無益の行動を禁じてゐない。繁殖を目的とせざる繁殖の行為には徴税がない。人生徒事の多きが中に、避姙《ひにん》と読書の二事は、飲酒と喫烟《きつえん》とに比して頗《すこぶる》廉価である。避姙は宛《さなが》ら選挙権の放棄と同じやうなもので、法律は之を個人の意志に任せてゐる。

戦時下に、こんな文章を書いていて禁止にならないはずはない。ここには為政者が個人の生活に無用に干渉してくることを諷《ふう》しながら、言外に痛烈な政治不信を述べてあることは、私たち未熟な大学予科生が読んでも明らかだったからだ。ところが、こういう荷風の本はなかなか禁書にならず、かえって時局がもっと苛烈《かれつ》になってからでも、「腕くらべ」が軍部からの要請で特別の増刷を許可されたりしているのである。

このように、言論統制といっても決して一様のものではなく、目こぼしもあれば、見落しもある。統制される側からみると、当局が何を基準に統制しているのかサッパリわからないところがあった。統制は、娯楽芸能にもおよんで、たとえば歌舞伎《かぶき》の世話物狂言、三千歳《みちとせ》と直侍《なおざむらい》などは禁止になっていたが、同じような世話物でも「源氏店」は許可されていて、おかげで十五代市村羽左衛門《いちむらうざえもん》は、ほとんど毎日のように何処かしらの劇場で、

「しがねえ恋のナサケが仇《あだ》……」

と切《き》られ与三《よさ》のセリフを繰り返していた。音楽でも、たとえば軽音楽のなかで、アメリカのジャズは軽佻浮薄《けいちょうふはく》でよろしくないとされていたが、フランスのシャンソンや

アルゼンチン・タンゴなどは許されていた。ポーラ・ネグリの歌った「夜のタンゴ」など、いまきいても暗くて退廃的でヤリ切れないような曲だが、これは盟邦ドイツの音楽だからというので禁止にならず、したがって喫茶店では必ずといっていいぐらい、「夜のタンゴ」のレコードばかりやっていた。

もっとも、私たち学生が昼間、学校の近くの喫茶店で「夜のタンゴ」などをきいていると、制服の警官や私服の刑事がやってきて、「時局をわきまえぬ」という理由で警察へ引っぱって行かれることがあった。これを「学生狩り」と称して、連行された学生は警察署の柔剣道の道場で静坐させられ、署長の説教をきかされるならわしであった。玉突き屋、おでん屋、飲み屋、酒場など、遊び場の入り口には、「学生、未成年者の入場、お断り申し候」という札がかけてあり、どうかすると映画館の入場さえも止められた。要するに、当時の大学生は徴兵の義務を延期されているからというので、未成年者と同じ扱いをうけていたわけだ。ところで、何処もかしこも禁止されている学生が、どういうわけか荷風のいわゆる「繁殖を目的とせざる繁殖の行為」を営業している場所へ行くことだけは、半ば公然と許されていた。といっても、これは公娼の遊廓《ゆうかく》だけで、玉の井のような私娼窟《ししょうくつ》で臨検に出遭えば忽《たちま》ち警察へしょっぴいて行かれたが、吉原《よしわら》などでは白昼、学生服に学帽をかぶって廓《くるわ》の中へ入っても、日本堤署のお巡《まわ》りさんは何も言わなかったし、登楼しても一向に咎《とが》められることはなかった。

しかし、おおっぴらに許されている吉原は、遊び場としてはツマらなかった。荷風は「吉原の娼妓《しょうぎ》には床上手なるもの稀《まれ》なるが如《ごと》し。(略) 三四十年の星霜を経たる今日、再びこの里に遊ぶこと既に数十回に及ぶといへども、娼妓には依然として木偶《でく》に均《ひと》しきもの多し」といい、これに反して「浅草の矢場銘酒屋の女には秘戯絶妙のもの少《すく》なからざりき」と述べている。私は勿論、荷風のような経験家ではないので、吉原の女が「床上手」か「床下手」かは知るはずもない。ただ、吉原がツマらなかったのは、廓の中を歩いていても道幅がだだっぴろく、また両側に並んでいる家も何となく大き過ぎて倉庫みたいに無表情なのである。家の正面には、小学生の書き初めのような字で「初見世何々子」と女の名前を書いた紙が何本もぶら下っていて、その下に田舎の写真館によくあるような女の晴《は》れ衣姿《ぎすがた》がマジメな顔で並んでいる……。彼女たちは、床へ入っても、あくまでもマジメなところがあって、「木偶に均し」とは思わなかったけれども、何か体操を教わっているような感じはした。

おそらく、この生マジメな退屈なものは、肉体的なものではなくて、精神的なものからきている。吉原のように公許の下りた場所では、いかに「秘戯絶妙」のわざをつくされたとしても、それはただ、えらくムツかしいことをやっているな、という気がするだけではないか。そこへいくと玉の井は、学生服で出掛けることはおろか、鳥打ち帽に作業ズボンといった職工さんのような身なりをして行っても、よほど注意していないと、迷路の道傍に立っている刑事に、

「おい、おまえ、何処の学生だ?」

と、声をかけられる。いったん刑事に眼をつけられると、いくら「工員です」などといっても、

「なに工員? それなら手を見せろ。いやに柔らかいじゃないか……」

と突っこんでこられるから、言い逃れはできなくなる。結局、学生である身分がバレてしまうと、警察へ連れて行かれ、こんどは服装検査やら何やらで何時間も油をしぼられる。そんなだから私たちは、玉の井に一歩足を踏み入れると、その瞬間から多少とも犯罪者めいた心持になり、そうなると小窓の中から覗《のぞ》いて見える何でもない女の顔が、世の常ならぬ艶麗《えんれい》なものに見えてくる……。これは吉原が江戸以来の伝統や

何かに支えられた一種の保護地区《リザーヴェイション》であるのに、玉の井は何も彼も剝《は》ぎとられて町全体が現実に素肌をさらして生きているという、そんなところからくる違いではあるまいか。

庇護《ひご》された吉原は、見掛けは堂々としていたが、朝帰りのときなどブリキの屋根や看板のペンキの剝げ落ちたのがイヤでも眼につき、立ち腐れたままガランドウになって行く街のように見えた。そして私は、猶予されて木偶のように生きている自分自身が、そういう吉原に似ているような心持がした。

じつをいうと、その頃、私の家は東京の西の郊外にあって、日吉の学校へかようのにはその方が便利であった。それをわざわざ築地小田原町の魚屋の二階に間借りして暮らしはじめたのは、何とか親の庇護から離れて生きたいと思ったからだ。といっても、間借りの部屋代をはじめ生活費一切は親から貰《もら》っているのだから、親の庇護をうけていることは一向に変りなかったのであるが……。

間借りした家は、広い道路をへだてて海軍経理学校の向い側を入った狭い道の、そのまた路地の奥にあった。新築ではあったが、隣の家と軒が重なり合い、自分の部屋へ行くためには、家主である魚屋の家族の居間を通って階段を上らなければならない。こういうことは、それまでの私の生活環境とは著しく違っていたし、部屋の掃除や寝床の上げ下げまで自分でやり、食事も朝昼晩と外でとるとなると、案外にも厄介なものであることがわかった。もっと細かいことをいえば、顔を洗うのに洗面所がなく、階下の家族の汚れた食器など積み上げてある流し台で洗わなければならなかったり、銭湯へ行った帰りの濡《ぬ》れたタオルや石鹼《せっけん》を部屋の何処へ置いていいかわからなかったり、さらに汚れた下着の始末をどうつけるかなど、何でもないことにもマゴつくことが多かった。

食事は魚河岸《うおがし》が近いので——じつはそれが愉しみで小田原町に住むことにしたのだが——、うまくて安い食い物屋がたくさんあって不自由はしないということだった。しかし、河岸の鮨屋《すしや》でもうまい店は午前中で仕舞いになるし、タネの好《い》いのは朝のうちに売り切れてしまうので、鮨は朝飯に食うよりなかったが、毎朝そんなに鮨ばかり食うわけにはいかなかった。また場外には、安いテンプラ屋が何軒も並んでいて、これは昼も晩もやっており、揚げたてのやつをジュッと音をたてて汁につけて食うと、結構うまかった。しかし、ある日、その安もののテンプラを腹いっぱい食って下宿に

帰ると、階下の主人が梯子段《はしごだん》の下から顔を覗かせて、

「これはツマらないものですが、お近づきのしるしに」

といって、大きな皿に盛り上げたものを差し出した。受けとる前から、私はぎょっとした。皿の上に山盛りになったのは、ついいましがた私が食べてきた店のテンプラなのだ。しかし、せっかくの好意を無にするわけにも行かず、部屋へ持って帰って私は一つつまんで口に入れた。すると、すでに冷えてぐんにゃりしたテンプラの粗悪な油の臭《にお》いが口いっぱいに拡《ひろが》って、やっとの思いで嚥《の》み込んだが、それ以上はどうしても食べられなかった。それ以来、私はこの場外のテンプラ屋の並んだ道路にさしかかると、それだけで憂鬱《ゆううつ》になり、足早《あしばや》に通り過ぎた。

しかし、この町に住んで本当に憂鬱なのは、そんなことではなかった。私は自分がこの町に住みはじめるとき、何人かの仲間を誘って、隅田川ぞいの町のあちこちに住んで、日をきめてお互いの下宿を訪問し合うことにした。仲間があまりくっつき合って暮らすと、お互いに邪魔し合って仕事も勉強もできないし、あまりバラバラのところにいたのでは顔を合せるにも不便だからというわけだ。そして浅草の合羽橋や柳橋台地や新橋烏森《からすもり》や、そんなところにめいめいの宿はきまったが、私はどっち途《みち》、一人

で自分の部屋に落ち着いていることはできず、しょっ中、友達の下宿を一軒ずつ訪ね歩くことになった。それは私だけではなく、仲間の皆が似たり寄ったりの気持だから、まるで魚の群れのようにつながってグルグルとおたがいの下宿を周游《しゅうゆう》するのであった。しかし、そうやっているうちに、私はいつの間にか一人だけ、この群れの中から脱け落ちるようになっていた。というのは、仲間のうちの二人はすでに学校をやめており、もう一人は学校に籍はあったが体が弱く、徴兵にとられる心配はないというので、近く検査をうけることになっていた。そうなると仲間のなかで学校に在籍して徴兵猶予をうけているのは、私とTという男と二人だけになる。ところが、そのTも学校をやめると言い出したのだ。私は、Tに先きを越された想いで訊《き》いた。

「どうして、やめるんだ」

「くだらないからさ」

と、Tはこたえた。学校がくだらないくらい、聞かなくたってわかっている。しかし私は、それ以上訊きかえすことはやめた。要するに、Tは猶予された生活をつづける気がなくなったというまでだろう。ただ、私には本当のところ、Tの気持は計りかねた。どちらかといえば、Tは私よりももっと親がかりであり、両親の庇護をうけているように思われたからだ。どうせTのことだ、放っておけば、また考え直して、こんどは学校にマジメにかよって、教授の推薦で学校にのこれるようにする、なんて言い出すんじゃないか……。しかし、Tは本気だった。それから一と月ばかりたつと、Tは本籍地のF市に検査をうけに行き、甲種合格になった、とハガキで私のところに報《しら》せてきた。私はTに対して、うしろめたさと同時に、或る言いようのない腹立たしさのようなものを感じた。

それから間もなく私は、築地小田原町の下宿を引き払った。それには、いろいろの理由を上げることができる。しかし結局のところ私は、仲間を裏切ったことに変りなかった。私には猶予された生活を自分自身で断ち切る勇気はなかった。たとえ立ち腐れになることがわかっていても、私は庇護されて少しでも生きのびることを願った。

そのようなヤマシサからか、私は東京の自分の家で母と一緒に暮らしはじめると、多少それまでよりも勤勉になった。夏休みに短篇小説らしきものを一つ書き、二学期からは学校へも出席するようになった。そして、その年の十二月に太平洋戦争がはじまった。Tをはじめ、学校をやめた仲間の連中は皆、入営し、やがて戦地に送られて行った。私が古レコード屋をあさって、眼につく限りダミアなどのシャンソンのレコードを買い集めるようになったのは、その頃からである。「眼に太陽」、「街」、「巴里《パリ》の郊外の四《よ》つ辻《つじ》で」、「大西洋から太平洋へ」、等々……。

こんな題名をいくら書きつらねても、甚だ無意味なことだろう。ダミアの名前ぐらいは、まだ記憶している人はいても、彼女の持ち歌の題名まで知っているような人はほとんどいないだろうし、これからはますますいなくなるはずだからである。それに私自身、自分の青春時代をふりかえって、こういう外国の女のうたった外国の流行歌の何処にひかれたものか、はっきりとは納得し兼ねるのである。当時の世相を、まざまざと想い出させるものは、シャンソンなんかよりも、日本の軍歌や流行歌であろう。たとえば、同じ頃、古レコード屋で買った昭和初年の流行歌「女給の唄《うた》」は、遥《はる》かに戦争中の私たちの胸をえぐるようなものがあったといえる。

泥でこさえた
人形の首も
風の吹きよじゃ
横にもふるよ……

拍子木か四ツ竹のような打楽器に合せて、芸者上りの歌手がキンキン声をはり上げてうたうのをきくと、私は感動というより、恐怖に近い情感をおぼえたものだ。いかにダミアの歌が暗いといっても、このような直接的衝撃をうけたおぼえは、私にはない。ダミアのうたうフランス語の歌詞は、私にはききとれなかったし、意味もわからなかった。しかし「女給の唄」とダミアのシャンソンの違いは、単に歌詞がききとれるかどうかによるものとは思われない。両者の間には、もっと本質的な差違がある。ひとことでいえば「女給の唄」には単刀直入に共鳴をしいられるが、ダミアの歌には暗いなかにも余裕があって人を陶酔させるものがある。

無論、この陶酔感は高雅なものでも上品なものでもない、安易な通俗的なものだろう。しかし、戦局がきびしくなり、物資の不足も目立ってくるようになると、そのスリ切れた古いレコードのもたらす陶酔感は、私には次第にかけがえのないものになってきた。

日米開戦の翌年四月には、早くも東京は空襲をうけた。私たちはミッドウェー海戦の敗北も何も知らされていなかったが、戦況が急激に不利に傾いてきたことは、何となく直観的にわかってきた。やがて秋になり、ガダルカナル島で陸軍が苦戦しているといううわさが、厳重な報道管制の網をくぐりぬけて、私たちにまで伝わり出した頃、或る日、日吉の校舎で私たちが授業をうけていると突然、ひどく大きな音がして、教室の窓ガラスがびりびりふるえた。あとになって、それは横浜港内でドイツの駆逐艦が爆沈させられたためだときかされて、私は最初の空襲をうけたときよりも遥かに驚いた。爆沈したのはスパイの仕業だとも、アメリカ潜水艦の攻撃によるものだともいわれたが、どっちにしても横浜港がすでに安全な場所でなくなったことはたしかなのだ。市内のあちこちには、負傷したドイツ海軍の水兵や、看護婦につきそわれて車椅子に乗った金髪の若い士官の姿が目について、ときならぬ異国情緒をもたらしたが、戦争という現実の断片をわれわれの眼前にくりひろげてもみせたわけだ。

そのドイツ兵たちが姿を消したのは、第一回の「大詔奉戴日《たいしょうほうたいび》」と称する開戦記念日を迎えた頃だったろうか。その頃には、もう敗戦の予想は、いたるところで囁《ささや》かれるようになって、

「米機を撃つなら、英機も撃て！」

という東条英機批判の演説会のポスターが、盛り場のガード下の壁などに貼《は》りつけ

てあったりした。

私は、依然として猶予されたまま暮らしているに違いなかった。しかし、そのことでウシロメタさやイラ立たしさをおぼえることは、もはやなかった。猶予されることは拘束されることだが、私はその拘束感にも麻痺《まひ》して、何も感じなくなっていたのかもしれない。それに猶予期間が、もうあといくらも残っていないことは、漠然とながら誰もが気づいてもいた。私は二年足らずまえに別れた友人たちのことは、決して忘れたわけではなかったが、彼等に感じていた負い目は確実に軽くなっていた。そして、あの無為に暮らすことの不安に耐えて生きるということは、もはや使命感でも何でもなくなっていた。

徴兵猶予を自発的に取り消して軍隊に入ることは、いまや学生たちの間で一種の流行になっていた。学校に、海軍報道班の将校がやってきて、講堂に学生たちを集めて話をする。いったいどんな話をするのか、私は聞いたことがないので知らなかったが、集《あつま》った学生たちの何割かは、軍人の話をきくと、志願の手続きの問い合せに、学校の教務課へ押しかけるのであった。そして、そのなかのまた何パーセントかの学生は、いきなり海軍士官候補生と同程度の資格で入隊する。そのたびに運動部の応援団がくり出して、駅頭で太鼓を叩《たた》いて焚火《たきび》をたき、校歌やら応援歌やらを合唱して踊りまくる。それは二年まえに、Tが学校をやめて徴兵検査をうけに行ったときとは何という違いだろう。そんな有様を見ていると、猶予された生活は、もはや学校よりも軍隊の中にあるのかも知れぬと思われた。

そして、その年の秋、ついに理科系を除いたすべての学生の徴兵猶予が撤廃されることになった。これでとうとう学生は未成年者扱いされることはなくなったわけだ。街には、何年ぶりかで学生の群れが押し出し、飲み屋や酒場やおでん屋に学生の姿が溢《あふ》れるようになった。ひさしぶりで早慶野球戦もおこなわれることになり、応援団員が毎日、校庭に有志の学生を集めて、歌や拍子の練習をはじめた。もっとも、これは各地方の聯隊《れんたい》に入営する学生たちを見送るときの練習も兼ねていたが……。ところで、そんなふうに学校といわず世間全体が学生の動員入隊騒ぎにわき立っている様子を、私はまたしても茫然《ぼうぜん》と眺めていなければならない仕儀となった。それまでに浪人や落第を重ねてきた私は、すでに徴兵猶予の年限が切れて、その年の十一月には入営することにきまっていたのだが、皮肉なことに突然の学徒動員の措置で、私の入営は翌年の春まで延期されることになってしまったのだ。

陸軍は十二月一日、海軍は十二月十日、適齢に達した学生たちはそれぞれ入隊して、学校のなかは季節はずれの避暑地のようにガランとなって、空気までが急に稀薄《きはく》になったように思われた。

私はその日、他にすることもなく、学校の近くのマージャン屋で自分よりも遥かに年下の学生たちとマージャン卓をかこんで時間をつぶした。学生街のマージャン屋も、学校と同様、文字通り開店休業の有様だったから、私たちは空き家にしのびこんだ賭《と》博師《ばくし》のような恰好《かっこう》で、片隅のテーブルにかたまって、のんびりと勝負をたのしんだ。しかし、こういう勝負には、どうしても気迫がともなわなかった。そして別段、疲れているわけでもないのに、ふと気がつくと自分の牌《パイ》が一枚、多くなったり少くなったりしていた。これが猶予の時代の終りというものだろうか？　私は、いまやたしかに自分自身が立ち枯れて行くウツロ木になったような気分で、皆と別れてマージャン屋を出た。

家へ帰る気もせず、地下鉄に乗って銀座まで出た。ここもまたカラッポの街になっていた。ついこの間まで、入営前の学生たちが、家族や恋人らしい女の子と連れ立って、何組も大勢で歩いていたことが嘘《うそ》のようだ。私の足は、ひとりでに築地の方へ向っていた。小田原町の下宿を引き上げて以来、私は一度もそっちの方へ足を向けたことはなかったのに、気がつくと三原橋を渡って、いつか魚臭い中央市場のそばまできていた。ここにも、ひと気はなかった。――何のために、こんなところへ来てしまったんだろう？　つぶやき返して私は、ここに暮らしていたときも、何度も同じ言葉をひとりでつぶやいていたことを憶い出した。まったく、あれは何のためだったのだろう？　あのときも、すでに戦争はいつ終るかわからない状態だった。いったん軍隊に入れば、いつ帰れるかわからないのは、あのときだってそうだった。しかし、いまから考えると、あのときはまだ平和な時代の空気が軍隊の中にも残っていたのではないか。そしてシャバには「ぜいたくは敵だ」といえるだけのものがあった。しかし、いまでは「ぜいたく」は何処にもない。私は、いつか黒いシミのついた舗道を歩きながら、ふとそこに昔はテンプラ屋が並んでいたことを憶い出した。ああ、あのときは色白の丸顔の女中が、この道ばたにしゃがんでエビの殻を剝《む》いていたっけ。その店も、いまは軒並み戸を下ろして、なかには誰も人がいないようだ。

私は、ついに勝鬨橋の上まできた。暮れやすい冬の日はすでに落ちて、両岸に倉庫の並んだ川上の方はもう真っ暗になっている。しかし、海に面した下流の方は、まだほんのわずか灰色の空気がたゆたって、岸にもやった何艘《なんそう》かの船の姿がぼんやり見える。

飛べ、飛べ、わが幻想
鳥は翼をひるがえし
白き船の上に輪をえがく……
飛べ、飛べ、わが幻想
娘、十六、おぼこ顔
飛べ、飛べ、わが幻想
娘、十六、おれの情婦《いろ》……

私は感傷的になり、ひさしぶりにそんな歌を胸の中で繰り返した。しかし墨汁色の空には鳥の姿はなく、川風は一層冷《つめた》くなるばかりだ。と、右手の海軍経理学校の方から水兵の吹き鳴らすラッパがきこえた。いったい、それは何の合図かわからなかったが、私は長く尾を引くそのラッパの音に耳を傾けて、しばらくその場に立ちつくした。

（本文中の「女給の唄」は作詞・西条八十《さいじょうやそ》、作曲・塩尻精八）

解説

持田叙子

かつて超大国と戦争した島国でむりやり動員され銃を持たされた青年は、人間の戦いと関わりなく活動する蝶や鳥、ときに微小な昆虫にさえ同化して精神的に生き延びた。奇蹟的に生きて帰って――新人となった。

一

安岡章太郎はひとりっ子、甘えん坊、わがまま小僧。心配性の母にたっぷり心配されて育った。五十代で書いた「球の行方」(本書未収録)という小品がある。慣れない転校先の東北の小学校で、東京の叔母から贈られた真新しいグローブとバットをふるって野球をする息子を、そっと見に来る母の白い日傘がうつくしく輝く。ちょっと可愛いへんなお母さんで、息子がバナナを十三本、ゆで玉子を二十四個も食べるのを止めもせずに、きゃはは、と笑って面白がる大らかなところもあった。

お父さんは陸軍つきの獣医だった。その関係で各地の軍隊駐留地を転々とした。中学校でようやく世田谷区代田の家に落ち着いた。たび重なる転校で本人いわく、「学校が嫌い」になった。どうも先生の指示通りに行動できない。叱られてひとり廊下に立つことも多かった。

それでもどうにかごまかし、やり過ごしてきたが、十八歳でついに学校生活がどんづまる。高等学校の入学試験に落ち、三年も浪人した。父もこの時期、中支へ赴任してずっといなかった。家長のいない変則的な母子家庭で思いきりフテた。潔いゼロの境遇を満喫した。

この空白期に今まで縁遠い都会趣味にはまる。浪人友だちと浅草や銀座をふらつき、大いに永井荷風に傾倒した。荷風は勤勉と勤労に至上価値をおく日本近代の空気を批判し、遊びの精神を唱えつづけた文学者だ。江戸時代の平和を尊敬し、世界戦争にみずから飛びこむ同時代の日本の愚を笑った。

そして荷風も浪人人生を杖とする。中学科に吹き荒れる軍国主義が苦手で、高等学校の入学試験に失敗したのをしおに、エリート街道から完全に下りた。複数の外国語学校などで中国語やフランス語を勉強しては途中でやめた。落語家や尺八の演奏家をめざしたこともある。それでも錚々《そうそう》たる学者が居並ぶ中で、かなり貧弱な学歴ながら森鷗外の熱心な推挙をうけ、慶應義塾大学部文学科教授になった異色の猛者だ。

へっ学歴なにするものぞ。遊蕩と浪人の師匠、荷風に習ってここは遊べるだけ遊んでおく。章太郎は、そう決意する。ペンをとってものも書く。二十一歳で慶應義塾大学文学部予科にやっと入った。すでに荷風は辞任して居ないが、もちろん荷風のよすがを慕って選んだ。自宅から通えるのに母にねだり、荷風の愛するすみだ川と築地に近い古家に下宿した。

ああ、怠け者のオタクお坊っちゃんだなあ、とばかりは言えない。章太郎が大学に入った昭和十六年は日米開戦の年である。日本史上はじめて、列島の各地が戦場となって燃える太平洋戦争が始まった。

ちなみに六十二歳の荷風は日記『断腸亭日乗』の昭和十六年年頭にこう書く、「炭もガスも乏し」「去年の秋ごろより軍人政府の専横一層甚し」い。しかし心の「自由のみはいかに暴悪なる政府の権力とてもこれを束縛すること能《あた》はず」。

軍人は全てを支配する。しかしわが心の自由は決して渡さないぞ！　この宣言を実行し、荷風は日米開戦の号外が出た日からひそかに大恋愛小説『浮沈』を書き始める。もちろん恋は戦争中の最たる不要不急、ご法度だ。タブーだからこそ恋を書く！

昭和十六年前後、すでに世界が一変していたと解る。炭、ガス、白米など日常物資も不足し始めていた。しかし当時として老人の荷風は戦争へ行くことはない。かたや荷風にあこがれる章太郎は二十一歳。いちばん戦争の割を喰う世代だ。有事のときは真っ先に戦場へ狩りだされる。今のうちに思い残すことなく遊ぶしかない。そんな事情が背景にある。

日本近代において大学生は、本来最も輝くエリートのはずだった。森鷗外の『雁』『ヰタ・セクスアリス』を見よ、夏目漱石の『三四郎』『こころ』を見よ。最高学府に学ぶ青年は乙女のあこがれの的、ぞんぶんに青春を謳歌《おうか》する権利をもつ。その伝統はちょうど章太郎が大学にいるときに寸断された。

戦況が悪化し、昭和十八年から学徒出陣が行われる。大学で落第した章太郎はそのとき予科二年生、二十三歳。皮肉にも徴兵検査はすんなり合格した。翌年三月、入営して満洲《まんしゅう》第九八一部隊要員として北満孫呉へ赴任する。まもなく胸の病気で入院する。

その翌日に第九八一部隊はフィリピンへ移動し、さらにレイテ島で全滅した。

彼の年譜を見るとき、このくだりには息を呑む。多くの友人や仲間が死んだ。奇蹟的に生還した章太郎も脊椎《せきつい》カリエスを患った。家は焼けた。父は昭和二十一年に南方の戦場から帰った。母は苦労で心を細らせる。男ふたりは無職である。海辺のちいさな町のちいさな家で親子三人、身を寄せあって貝のように閉じて暮らした。その生活が何年もつづいた。章太郎は職探しによろめき歩き、コルセットをはめて腹這《はらば》いで小説を書いた。

すなわち——安岡章太郎はもの書きとして出発すると同時に世界の破滅を経験した人である。青春の遊び場も家も焼けた。不器用なひとりっ子にとって軍隊は残酷な場所だった。破壊と残忍の記憶は、彼の内部に深くこだまする。

だから却って笑う。苦笑いも泣き笑いも嘲笑も冷笑もある。現実の生々しさから微妙に身を引く。人間がけんめいに励む姿にやすやすと共鳴しない。その一生けんめいは進化ではなく、むだで虚ろなのかもしれないと用心する。自身はユーモアと諧謔《かいぎゃく》でゆっくり生きる。背筋をのばして敬礼するより、ぐんにゃり楽に寝そべる。急いで強く大きくなろうと進んだ結果はどうだった——、破滅があっただけだ。それを最もよく知る世代が僕たちではないか！

安岡章太郎は破壊から生まれた新しいヒトとして書く。強く大きく立派になることを忌避した。弱く卑小な人間の軟弱な視点から書いた。この姿勢は、最高の心の大人であることを盾とする戦前の知識人に対し、画期的である。文章も新しい。それまでの日本語の格式をわざとからかうスタイルをえらぶ。「ナマナマしく」「イヤな」「アキラメ」「マボロシ」などいずれの作品にもたっぷり入るカタカナ語はその最たるものだ。日本語独特の湿気を抜き取り、異化する。紙に水性の筆やインキで書く字ではなく、そこらで拾った古釘で地面をギシギシけずって書いた字を思わせる。芥川龍之介、谷崎潤一郎、堀辰雄など大正から昭和にかけて一世を風靡《ふうび》した作家たちの流麗な名文になじむ人にはまるで、戦後の宇宙人が書くような文章と驚かれたかもしれない。

そういう意味では現在の私たちの方がすんなりと彼の世界に入りやすい。気が弱くてふにゃふにゃ、ぐらぐらの空気をまとい、破天荒の失敗つづきで笑いを取るダメンズ主人公男子にも私たちの方が慣れている。たとえば安岡章太郎の作品には、安西水丸さんやヨシタケシンスケさんの愛らしく愉快なイラストを持ってくればぴったりだ。

よく似あう。

安岡章太郎は、今もタイムリーな新人なのである。

二

本書には十四の短篇小説が収められる。発表年次は昭和二十六（一九五一）年から、昭和五十三（一九七八）年。作家の年齢にすると、三十一歳から五十八歳までの作品が年次に沿って並ぶ。といってもバランスは均等ではない。

いまだ読者の目に触れることの少ない佳品を入れたいと編集した結果、昭和三十年代の作品が比較的多くなった。作家が芥川賞を受賞し、カリエスが全治し、母が亡くなり父が再婚し自身も結婚し、新しい境地へと踏み出した三十代から四十代前半の脂ののった時期に当たる。この間アメリカやソビエト（旧ソ連）へも旅行した。

読者の皆様には配列順にこだわらず、どこから読んでいただいてもいい。そこが短篇小説集のおいしいところで、多彩なショコラの詰まったギフトボックスに似る。どれを真っ先に摘まもうか、私は一番どの味が好きかしら。どうぞご自由にカスタマイズして読んでください。そして読書の時間のどこかで、この解説文もご参照いただければ幸いです。

「ガラスの靴」は昭和二十六年六月に慶應義塾大学文学部の誇る文芸雑誌『三田文学』に発表された。初代の主幹は永井荷風がつとめた。創刊には森鷗外がふかく関わる。かねて安岡章太郎のあこがれの発表場所であった。実質上のデビュー作となる。まず題名が若々しい。初めに考えた題名「ひぐらし」を、年長作家・北原武夫のアドバイスで変更した。これが大成功。もちろんシンデレラ・ファンタジーにちなむ。

猟銃店の夜番をつとめる「僕」は真夜中、女の子から電話がくるのを待つ。この冒頭からして時代を二十年は先取りする。恋人どうしの電話デートなんて、昭和四十年代の青春フォークソングの世界である。「ガラスの靴」の発表年は、日本がＧＨＱの占領下にある状況で、翌年ようやく日米安全保障条約が発効し、ＧＨＱは廃止された。つまり敵国にいまだ占領される敗戦国での電話デートなので、これはヒロイン悦子が米軍中佐の家で「メイド」をつとめる役得に他ならない。

小説全面には同様、貴重なアメリカ製のモノがきらきら散らばる。ぜんぶクレイゴー中佐の家財だ。パイプにシガレット、シャワー、ウォータア・バッグ、皮のストゥールなど。中佐夫妻が避暑に出かけている間、恋人ふたりはアメリカンなおうちの主人となり、全てを好きに使って遊ぶ。圧巻は悦子が巨大な「ジェロ・パイ」をつくり、ふたりで両端からかじってクリームだらけの唇でキスする場面だ。

あきらかに安岡章太郎は古きよき大和の恋と訣別《けつべつ》しようと企む。僕と悦子のひみつの逢瀬はどこかコミカルでファニーで、巨大サンドイッチが大好きなサラリーマンを主人公とするアメリカ漫画や、モノと人があふれ返ってお祭り騒ぎを醸すディズニー映画の匂いがする。

悦子もそうとうな変子さんだ。あたし、熊に会いたいな、なんて電話をしてくる。ヒグラシっていう大きな鳥を見たことある？　とむじゃきに尋ねる。すばらしく無知なのか、カマトトなのか。ごっこ遊びは天才的にうまいのに、いざ抱こうとすると飛びのいて嫌がる。「僕」は彼女の浮世離れした雰囲気に振りまわされる。

悦子は伝統的な美貌ヒロインから遠い代わりに、感性が風変わりで面白い。いい男を狩ろうとする適齢期の本能がない。そんな妖精ぶりが悦子の魅力で、妖精を愛する僕も世間からはみ出す草食系の青年である。章太郎ワードで言えば、「軟骨」男子。

主人がいない夏のどんちゃん騒ぎはいわば召使いのパーティーで、占領下でアメリカに従属する日本国のみじめを体現してみごとである。ぶきようで肉体関係を結べない僕と悦子の恋の造形も斬新だ。

異性愛になじめず幼児性を生きつづけるヒロインは、一九七〇年代から少女漫画でフレッシュに花咲いた。大島弓子、萩尾望都、山岸涼子らが永遠の子どもとしての少女性を開拓した。少女文化が獲得した新たな女性像と未熟の価値は、他領域にも広がる。たとえば村上春樹の小説『ノルウェイの森』の一面はJ・D・サリンジャーの文学にも重なりながら、少女漫画に大いに触発される。こころを病む妖精少女と彼女に翻弄される青年のびみょうな恋を歌う。その萌芽がすでに敗戦直後、安岡章太郎のデビュー作の中にある！　驚きである。

悦子の主催するごっこ遊びに夢中になり、しかしあまりに妖精な悦子についてゆくのが恐くなって逃げる僕の冴えない非力も注目される。強く大きくたくましくあれ、と言われて育った章太郎はこの乙女チックな題名の戦後小説で、国家を支える〈産めよ殖やせよ〉式の異性愛とその物語パターンから、あっぱれ一番早い遁走《とんそう》を果たしたのではないだろうか。

ちなみに「遁走」も「軟骨」も章太郎のキーワードである。彼をつらぬく主題をよく示す。

三

崖っぷちぎりぎり。創作者がそこに立つとどうなるか。上質な創作者ほど、笑う。閉じ込められ、殴られ、身体も精神もひん曲げられると心でそっと笑うしかない。笑いはゆとり、抵抗である。自分を押しつぶす支配者をひそかに笑って自己をたもつ。笑いは楽しみでもある。おなじ苦境に生き、しかし笑う力のない読者に笑いの深呼吸を提供する。創作の根源と言える。

安岡章太郎には一連の軍隊ものがある。本書に収められる「家庭」「体温計」「職業の秘密」がそれだ。あるいは入営を恐怖して待つ日々を回顧する「猶予時代の歌」もそこに加えてもいいかもしれない。

その経緯は「猶予時代の歌」にくわしく回顧されるが、作家は数度の落第のために学徒としてはフケた新兵として戦争末期、二十四歳で入営した。半年弱で胸を病み、満洲から内地へ送還されて入院した。昭和二十年七月、敗戦を目前に現役免除となった。短期間とはいえ海を渡り、焼け焦げた戦場を踏んだ。ういういしい若者兵ではないから、軍隊の残酷な無茶ぶりとごまかしのシステムもよく視《み》える。

透徹した眼で非人間的な場所と組織を描く。いずれも豊かなユーモアが悲惨を包む。この特徴は東京ぶらぶら時代の遊びのたまもので、戦争中も愛読した荷風文学のユーモアのおかげでもある。

「家庭」の諷刺は個性的ですばらしい。巻頭に「兵営ハ」「軍人ノ家庭ニシテ」と兵隊の一致団結を讃える軍隊内務令をかかげ、つづいてそう言うなら「僕の軍隊生活」で最も家庭的でヒューマンなのは「便所」だと宣言し、意表を突く。

僕の名は安木加助。安木は安岡の姓を映す。加助は幼い日から気になる先祖の名前にちなむ。部隊では出来損ないとして目を付けられ、「古兵」にいつも殴られる。刑務所より監視のきびしい軍隊で唯一ほっとできるのは便所。僕は本能的に自由を求めて大食になり下痢になる。「安木加助、厠《かわや》へ行ってまいります」は救いの言葉。

ラストは厠での大粗相で終わる。あまりのことに僕は逆に恐怖と緊張から解放され、「僕と胃袋と腸だけ」の世界にしゃがみ込む。このリラックスは「家庭」そのもの。

安木、安木と呼び立てる上官の声がにわかに遠い外部のものとなる……。

フランスの古典作家ラブレーしかり、荷風しかり。排泄は人間の原点、万民平等の証しである。庶民を踏んづけて格差を生む権力を直撃する鋭利な矢となる。糞尿文学は由緒ただしい批判文学である。章太郎はこの分野の達人で、タブー視される排泄の場から、軍隊の非人間性を撃つ。本作とならび「放屁抄」も、荷風の著名な厠論にならう堂々たるおなら日本文化論である。博識とユーモアが絶妙に合奏し、随筆小説の達意をしめす。

「体温計」は陸軍病院入院の体験を映す。戦争末期でまともな医療行為は毎日の検温のみ。平熱ならば戦場に戻される。水銀で測る旧式の体温計がいのちの綱で、これをめぐって病兵たちが戦々恐々する日々をコミカルに描く。品こそ変わるが、コロナ禍の私たちにも体温計は明暗を分ける大事となった。妙に身に沁みるのが恐い。

「職業の秘密」は高度経済成長期に大流行した生命保険、そのセールスマンを題材とする。「私」の住む安普請の家にやってきたセールスマンの「大男」。つい家へ上げて話すうちに、彼がかつて陸軍大尉だったことを知る。とたんに消えたはずの上下関係が復活する。二等兵だった私は男に「あんた」呼ばわりされ、命令を聞いて契約してしまう。戦後十年以上たっても皆の心に戦争のトラウマは生きている。男がどんどん大きくなり、ボロ家がきしんで壊される幻想が強烈だ。雨の中を不意に来て消える男は、破壊神ゴジラのよう。ユーモア恐怖小説の形で、戦争が人間と社会に落とす影の長々しさを描く。

四

血が濃くもつれ、絡みあう闇の奥からひびく松風や川波にも似た、遠い音や声に耳を澄ます――。

安岡章太郎の中期以降から生死を想う澄んだ静謐《せいひつ》な文章が湧き出し、長篇小説『流離譚』『鏡川』にいたるまで印象的な青い水脈を織りなす。それまでの先鋭で軽やかに尖るトリックスター的な作風とは大きく異なる面もあるし、深くつながる面もある。一族の原点を土佐の過疎村に追うルーツ物語群は、彼の文学のたいせつな屋台骨となる。

若い日から特徴的に父母を書くことが多かった。安岡章太郎は close family に生まれ育った。三人きりの親子は互いの血も濃い。作家の言葉によれば、両親は高知県「山北村」出身で、母は姉妹で安岡家に嫁いだ。伯母は母の実姉である。

close family は作家が三十代で遅い就職をしたとき、都会での共倒れを避けてよぎなく解散した。父母は故郷の伯父と伯母をたよって帰郷した。その本家も村も、人口流出で老い朽ちる。都会生活になじんでいた母はしだいに「狂気」に沈む。

「故郷」はルーツ物語の始動に当たる。結婚して新しい家族をつくった「僕」は、暗い気もちで土佐に暮らす父母を訪れる。母の様子がおかしいと何度も父から手紙が来た。すでに帰郷直前に母は奇怪な行動で家族を驚かせた。失《な》くしたと大騒ぎした母の小型のスーツケースには、ただ一丁のぎらりと光る鎌が入っていた!

安岡章太郎の永遠の女性は母である。いろいろな作品の女性像に母のおもかげが紛れ込む。「ガラスの靴」の悦子も、母のファニーな一面を偲《しの》ばせる。「故郷」と同年に発表された「マルタの嘆き」の主人公も、実は母とその姉である。古代から連綿と伝えられる姉妹物語に取材することもその証しとなる。

「マルタの嘆き」は、妻が夫の不倫をうたがい追跡するストーリーを取る。いかにも昭和な浮気物語に仕立てられた小説の真の主題は、勤勉な姉の怠慢な妹への嫉妬である。自分に比べると妹は不出来な女。だらしなく生きるのに、幸せをかっさらう。聖書のキリストをめぐる姉妹、マルタとマリヤのよう。シンデレラのお姉さんだって悪者にされて可哀想。どうして昔話や伝説は姉を悪役にするのか、と姉である「私」の怒りは止まらない。夫を誘惑するのも、妹そっくりの怠けもの種族の女なのが許せない……。

姉妹は宿命的なライバルである。いつも親や周囲から比較され、生きるかぎり優劣を競う。女性の隠微な関係性になぜ章太郎がかくも通じるのか。理由はあきらかである。おそらく母に、姉の悪口を聞かされて育ったのだ。母の場合、姉は義兄の妻である。ふつうの姉妹より深く絡む。陰口も増す。しかし姉の伯母さんにだって言いたいことがあろう、と姉(つまり伯母)の立場になって、妹である母を客観化したのが「マルタの嘆き」なのであろう。「故郷」にも老いた母が不意に、「姉さんはね、私を裸にして薪で殴ったんだよ」と告発するおどろおどろしい場面がある。

はんぶん慈母ではんぶん毒母。全ての母親にその要素があるが、ひとりっ子章太郎を戦争母子家庭で密着して育てた母は、特にその傾向がつよい。母は獣医である父を見下す心があった。息子にしじゅう、父の品のなささや容姿の悪さをおしゃべりした。

しぜん息子は、母に似たいと思う。自分は母にひとしいとする意識に傾く。人を笑わせるのが好きで世事にうとい母は自分の分身だと感じ、ふたご親子として成長した。ゆえに身と魂を共有する母が狂気に陥没してゆく「故郷」は畏怖にみちる。久しぶりに会う息子に暗い片隅から「コンチワ」と言う母、駅で発作をおこして父を罵倒する母、便所とまちがえて夜中にひたひた僕の寝部屋に近づいてくる母、――とにかく目をふさぎ、母から逃げたい。

愛する母は追う母でもある。故郷ものの集大成である長篇小説『鏡川』には、故郷をながれる川に託して謡曲「すみだ川」のイメージが随所にひらめく。さらわれた子を求めて長年さすらう母が、最後にたどりつくのがすみだ川。その川が、故郷の鏡川につながる。絶望の母はなかば狂い、髪がみだれて川風に舞う。能のもの狂いの女は、息子に愛の妖気を吹きかけて追いすがる実母の晩年を映す。

安岡章太郎は川の流れをよく主題とする。荷風のすみだ川文学の影響もあるが、その奥には屈折した母恋いがひそむ。章太郎にとって、川は母なる羊水にひとしい。「故郷」でも主人公が、暗くよどむ水に浸る夢をみる。気づくと「僕は海亀にのっている」。海亀は母だった。ぎょっとしつつも母が背中に自分をのせて、水泳を教えてくれた幼児の記憶がよみがえる。川も海も母につながる。このラストは甘じょっぱくて泣ける。

「父の日記」は実父および一族の男たちへの思いを軸とする故郷もので、視界がぐっと広がる。作家も五十三歳、おのれの人生をかえりみて死と向きあう時期に入った。作家を映す「私」は久しぶりに土佐へ帰省し、伯母に蔵の古いモノを見せてもらう。すでに両親は死んだ。ふたりの骨は東京で買った墓に入る。

山中の一族の墓群に詣でる霊的な光景が印象的である。泉鏡花の書く故郷の墓物語をほうふつさせる。りっぱな墓石もあれば、粗末な石ころの墓標もある。幼いころ祖母がひとつひとつ誰の墓かと教えてくれた。幕末維新の騒動で非業の死を遂げた男たちの逸話も祖母に聞いた。山中の墓群は、郷士で地主であった安岡一族の苦難多い近代史を問わず語りする。

子ども心に自分も親も、いつかは「ここへ戻ってくるような気がしていた」。安岡章太郎は戦争へ行った人だ。年とって改めてこう思ったのではないだろう。おそらく戦地で故郷土佐の墓を思い、戦死した自分の魂がそこへ帰るイメージをしばしば胸に抱いていたはずだ。土佐「Y村」の静謐な墓域は戦争期から、作家の魂の密やかなよるべであったにちがいない。

しかし過疎化でこの死者の場所を守る人間がいない、と伯母に聞く。両親も死んだ。故郷は消したいと思う一方、そう聞けば「心の何処かが空白になって行く」。故郷を出て、都会で食べるしかない戦後の人間に共通する孤独を突く。こうした淋しい人間が日本人の大半を占める時代が、高度経済成長期のもう一つの顔である。それをいち早く描いた。ちなみに都会ではこのとき、電気冷蔵庫・掃除機・洗濯機の〈三種の神器〉を備えた核家族生活の快適が爆発的に喧伝《けんでん》されていた。

五

最後にこの作家の動物昆虫幻想について触れておきたい。人間以外のものを人間と等身大に見る特有の目玉を彼は持つ。

安岡章太郎の文学のいたるところに動物と昆虫が奔放に跳ね飛ぶ。「ガラスの靴」の悦子のうしろには熊、鳥、犬、羊、雨《あま》ガエルのイメージが走馬灯のように行き来する。「蛾《が》」では、蛾が「私」の耳の奥に入り込み、背骨を侵す細菌と一体化するような不気味な異物として、私を悩ませる。初めは蛾を追い出そうとする私であるが、しだいに蛾との共生になじむ。可愛いとさえ思い始める。蛙、キノコ、蠅《はえ》、トンボ、カナブンブン、カミキリムシもそここに飛び交う。まるで虫愛《め》づる小説だ。

「サアカスの馬」「走れトマホーク」をはじめとし、馬もよく現れる。サーカス団の疲れた馬は、学校で劣等生としてばかにされる自身と重なる。「走れトマホーク」では馬にのってアメリカの荒野を走るうち、軍医の父が馬で陸軍へ行く風景がふいに蘇る。父の転勤でずっと移動していた自分の宿命はあたかも馬だ。いや、馬のトマホークは駆けて戻る〈ホーム〉を知る点で永遠移動民の自分より賢い、というオチがつくのが章太郎らしい。

この人はノミやシラミ、蚊《か》も嫌がらない。残酷な人間よりもずっといい、と親近感をいだく。安岡章太郎の文学には動物昆虫、キノコ、ウイルスのたぐいまで自己と一体化する世界観が息づく。ヒト至上の高度経済成長期の日本現代文学の中では稀有《けう》である。いっそシャガールやミロの抽象絵画と並べた方がふさわしい。

一つは、この作家が戦場で人間のおぞましさを痛感するからであろう。戦う組織の残酷からどうにか逃げたい。その思いが彼を、ヒト以外の小生物の生態へ潜り込みたいというミクロなファンタジーへ誘う。

一つは、母や祖母や伯母から故郷の昔話や伝説をたっぷりと聞かされた貴重な耳を持つからだ。彼の close family は土佐の村から上京したけれど、各地を転々とする間も故郷とのへその緒は切らなかった。幼少時は親に連れられてよく帰省した。章太郎は軍隊に召集されたとき、報告をするために土佐へ帰省して筋を通した。

山の村落社会は動物や鳥と縁が深い。祖母は「イヌガミツキ」の土俗信仰を信じていたことが、小説「故郷」に出てくる。犬は人間に取り付く邪神でもある。狐も鳥も虫も人と交感する。人を助け、人に復讐し、ときに人と結婚する。そうした原始の感覚を一族の女性たちから聞いて育った。安岡章太郎の起点には、原始の生命への通路がひらかれている。それが彼に早くから一族の血まみれの歴史を書かせ、独特の鳥獣戯画を人間の愚行への諷刺として描かせた。

章太郎の公的な初の作品は、時代小説「首斬り話」である。二十一歳で友人たちと作った同人雑誌に発表した。祖先のひとり、安木加助が恐る恐る、同志の侍とともに家老の暗殺に加わる雨の夜を描く。ルーツ物語は作家の起源とも言える。いたく都会的でキッチュである一方、作家はその始まりから、幕末土佐の哀しい郷士の生活史にさかのぼる意志をはらむ。

新しいヒトはなぜ新しいか。それは皆が捨てて顧みない大切な古いものと、時代が食べたがる新しいものとをつなぎ、未来へ更新するからである。

今も彼はますます新しい。世界各地に戦争の炎の見え隠れする昨今、地球をのし歩く破壊的な巨人たち――人間を小さな生きものの内側からユーモラスに諷刺する安岡章太郎の批評精神は、私たちの不安な思いと平和を祈る心に深く触れる。

二〇二二年十二月

初出一覧

「ガラスの靴」(昭和二十六年六月『三田文学』)
「蛾」(昭和二十八年二月『文学界』)
「家庭」(昭和二十九年四月『別冊文藝春秋』)
「体温計」(昭和二十九年十月『新潮』)
「マルタの嘆き」(昭和三十年五月『新潮』)
「故郷」(昭和三十年七月『文芸』)
「サアカスの馬」(昭和三十年十月『新潮』)
「職業の秘密」(昭和三十一年八月『新潮』)
「老人」(昭和三十二年一月『別冊小説新潮』)
「野の声」(昭和三十九年一月『新潮』)
「走れトマホーク」(昭和四十七年一月『新潮』)
「父の日記」(昭和四十八年秋『文芸展望』)
「放屁抄」(昭和五十二年六月『文学界』)
「猶予時代の歌」(昭和五十三年五月『小説現代』)

安岡章太郎略年譜

大正九（一九二〇）年

5月30日　高知市に、父章、母恒の長男として誕生。陸軍獣医だった父の勤務地、千葉県国府台《こうのだい》、香川県善通寺町、東京府小岩町などを転々とする。

大正十四（一九二五）年　5歳

朝鮮の京城《けいじょう》（現・ソウル）に移住。

昭和二（一九二七）年　7歳

京城南山小学校に入学。

昭和四（一九二九）年　9歳

青森県弘前《ひろさき》市に移住。

昭和八（一九三三）年　13歳

4月　東京市立第一中学校（現・九段高校）に入学。

昭和九(一九三四)年　14歳
1月　成績・素行不良のため、国漢の教師宅(赤羽道灌山《どうかんやま》静勝寺)に預けられる。

昭和十三(一九三八)年　18歳
3月　中学校を卒業。高校受験に失敗。翌年、翌々年も受験に失敗し、三年間の浪人生活を送る。

昭和十六(一九四一)年　21歳
4月　慶應義塾大学文学部予科に入学。12月　級友らと同人誌『青年の構想』を創刊。「首斬り話」を発表。

昭和十九(一九四四)年　24歳
3月　東部六部隊に現役兵として入営し、満洲《まんしゅう》第九八一部隊要員として北満孫呉へ赴く。
8月　胸部疾患で入院。入院の翌日、所属していた部隊はフィリピンへ移動、レイテ島で全滅することになる。

昭和二十(一九四五)年　25歳
3月　内地送還になる。10月　藤沢市鵠沼《くげぬま》に住む。脊椎《せきつい》カリエスになる。

昭和二十一(一九四六)年　26歳
5月　父が復員し、生活が逼迫《ひっぱく》。

昭和二十二(一九四七)年　27歳

11月　進駐軍接収家屋の空家の留守番の仕事を得る。

昭和二十三（一九四八）年　28歳

3月　慶應義塾大学文学部英文学科を卒業。

昭和二十四（一九四九）年　29歳

2月　カリエスが悪化、寝たきりの生活となる。

昭和二十六（一九五一）年　31歳

1月　レナウン研究室の服装雑誌の翻訳係嘱託となる。6月「ガラスの靴」を『三田文学』に発表。

昭和二十八（一九五三）年　33歳

7月「陰気な愉しみ」「悪い仲間」で、第二十九回芥川賞を受賞。10月『悪い仲間』（文藝春秋新社）刊行。

昭和二十九（一九五四）年　34歳

4月　平岡光子と結婚。この年、カリエスが全治。

昭和三十一（一九五六）年　36歳

1月　長女治子誕生。5月　世田谷区尾山台の新居に移る。

昭和三十二（一九五七）年　37歳

7月　母、死去。12月『遁走《とんそう》』（講談社）刊行。

昭和三十四(一九五九)年　39歳

12月『海辺《かいへん》の光景』(講談社)刊行。この年、父が再婚。

昭和三十五(一九六〇)年　40歳

11月　ロックフェラー財団の招きにより渡米。テネシー州ナッシュヴィルに滞在。ヴァンダビル大学文学部で聴講。

昭和三十六(一九六一)年　41歳

5月　帰国。

昭和三十七(一九六二)年　42歳

2月『アメリカ感情旅行』(岩波書店)刊行。

昭和三十八(一九六三)年　43歳

7月　ソビエト作家同盟の招待で、小林秀雄、佐々木基一と共に訪ソ。9月　帰国。

昭和三十九(一九六四)年　44歳

4月『ソビエト感情旅行』(新潮社)刊行。

昭和四十二(一九六七)年　47歳

6月『幕が下りてから』(講談社)刊行。

昭和四十四(一九六九)年　49歳

1月『犬をえらばば』(新潮社)刊行。

昭和四十六(一九七一)年　51歳

1月　『安岡章太郎全集』(全七巻、講談社)刊行開始(7月完結)。

昭和四十八(一九七三)年　53歳

9月　『走れトマホーク』(講談社)刊行。

昭和五十(一九七五)年　55歳

1月　『私説聊斎志異《しせつりょうさいしい》』(朝日新聞社)刊行。8月　『安岡章太郎エッセイ全集』(全八巻、読売新聞社)刊行開始(翌年2月完結)。

昭和五十四(一九七九)年　59歳

10月　『放屁抄《ほうひしょう》』(岩波書店)刊行。

昭和五十六(一九八一)年　61歳

12月　『流離譚《りゅうりたん》』(上・下巻、新潮社)刊行。

昭和五十九(一九八四)年　64歳

7月　『僕の昭和史I』(全三巻、講談社)刊行(9月にII巻、昭和六十三年9月にIII巻刊行)。

昭和六十一(一九八六)年　66歳

6月　『安岡章太郎集』(全十巻、岩波書店)刊行開始(昭和六十三年5月完結)。

平成三(一九九一)年　71歳
6月『安岡章太郎随筆集』(全八巻、岩波書店)刊行開始(翌年2月完結)。8月『夕陽の河岸』(新潮社)刊行。

平成七(一九九五)年　75歳
11月『果てもない道中記』(上・下巻、講談社)刊行。

平成十一(一九九九)年　79歳
6月『私の濹東綺譚《ぼくとうきだん》』(新潮社)刊行。

平成十二(二〇〇〇)年　80歳
6月『戦後文学放浪記』(岩波書店)刊行。7月『鏡川』(新潮社)刊行。

平成二十五(二〇一三)年
1月26日　逝去。享年九十二。

この略年譜の作成に当たり、小田切進・北島秀明編の「安岡章太郎年譜」(『現代日本文學大系90』筑摩書房、一九七二年、所収)、古林尚編の「年譜」(『日本の文学74』中央公論社、一九七三年、所収)等を参照した。

(岩波文庫編集部)

〔編集付記〕

本書の底本には『安岡章太郎集』第一—四巻（岩波書店、一九八六年刊）を用い、適宜振り仮名を付した。なお、「ガラスの靴」と「蛾」の二篇は、それぞれ新潮文庫『質屋の女房』（一九六六年刊）と『海辺の光景』（一九六五年刊）所収の作品だが、新潮社のご承諾を得て本書に収録した。

本文中に今日では不適切とされるような表現があるが、作品の歴史性を考慮してそのままとした。

（岩波文庫編集部）

安岡章太郎短篇集《やすおかしょうたろうたんぺんしゅう》

2023年2月15日　第1刷発行
2024年4月26日　第2刷発行

編　者　持田叙子《もちだのぶこ》

発行者　坂本政謙

発行所　株式会社 岩波書店
〒101-8002 東京都千代田区一ツ橋 2-5-5

案内 03-5210-4000　営業部 03-5210-4111
文庫編集部 03-5210-4051
https://www.iwanami.co.jp/

印刷・精興社　製本・中永製本

ISBN 978-4-00-312281-5　Printed in Japan

読書子に寄す

――岩波文庫発刊に際して――

岩波茂雄

真理は万人によって求められることを自ら欲し、芸術は万人によって愛されることを自ら望む。かつては民を愚昧ならしめるために学芸が最も狭き堂宇に閉鎖されたことがあった。今や知識と美とを特権階級の独占より奪い返すことはつねに進取的なる民衆の切実なる要求である。岩波文庫はこの要求に応じそれに励まされて生まれた。それは生命ある不朽の書を少数者の書斎と研究室とより解放して街頭にくまなく立たしめ民衆に伍せしめるであろう。近時大量生産予約出版の流行を見る。その広告宣伝の狂態はしばらくおくも、後代にのこすと誇称する全集がその編集に万全の用意をなしたるか。千古の典籍の翻訳企図に敬虔の態度を欠かざりしか。さらに分売を許さず読者を繫縛して数十冊を強うるがごとき、はたしてその揚言する学芸解放のゆえんなりや。吾人は天下の名士の声に和してこれを推挙するに躊躇するものである。このときにあたって、岩波書店は自己の責務のいよいよ重大なるを思い、従来の方針の徹底を期するため、すでに十数年以前より志して来た計画を慎重審議この際断然実行することにした。吾人は範をかのレクラム文庫にとり、古今東西にわたって文芸・哲学・社会科学・自然科学等種類のいかんを問わず、いやしくも万人の必読すべき真に古典的価値ある書をきわめて簡易なる形式において逐次刊行し、あらゆる人間に須要なる生活向上の資料、生活批判の原理を提供せんと欲する。この文庫は予約出版の方法を排したるがゆえに、読者は自己の欲する時に自己の欲する書物を各個に自由に選択することができる。携帯に便にして価格の低きを最主とするがゆえに、外観を顧みざるも内容に至っては厳選最も力を尽くし、従来の岩波出版物の特色をますます発揮せしめようとする。この計画たるや世間の一時の投機的なるものと異なり、永遠の事業として吾人は微力を傾倒し、あらゆる犠牲を忍んで今後永久に継続発展せしめ、もって文庫の使命を遺憾なく果たさしめることを期する。芸術を愛し知識を求むる士の自ら進んでこの挙に参加し、希望と忠言とを寄せられることは吾人の熱望するところである。その性質上経済的には最も困難多きこの事業にあえて当たらんとする吾人の志を諒として、その達成のため世の読書子とのうるわしき共同を期待する。

昭和二年七月

《日本文学(古典)》〔黄〕

- 古事記　倉野憲司校注
- 日本書紀　全五冊　坂本太郎・家永三郎・井上光貞・大野晋校注
- 万葉集　全五冊　佐竹昭広・山田英雄・工藤力男・大谷雅夫・山崎福之校注
- 原文万葉集　全二冊　佐竹昭広・山田英雄・工藤力男・大谷雅夫・山崎福之校注
- 竹取物語　阪倉篤義校訂
- 伊勢物語　大津有一校注
- 玉造小町子壮衰書 ―小野小町物語　杤尾武校注
- 古今和歌集　佐伯梅友校注
- 土左日記　紀貫之　鈴木知太郎校注
- 源氏物語　全九冊　柳井滋・室伏信助・大朝雄二・鈴木日出男・藤井貞和・今西祐一郎校注
- 源氏物語補作 山路の露・雲隠六帖 他二篇　今西祐一郎編注
- 枕草子　池田亀鑑校訂
- 更級日記　西下経一校注
- 今昔物語集　全四冊　池上洵一編
- 西行全歌集　久保田淳・吉野朋美校注
- 建礼門院右京大夫集 付平家公達草紙　久松潜一・久保田淳校注
- 後拾遺和歌集　久保田淳・平田喜信校注
- 詞花和歌集　工藤重矩校注
- 古語拾遺　斎部広成撰　西宮一民校注
- 王朝漢詩選　小島憲之編
- 新訂方丈記　市古貞次校注
- 新訂新古今和歌集　佐佐木信綱校訂
- 新訂徒然草　西尾実・安良岡康作校注
- 平家物語　全四冊　梶原正昭・山下宏明校注
- 神皇正統記　北畠親房　岩佐正校注
- 御伽草子　全二冊　市古貞次校注
- 王朝秀歌選　樋口芳麻呂校注
- 定家八代抄 ―続王朝秀歌選　全二冊　樋口芳麻呂・後藤重郎校注
- 閑吟集　真鍋昌弘校注
- 中世なぞなぞ集　鈴木棠三編
- 謡曲選集 読む能の本　野上豊一郎編
- 東関紀行・海道記　玉井幸助校訂
- おもろさうし　外間守善校注
- 太平記　全六冊　兵藤裕己校注
- 好色五人女　井原西鶴　東明雅校註
- 武道伝来記　井原西鶴　前田金五郎・横山重校注
- 西鶴文反古　井原西鶴　片岡良一校訂
- 芭蕉紀行文集 付嵯峨日記　中村俊定校注
- 芭蕉おくのほそ道 付曾良旅日記・奥細道菅菰抄　萩原恭男校注
- 芭蕉俳句集　中村俊定校注
- 芭蕉連句集　中村俊定・萩原恭男校注
- 芭蕉書簡集　萩原恭男校注
- 芭蕉文集　潁原退蔵編註
- 芭蕉俳文集　全二冊　堀切実編注
- 芭蕉自筆奥の細道　上野洋三・櫻井武次郎校注
- 蕪村俳句集 付春風馬堤曲 他二篇　尾形仂校注
- 蕪村七部集　伊藤松宇校訂
- 蕪村文集　藤田真一編注
- 折たく柴の記　新井白石　松村明校注
- 近世畸人伝　伴蒿蹊　森銑三校註

雨月物語	上田秋成 長島弘明校注
宇下人言 修行録	松平定信 松平定光校訂
新訂 一茶俳句集	丸山一彦校注
増補 俳諧歳時記栞草 全二冊	曲亭馬琴編 藍亭青藍補 堀切実校注
北越雪譜	鈴木牧之編撰 京山人百樹刪定 岡田武松校訂
東海道中膝栗毛 全二冊	十返舎一九 麻生磯次校注
浮世床	式亭三馬 和田万吉校訂
梅暦 全二冊	為永春水 古川久校訂
百人一首一夕話 全二冊	尾崎雅嘉 古川久校訂
日本民謡集	町田嘉章 浅野建二編
芭蕉臨終記 花屋日記 付 芭蕉翁終焉記・前後日記・行状記	小宮豊隆校訂
醒睡笑 全二冊	安楽庵策伝 鈴木棠三校注
歌舞伎十八番の内 勧進帳	郡司正勝校注
江戸怪談集 全三冊	高田衛編・校注
柳多留名句選	山澤英雄選 粕谷宏紀校注
松蔭日記	上野洋三校注
鬼貫句選・独ごと	復本一郎校注
井月句集	復本一郎編
花見車・元禄百人一句	雲英末雄 佐藤勝明校注
江戸漢詩選 全二冊	揖斐高編訳

《日本思想》〔青〕

風姿花伝（花伝書） 世阿弥／野上豊一郎・西尾実 校訂
五輪書 宮本武蔵／渡辺一郎 校注
養生訓・和俗童子訓 貝原益軒／石川謙 校訂
貝原益軒 大和俗訓 石川謙 校訂
日本水土考・水土解弁・増補華夷通商考 西川如見／飯島忠夫・西川忠幸 校訂
蘭学事始 杉田玄白／緒方富雄 校註
島津斉彬言行録 牧野伸顕 序
塵劫記 吉田光由／大矢真一 校注
兵法家伝書 付 新陰流兵法目録事 柳生宗矩／渡辺一郎 校注
長崎版 どちりな きりしたん 海老沢有道 校註
農業全書 宮崎安貞 編録／貝原楽軒 刪補／土屋喬雄 校訂
仙境異聞・勝五郎再生記聞 平田篤胤／子安宣邦 校注
茶湯一会集・閑夜茶話 井伊直弼／戸田勝久 校注
西郷南洲遺訓 附 手抄言志録及遺文 山田済斎 編
文明論之概略 福沢諭吉／松沢弘陽 校注
新訂 福翁自伝 富田正文 校訂

学問のすゝめ 福沢諭吉
福沢諭吉教育論集 山住正己 編
福沢諭吉家族論集 中村敏子 編
福沢諭吉の手紙 慶應義塾 編
新島襄の手紙 同志社 編
新島襄 教育宗教論集 同志社 編
新島襄自伝 ―手記・紀行文・日記 同志社 編
植木枝盛選集 家永三郎 編
日本の下層社会 横山源之助
中江兆民 三酔人経綸問答 桑原武夫・島田虔次 訳・校注
中江兆民評論集 松永昌三 編
憲法義解 伊藤博文／宮沢俊義 校註
日本風景論 志賀重昂／近藤信行 校訂
日本開化小史 田口卯吉／嘉治隆一 校訂
新訂 蹇蹇録 ―日清戦争外交秘録 陸奥宗光／中塚明 校注
茶の本 岡倉覚三／村岡博 訳
武士道 新渡戸稲造／矢内原忠雄 訳

新渡戸稲造論集 鈴木範久 編
キリスト信徒のなぐさめ 内村鑑三
余はいかにしてキリスト信徒となりしか 内村鑑三／鈴木範久 訳
代表的日本人 内村鑑三／鈴木範久 訳
後世への最大遺物・デンマルク国の話 内村鑑三
ヨブ記講演 内村鑑三
足利尊氏 山路愛山
徳川家康 全二冊 山路愛山
豊臣秀吉 全二冊 山路愛山
妾の半生涯 福田英子
三十三年の夢 宮崎滔天／島田虔次・近藤秀樹 校注
善の研究 西田幾多郎
続思索と体験・『続思索と体験』以後 西田幾多郎
西田幾多郎哲学論集 Ⅱ ―論理と生命 他四篇 上田閑照 編
西田幾多郎哲学論集 Ⅲ ―自覚について 他四篇 上田閑照 編
西田幾多郎歌集 上田薫 編
西田幾多郎講演集 田中裕 編

- 西田幾多郎書簡集　藤田正勝編
- 帝国主義　幸徳秋水／山泉進校注
- 基督抹殺論　幸徳秋水
- 日本の労働運動　片山潜
- 貧乏物語　河上肇／大内兵衛解題
- 河上肇評論集　杉原四郎編
- 西欧紀行 祖国を顧みて　河上肇
- 中国文明論集　宮崎市定／礪波護編
- 史記を語る　宮崎市定
- 中国史 全二冊　宮崎市定
- 大杉栄評論集　飛鳥井雅道編
- 女工哀史　細井和喜蔵
- 奴隷 —小説・女工哀史1　細井和喜蔵
- 工場 —小説・女工哀史2　細井和喜蔵
- 初版 日本資本主義発達史 全二冊　野呂栄太郎
- 谷中村滅亡史　荒畑寒村
- 遠野物語・山の人生　柳田国男

- 木綿以前の事　柳田国男
- 海上の道　柳田国男
- 蝸牛考　柳田国男
- 都市と農村　柳田国男
- 十二支考 全二冊　南方熊楠
- 津田左右吉歴史論集　今井修編
- 特命全権大使 米欧回覧実記 全五冊　久米邦武編／田中彰校注
- 日本イデオロギー論　戸坂潤
- 明治維新史研究　羽仁五郎
- 古寺巡礼　和辻哲郎
- 風土 —人間学的考察　和辻哲郎
- 和辻哲郎随筆集　坂部恵編
- 倫理学 全四冊　和辻哲郎
- 人間の学としての倫理学　和辻哲郎
- 日本倫理思想史 全四冊　和辻哲郎
- 「いき」の構造 他二篇　九鬼周造
- 九鬼周造随筆集　菅野昭正編

- 偶然性の問題　九鬼周造
- 田沼時代　辻善之助
- パスカルにおける人間の研究　三木清
- 古代国語の音韻に就いて 他二篇　橋本進吉
- 吉田松陰　徳富蘇峰
- 林達夫評論集　中川久定編
- 新版 きけわだつみのこえ —日本戦没学生の手記　日本戦没学生記念会編
- 第二集 新版 きけわだつみのこえ —日本戦没学生の手記　日本戦没学生記念会編
- 君たちはどう生きるか　吉野源三郎
- 地震・憲兵・火事・巡査　山崎今朝弥／森長英三郎編
- 懐旧九十年　石黒忠悳
- 武家の女性　山川菊栄
- 覚書 幕末の水戸藩　山川菊栄
- 忘れられた日本人　宮本常一
- 家郷の訓　宮本常一
- 大阪と堺　三浦周行／朝尾直弘編
- 石橋湛山評論集　松尾尊兊編

手仕事の日本　柳宗悦
工藝文化　柳宗悦
南無阿弥陀仏 付 心偈　柳宗悦
雨夜譚 ―渋沢栄一自伝　長幸男校注
中世の文学伝統　風巻景次郎
平塚らいてう評論集　小林登美枝・米田佐代子編
最暗黒の東京　松原岩五郎
日本の民家　今和次郎
原爆の子 ―広島の少年少女のうったえ 全二冊　長田新編
臨済・荘子　前田利鎌
『青鞜』女性解放論集　堀場清子編
大津事件 ―ロシア皇太子大津遭難　尾佐竹猛・三谷太一郎校注
幕末遣外使節物語 夷狄の国へ　尾佐竹猛・吉良芳恵校注
極光のかげに シベリア俘虜記　高杉一郎
古典学入門　池田亀鑑
イスラーム文化 ―その根柢にあるもの　井筒俊彦
意識と本質 ―精神的東洋を索めて　井筒俊彦

神秘哲学 ―ギリシアの部　井筒俊彦
意味の深みへ ―東洋哲学の水位　井筒俊彦
コスモスとアンチコスモス 東洋哲学のために　井筒俊彦
幕末政治家　福地桜痴・佐々木潤之介校注
フランス・ルネサンスの人々　渡辺一夫
維新旧幕比較論　木下真弘・宮地正人校注
被差別部落一千年史　高橋貞樹・沖浦和光校注
花田清輝評論集　粉川哲夫編
新版 河童駒引考 ―比較民族学的研究　石田英一郎
英国の文学　吉田健一
中井正一評論集　長田弘編
山びこ学校　無着成恭編
考史遊記　桑原隲蔵
福沢諭吉の哲学 他六篇　丸山眞男・松沢弘陽編
政治の世界 他十篇　丸山眞男・松本礼二編注
超国家主義の論理と心理 他八篇　丸山眞男・古矢旬編
田中正造文集 全二冊　由井正臣・小松裕編

国語学史　時枝誠記
定本 育児の百科 全三冊　松田道雄
哲学の三つの伝統 他十二篇　野田又夫
大隈重信演説談話集　早稲田大学編
大隈重信自叙伝　早稲田大学編
人生の帰趣　山崎弁栄
通論考古学　濱田耕作
転回期の政治　宮沢俊義
何が私をこうさせたか ―獄中手記　金子文子
明治維新　遠山茂樹
禅海一瀾講話　釈宗演
明治政治史　岡義武
転換期の大正　岡義武
山県有朋 ―明治日本の象徴　岡義武
近代日本の政治家　岡義武
ニーチェの顔 他十三篇　氷上英廣・三島憲一編
伊藤野枝集　森まゆみ編

前方後円墳の時代　近藤義郎
日本の中世国家　佐藤進一

《日本文学(現代)》〔緑〕

怪談 牡丹燈籠	三遊亭円朝
小説神髄	坪内逍遥
当世書生気質	坪内逍遥
アンデルセン 即興詩人 全二冊	森鷗外訳
ウィタ・セクスアリス	森鷗外
青年	森鷗外
雁	森鷗外
阿部一族 他二篇	森鷗外
山椒大夫・高瀬舟 他四篇	森鷗外
渋江抽斎	森鷗外
舞姫・うたかたの記 他三篇	森鷗外
鷗外随筆集	千葉俊二編
大塩平八郎 他三篇	森鷗外
浮雲	二葉亭四迷 十川信介校注
野菊の墓 他四篇	伊藤左千夫
吾輩は猫である	夏目漱石
坊っちゃん	夏目漱石
草枕	夏目漱石
虞美人草	夏目漱石
三四郎	夏目漱石
それから	夏目漱石
門	夏目漱石
彼岸過迄	夏目漱石
漱石文芸論集	磯田光一編
行人	夏目漱石
こころ	夏目漱石
硝子戸の中	夏目漱石
道草	夏目漱石
明暗	夏目漱石
思い出す事など 他七篇	夏目漱石
文学評論 全二冊	夏目漱石
夢十夜 他二篇	夏目漱石
漱石文明論集	三好行雄編
倫敦塔・幻影の盾 他五篇	夏目漱石
漱石日記	平岡敏夫編
漱石書簡集	三好行雄編
漱石俳句集	坪内稔典編
漱石・子規往復書簡集	和田茂樹編
文学論 全二冊	夏目漱石
坑夫	夏目漱石
二百十日・野分	夏目漱石
五重塔	幸田露伴
努力論	幸田露伴
一国の首都 他一篇	幸田露伴
渋沢栄一伝	幸田露伴
飯待つ間 —正岡子規随筆選	正岡子規 阿部昭編
子規句集	高浜虚子選
病牀六尺	正岡子規
子規歌集	土屋文明編
墨汁一滴	正岡子規

あめりか物語　永井荷風
下谷叢話　永井荷風
ふらんす物語　永井荷風
荷風俳句集　加藤郁乎編
浮沈・踊子 他三篇　永井荷風
花火・来訪者 他十一篇　永井荷風
問はずがたり・吾妻橋 他十六篇　永井荷風
斎藤茂吉歌集　山口茂吉・柴生田稔・佐藤佐太郎編
千鳥 他四篇　鈴木三重吉
鈴木三重吉童話集　勝尾金弥編
小僧の神様 他十篇　志賀直哉
暗夜行路 全二冊　志賀直哉
志賀直哉随筆集　高橋英夫編
高村光太郎詩集　高村光太郎
北原白秋歌集　高野公彦編
北原白秋詩集 全二冊　安藤元雄編
フレップ・トリップ　北原白秋

野上弥生子随筆集　竹西寛子編
野上弥生子短篇集　加賀乙彦編
お目出たき人・世間知らず　武者小路実篤
友情　武者小路実篤
銀の匙　中勘助
若山牧水歌集　伊藤一彦編
新編 みなかみ紀行　若山牧水・池内紀編
新編 啄木歌集　久保田正文編
吉野葛・蘆刈　谷崎潤一郎
卍(まんじ)　谷崎潤一郎
谷崎潤一郎随筆集　篠田一士編
多情仏心 全二冊　里見弴
道元禅師の話　里見弴
今年竹 全二冊　里見弴
萩原朔太郎詩集　三好達治選
郷愁の詩人 与謝蕪村　萩原朔太郎
猫町 他十七篇　萩原朔太郎・清岡卓行編

恋愛名歌集　萩原朔太郎
恩讐の彼方に・忠直卿行状記 他八篇　菊池寛
父帰る・藤十郎の恋 菊池寛戯曲集　石割透編
河明り 老妓抄 他一篇　岡本かの子
春泥・花冷え　久保田万太郎
大寺学校 ゆく年　久保田万太郎
久保田万太郎俳句集　恩田侑布子編
室生犀星詩集　室生犀星自選
犀星王朝小品集　室生犀星
室生犀星俳句集　岸本尚毅編
出家とその弟子　倉田百三
羅生門・鼻・芋粥・偸盗　芥川竜之介
地獄変・邪宗門・好色・藪の中 他七篇　芥川竜之介
河童 他二篇　芥川竜之介
歯車 他二篇　芥川竜之介
蜘蛛の糸・杜子春・トロッコ 他十七篇　芥川竜之介
侏儒の言葉・文芸的な、余りに文芸的な　芥川竜之介

芥川竜之介書簡集	石割透編
芥川竜之介随筆集	石割透編
蜜柑・尾生の信 他十八篇	芥川竜之介
年末の一日・浅草公園 他十七篇	芥川竜之介
芥川竜之介紀行文集	山田俊治編
田園の憂鬱	佐藤春夫
海に生くる人々	葉山嘉樹
葉山嘉樹短篇集	道簱泰三編
日輪・春は馬車に乗って 他八篇	横光利一
宮沢賢治詩集	谷川徹三編
童話集 風の又三郎 他十八篇	宮沢賢治 谷川徹三編
童話集 銀河鉄道の夜 他十四篇	宮沢賢治 谷川徹三編
山椒魚・遙拝隊長 他七篇	井伏鱒二
川釣り	井伏鱒二
井伏鱒二全詩集	井伏鱒二
太陽のない街	徳永直
黒島伝治作品集	紅野謙介編
伊豆の踊子・温泉宿 他四篇	川端康成
雪国	川端康成
山の音	川端康成
川端康成随筆集	川西政明編
三好達治詩集	桑原武夫 大槻鉄男選
詩を読む人のために	三好達治
中野重治詩集	中野重治
夏目漱石 全二冊	小宮豊隆
新編 思い出す人々	内田魯庵 紅野敏郎編
檸檬《レモン》・冬の日 他九篇	梶井基次郎
蟹工船 一九二八・三・一五	小林多喜二
富嶽百景・走れメロス 他八篇	太宰治
斜陽 他一篇	太宰治
人間失格・グッド・バイ 他一篇	太宰治
津軽	太宰治
お伽草紙・新釈諸国噺	太宰治
右大臣実朝 他一篇	太宰治
真空地帯	野間宏
日本唱歌集	堀内敬三 井上武士編
日本童謡集	与田準一編
森鷗外	石川淳
至福千年	石川淳
小林秀雄初期文芸論集	小林秀雄
近代日本人の発想の諸形式 他四篇	伊藤整
小説の認識	伊藤整
中原中也詩集	大岡昇平編
ランボオ詩集	中原中也訳
晩年の父	小堀杏奴
小熊秀雄詩集	岩田宏編
夕鶴・彦市ばなし 他二篇 —木下順二戯曲選II—	木下順二
元禄忠臣蔵 全二冊	真山青果
随筆滝沢馬琴	真山青果
旧聞日本橋	長谷川時雨
みそっかす	幸田文

岩波文庫の最新刊

ゲルツェン著／長縄光男訳
ロシアの革命思想
―その歴史的展開―

ロシア初の政治的亡命者、ゲルツェン(一八一二―一八七〇)。人間の尊厳と言論の自由を守る革命思想を文化史とともにたどり、農奴制と専制の非人間性を告発する書。
〔青N六一〇-一〕 定価一〇七八円

ラス・カサス著／染田秀藤訳
インディアスの破壊をめぐる賠償義務論
―十二の疑問に答える―

新大陸で略奪行為を働いたすべてのスペイン人を糾弾し、先住民に対する賠償義務を数多の神学・法学理論に拠り説き明かし、その履行をつよく訴える。最晩年の論策。
〔青四二七-九〕 定価一一五五円

岩田文昭編
嘉村礒多集

嘉村礒多(一八九七―一九三三)は山口県仁保生れの作家。小説、随想、書簡から選んだ。己の業苦の生を文学に刻んだ、苦しむ者の光源となる同朋の全貌。
〔緑七四-二〕 定価一〇〇一円

網野善彦著
日本中世の非農業民と天皇(下)

海民、鵜飼、桂女、鋳物師ら、山野河海に生きた中世の「職人」と天皇の結びつきから日本社会の特質を問う、著者の代表的著作。(全二冊、解説＝高橋典幸)
〔青N四〇二-三〕 定価一四三〇円

ヘルダー著／嶋田洋一郎訳
人類歴史哲学考(三)

第二部第十巻―第三部第十三巻を収録。人間史の起源を考察し、風土に基づいてアジア、中東、ギリシアの文化や国家などを論じる。(全五冊)
〔青N六〇八-三〕 定価一二七六円

……今月の重版再開……

池上洵一編
今昔物語集 天竺・震旦部
〔黄一九-一〕 定価一四三〇円

清水三男著／大山喬平・馬田綾子校注
日本中世の村落
〔青四七〇-一〕 定価一三五三円

定価は消費税10％込です　2024. 3